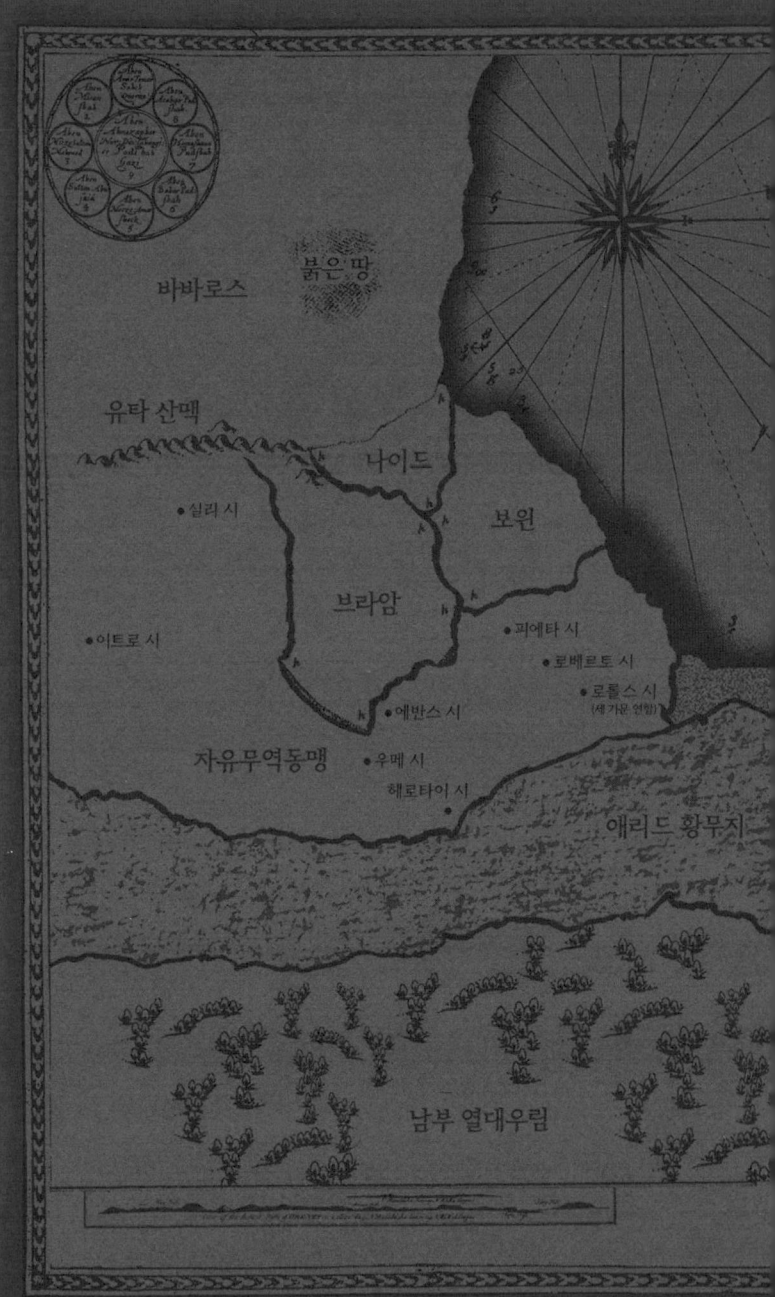

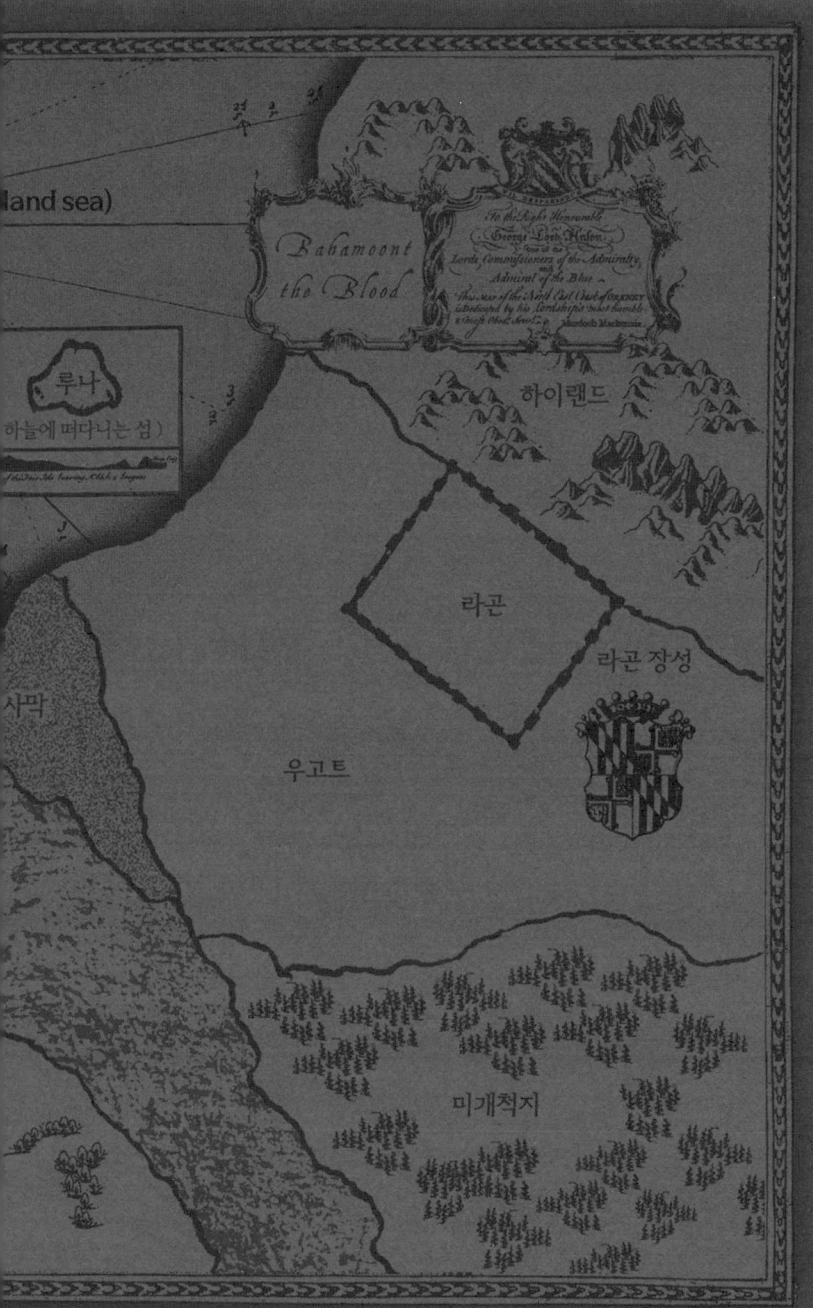

흡혈왕
Bahamoont the Blood
바하문트

FANTASY STORY & ADVENTURE

쥬논 판타지 소설

흡혈왕 바하문트 3
폭풍의 전조

초판 1쇄 인쇄 / 2008년 2월 11일
초판 1쇄 발행 / 2008년 2월 22일

지은이 / 쥬논

발행인 / 오영배
편집장 / 김경인
펴낸 곳 / (주)삼양출판사 · 드림북스

주소 / 서울특별시 강북구 미아8동 322-10호
대표 전화 / 02-980-2112~4 팩스 / 02-983-0660
편집부 전화 / 02-980-2116 팩스 / 02-983-8201
홈페이지 / www.sydreambooks.com

등록번호 / 제9-00046호
등록일자 / 1999년 3월 11일

ⓒ 쥬논, 2008

값 8,000원

(주)삼양출판사 · 드림북스의 서면 허락 없이는 어떠한
형태나 수단으로도 이 책의 내용을 이용하지 못합니다.

ISBN 978-89-542-2459-8 04810
ISBN 978-89-542-2456-7 (세트)

* 지은이와 협의하에 인지는 생략합니다.
* 잘못된 책은 구입한 곳에서 바꾸어 드립니다.

FANTASY STORY & ADVENTURE

Bahamoont the Blood

흡혈왕 바하문트

3

| 폭풍의 전조 |

쥬논 판타지 장편 소설

제1화 오페라와 상견례 · *007*

제2화 배신자 토르 · *039*

제3화 옥토퍼시 클럽 · *083*

제4화 플루토나이트와 싸우다 · *131*

제5화 후폭풍 · *201*

제6화 남자와 여자, 그리고 결혼식 · *243*

제7화 두 갈래 길 · *275*

제8화 세로키의 플루토 · *299*

부록 : 자유무역동맹 10대 가문의 방패 · *331*

제1화

오페라와 상견례

옛날 아주 먼 옛날에 진홍색 핏방울 속에서 오누이가 태어났어요. 누나의 이름은 모네레였고, 남동생은 코다였지요.

오누이는 사이가 좋았어요. 하지만 성격은 정반대였지요. 도도히 흐르는 봉고강을 닮은 모네레는 강처럼 부드럽고 조심스러우며 생각이 깊었답니다. 거칠게 솟은 오뉴산을 닮은 코다는 산처럼 억세고 과감했고요.

그러던 어느 날, 오누이에게 세상의 왕이 찾아왔어요. 왕은 오누이에게 넓은 세상을 말했지요.

오누이의 마음이 흔들렸어요. 동생 코다가 왕의 뒤를 쫓아서 세상 밖으로 나갔어요. 뒤이어 누나 모네레도 고향을 떠났어요.

세상에 나온 오누이는 왕이 내린 신비한 약을 마시고는 서로에 대한 기억을 잊었답니다. 그리곤 왕의 그늘 아래서 왕이 보여준 세상만 보았지요.

왕은 해가 뜨면 매가 되어 세상을 지배했고, 해가 지면 부엉이가 되어 밤을 다스렸어요. 모네레와 코다 오누이는 모두 밤의 영역에 속했어요.

하지만 코다는 가장 밝은 밤인 보름이었고 모네레는 가장 어두운 밤인 그믐이었다지요. 모네레와 코다는 서로 만나지 못했을 뿐만 아니라 서로를 추억하지도 못했답니다.

그런데 큰일이 났어요.

생각이 깊은 모네레가 생각에 생각을 거듭하다가 마침내 왕의 울타리를 뛰어넘어 비밀을 엿봤어요.

짙은 어둠이 깔린 그믐날, 진노한 왕은 모네레를 벌했습니다. 쿵쿵 땅이 울렸죠. 지진이 나고 해일이 일었어요. 겁이 덜컥 난 모네레는 봉고강으로 도망쳤어요.

낮에는 매의 기사들이 쫓아왔어요.

봉고강 유역에 지진이 났습니다. 강이 범람해서 모네레의 물소 떼를 집어삼켰습니다.

밤에는 부엉이의 사자들이 쫓아왔어요.

봉고강이 바싹 메말랐습니다. 모네레의 물소들은 굶주림에 지쳐 울었죠.

일곱 번의 낮과 일곱 번의 밤이 흐르고, 마침내 모네레는 물소를 몽땅 잃었어요.

불쌍한 모네레는 왕의 비밀을 엿본 것을 후회하며 두 눈이 퉁퉁 붓도록 울었어요. 그리곤 머리카락을 삼단처럼 풀어헤치고 왕의 사자를 맞았습니다.

왕의 사자는 코다였어요.

왕의 명령을 받은 코다는 누이에 대한 기억을 잃어버린 채 모네레의 목을 물어뜯었답니다.

진홍색 핏방울 속에서 태어난 모네레는 그렇게 진홍색 피를 흘리며 죽었어요. 모네레의 피가 메마른 봉고강으로 흘러들어 핏빛 강이 되었다는군요.

— 뱀파이어 일족에게 구전되는 이야기 가운데 발췌

Chapter 1

'누마하가 암살당할 뻔했다!'

심상치 않은 소문이 돌았다. 셰로키 성 안팎의 분위기가 갑자기 뒤숭숭하게 변했다.

'누가 암살자를 보냈을까?'

사람들은 암살의 배후를 주목했다. 그들의 눈이 오로겔에게 쏠렸다.

여러 가지 정황을 살피건대 오로겔을 배후로 지목할 만한 이유는 충분했다.

우선 오로겔은 누마하를 벌레 보듯 싫어했다.

더불어 누마하를 노렸던 암살자들이 마카이라(끝이 앞으로 휘어진 한손 검)를 사용했던 것도 문제였다. 오로겔은 마카이라 부대를 지휘하는 총수이기에 의심을 피하기 힘들었다.

물론 오로겔은 자신에게 쏠린 의혹을 단호히 부인했다. 오히려 이번 사건이 누마하 파벌에서 꾸며낸 자작극이라며 되받아쳤다.

양측의 주장이 서로 충돌했다. 오로겔 파벌은 누마하가 자작극을 벌였다며 비난했고, 누마하 파벌에선 오로겔을 사건의 배후로 찍었다.

둘 중 누구의 말이 옳은지 알 수 없었다. 심증은 있으되 물증은 없는 상황이었다. 세 암살자가 모두 죽었으니 배후를 캐묻는 것도 불가능했다.

두 파벌이 서로 대치하는 가운데 셰로키 가문은 점점 더 분열했다. 한 번 형성된 감정의 골짜기는 끝이 보이지 않게 깊어졌고, 성 안팎의 분위기는 싸늘하게 얼어붙었다.

일이 심상치 않게 돌아가자 누마하 파벌의 원로들은 정신을 바짝 차렸다. 곧바로 비상대책회의가 열렸다.

파벌의 원로 한 명이 누마하의 보호를 주장했다.

"비록 허수아비이기는 하지만, 그래도 누마하는 우리 파벌의 구심점이오. 그가 암살당하도록 내버려 두어서는 안 될 것이오."

다른 원로들도 입을 모아 동의했다.

"맞소. 누마하가 죽으면 우리 파벌이 통째로 무너질 것 아니겠소? 더구나 선대 가주를 볼 면목도 없을 거외다. 일을 그르치기 전에 우리가 나서서 누마하를 지킵시다."

"암, 반드시 누마하를 지켜야지."

"오로겔은 독사처럼 집요한 놈이니까 또 다른 암살자를 보낼 것이 분명하오. 서둘러서 대책을 세워야 해요."

원로들은 목에 핏대를 세우며 떠들었다. 회의는 길었지만 결론은 하나였다.

누마하를 지키자!

이를 위해서 원로들은 호위 책임자 꾸루를 불러들였다.

"꾸루여, 모든 권한을 네게 맡긴다. 반드시 누마하를 지켜내라."

이게 꾸루가 받은 명령이었다.

꾸루는 당장 행동에 나섰다. 우선 확실하게 팀을 보강해서 누마하의 숙소 안팎을 물샐 틈 없이 지켰다.

누마하의 식사에 독이 들었는지 안 들었는지도 세심하게 살폈다. 이 과정에서 신분이 불확실한 하녀나 하인들은 모두 퇴출했다.

꾸루의 철저한 조치가 오로겔을 자극했다. 이제 누마하를 제거할 길은 막혔다. 오로겔은 초조했다.

그러던 중, 누마하의 결혼 소문이 저잣거리에 나돌았다.

'서백의 딸 필리아가 조만간 누마하 셰로키에게 시집올 예정이란다.'

소문은 마른 풀에 불 번지듯 퍼져나갔다.

그 파급 효과가 당장 나타났다.

누마하 파벌은 한결 마음을 모아 하나로 뭉쳤다. 이제 누마하가 남백이 되는 것은 시간문제였다.

누마하를 탐탁지 않게 생각하던 사람들도 이제 대세는 누마하라고 인정했다.

반면 오로겔 진영은 깊은 수렁에 빠져들었다. 그렇지 않아도 오로겔 파벌은 세력에서 밀렸었다. 헌데 만약 랑팡 가문마저 누마하의 편을 든다면? 그때는 힘의 균형이 완전히 틀어져서 만회하기 힘들다.

위기가 닥치자 오로겔 파벌이 흔들렸다. 파벌의 원로들은 하나 둘 오로겔의 곁을 떠나려고 준비했다.

오로겔도 그 사실을 느꼈다. 궁지에 몰린 오로겔은 마침내 모종의 결심을 굳혔다.

'막다른 골목에 몰리면 쥐도 고양이를 문다고 했다. 어차피 벼랑 끝에 선 셈! 내게는 뒤로 물러설 곳이 없다.'

오로겔은 서둘러 최후의 승부수를 띄웠다. 현재 오로겔이 믿을 사람은 오직 한 명! 장인어른인 메난 피에타만이 유일한 희망이었다.

메난은 피에타 가문의 중심인물이자 지극히 뛰어난 플루토나이트였다. 메난은 자유무역동맹의 플루토나이트 가운데 몇 손가락 안에 꼽힐 만큼 강했다. 거기에 더해서 노련함까지 갖추었다.

 '장인어른이 직접 나서주신다면 겁쟁이 누마하쯤은 손쉽게 제거할 수 있다. 제아무리 철통경비를 세운다고 해도 그 어르신을 막을 수는 없어.'

 오로겔은 메난의 실력을 굳게 믿었다. 그래서 당장 도움을 청했다.

 다행히 메난은 사위의 부탁을 거절하지 않았다. 사위가 예뻐서가 아니라, 피에타 가문에 이득이 되기 때문이다.

 피에타 가문은 오래 전부터 남쪽으로 세력을 뻗고 싶어서 방법을 모색해 왔다. 하지만 자유무역동맹 동남부 일대엔 로롤스, 랑팡, 셰로키, 이렇게 세 가문이 단단히 버티고 있어서 진출이 쉽지 않았다.

 사실 피에타의 전력은 막강했다. 악마의 병기 플루토를 무려 세 기나 보유했고, 기사는 1,900여 명, 병사는 3만 명에 이르렀다. 단일 가문으로는 단연코 최강의 전력이었다.

 피에타 가문에 비하면 로롤스 시의 세 가문은 많이 부족했다. 일 대 일로는 도저히 피에타에 맞설 수 없었다.

 허나 세 가문의 힘을 합치면 이야기가 달랐다. 세 가문의 전력을 모두 더했을 때, 플루토는 세 기나 되었고, 기사는 얼추 1,700여 명, 무사는 1,200여 명, 그리고 병사의 수는 3만3천 명에 육박했다.

 이만하면 피에타와 맞서 싸우기에 충분했다. 더구나 로롤스 시의 세 가문은 서로 사이가 좋고 결속력도 강했다.

상황이 이렇다 보니 제아무리 막강 피에타라고 해도 함부로 로롤스 시를 넘볼 수 없었다. 그래서 군침만 삼킬 뿐 로롤스 시로 세력을 뻗지는 못했다.

헌데 생각지도 않게 좋은 기회가 찾아왔다. 셰로키 가문에 분열이 생긴 것이다. 그뿐 아니라 오로겔이라는 꼭두각시도 생겼다.

현재 상황을 잘만 이용하면 셰로키 가문을 통째로 먹어치울 수 있을 듯했다. 한 발 더 나가서 로롤스 시를 접수하는 것도 가능해 보였다.

메난은 이 절호의 기회를 놓쳐서는 안 된다고 판단하고는 서둘러 가주를 찾아갔다. 가주 아오난트루에게 자세한 내용을 보고하고 출전허락을 구하기 위해서였다.

예상대로 아오난트루는 크게 기뻐했다.

"오오! 그런 일이라면 내 허락을 구할 것도 없다. 당장 셰로키 성으로 달려가라. 가서 누마하를 제거하고 오로겔을 남백으로 만들어라."

"네, 가주."

"필요하면 내 직할대에서 사람을 뽑아 써도 좋다. 무기건, 병력이건, 금화건, 전폭적으로 지원해 줄 테니 꼭 성공해야 된다."

흥분한 아오난트루는 주름진 손으로 사촌동생 메난의 어깨를 꽉 움켜쥐었다. 손의 체온을 통해 가주의 강렬한 의지가 전달되었다.

메난은 살짝 머리를 숙이며 대답했다.

"알겠습니다. 우리 가문의 미래를 위해 이번 일을 반드시 성공시키겠습니다."

아오난트루는 믿음직스럽다는 표정으로 고개를 주억거렸다.

"그래. 메난, 너만 믿겠다."

"믿으십시오."

메난이 한 번 더 대답했다.

그날 밤.

메난을 비롯해서 가주직할대 20여 명이 피에타 시를 떠났다. 그 가운데는 직할대장인 마르첼 피에타도 포함되었다.

피에타 시를 출발한 메난은 곧장 로롤스 시로 향하지 않았다. 일단 중간 거점인 로베르토 시에 베이스캠프를 구축할 생각이었다.

그곳에서 셰로키 성의 정보를 수집하고 세밀하게 준비한 뒤, 한달음에 파고들어 누마하의 목을 따는 것이 메난의 계획이었다.

'누마하만 제거하면 오로겔이 남백이 되겠지.'

메난은 머릿속으로 피에타 가문의 장밋빛 미래를 그렸다. 생각만 해도 가슴이 뿌듯했다.

메난이 피에타 시를 출발할 즈음, 누마하, 아니 바하문트는 모처럼 마음을 풀고 오페라를 즐겼다.

콰쾅!

천둥소리와 함께 오페라의 막이 올랐다. 무대 위로 일곱 개의 램프 조명이 집중되었다.

허리에 검을 차고 손에 창을 쥔 사내가 모형 바위산에서 풀쩍 뛰어내렸다.

짝짝짝짝.

관중석에서 열렬한 박수가 터졌다. 오페라의 주인공 욘발크의 등장을 반기는 소리였다.

콰쾅!

또 천둥소리가 났다. 교향악단은 심벌즈와 탬버린, 큰북과 콘트라베이스를 적당히 섞어서 천둥소리를 흉내내었다.

바하문트는 고개를 쑥 내밀고 무대 아래 위치한 교향악단을 내려다보았다. 그의 얼굴이 살짝 상기되었다.

바하문트의 원래 목적은 오페라를 즐기는 것이 아니었다. 랑팡 가문의 둘째 아가씨와 상견례를 하기 위해서 이 자리에 참석했다.

그러나 막상 오페라가 시작되자 본래 목적은 잊었다. 바하문트는 어느새 음악에 푹 빠져들었다. 교향악단이 빚어내는 둔중한 천둥소리에 감동받아 가늘게 몸을 떨었다.

바하문트는 소리를 빛으로 느꼈다. 방금 전의 천둥소리는 새하얀 섬광이었다. 순식간에 내리꽂히는 시퍼런 번개였다.

바하문트는 그 번뜩이는 섬광으로부터 큰 영감을 얻었다. 교향악단의 지휘자가 네 종류의 악기, 즉 심벌즈와 탬버린, 큰북과 콘트라베이스를 섞어서 천둥소리를 만들어낸 것처럼, 바하문트는 머릿속으로 여러 개의 무기를 섞어서 벼락처럼 강력한 일격을 내지르는 상상을 했다. 몸이 절로 떨렸다.

바하문트가 희열을 느끼며 전율하는 동안, 오페라의 주인공은 검을 높이 치켜들고 노래를 불렀다.

성량이 풍부한 테너의 목소리가 관중을 사로잡았다.

계단을 거꾸로 붙여놓은 듯한 오페라 극장 천장은 음향학을 연구한 마법사들이 특별히 고안해낸 결과물이었다. 극장 벽에도 계단 형태의 구조물이 부착되었다.

이렇게 구불구불한 내부구조물 덕분에 테너의 노랫가락은 극장 구석구석으로 선명하게 파고들었다.

음파는 굽이굽이 휘돌고 서로 더해지면서 쩌렁쩌렁 울렸다. 부드러우면서도 딱딱 끊어 주는 교향악단의 음률이 노래에 힘을 더했다.

바하문트는 어느새 오페라의 주인공이 되었다. 또한 교향악단의 지휘자가 되었다.

오페라 주인공이 박자에 맞춰 정교하게 노래를 부르는 것처럼, 지휘자가 다양한 악기를 조합해서 음악을 연주하는 것처럼, 바하문트는 다섯 기의 플루토를 운용하고 지휘해서 무서운 공격을 구현했다. 때로는 치밀한 방어진을 이루어내었다.

한 기의 플루토로는 도저히 낼 수 없는 힘! 그러나 다섯 기의 플루토라면 가능한 파괴력!

바하문트의 머릿속은 이 생각으로 꽉 찼다. 연신 손가락을 까딱거리면서 박자를 맞췄고, 그 박자에 맞춰 상상 속의 전투를 지휘했다.

바하문트의 눈에는 오페라 극장의 좁은 무대가 광활한 평지로 보였다. 들썩들썩 춤을 추는 무희들은 육중하게 무장한 적 플루토로 보였다.

바하문트는 적들을 상대로 격정을 토했다. 그의 두 눈이 시뻘겋게 달아올랐다. 근육은 팽팽하게 부풀었고, 심장은 쿵쾅쿵쾅 치달렸다.

두근두근.

숨이 가쁘다.

두근두근.

온몸에 전율이 온다.

두근두근두근!

이대로 활활 타서 재가 될 것 같다.

"으으읏!"

절정에 달한 바하문트는 저도 모르게 가느다란 신음을 흘렸다. 주먹을 꽉 움켜쥔 채, 오페라 무대를 무섭게 노려보면서 현실과 상상 사이를 오갔다.

한편, 랑팡 가문의 둘째 딸 필리아는 바로 옆자리에서 바하문트를 흘겨보았다. 갑자기 속에서 열불이 치밀었다.

'이런 변태자식! 멀쩡히 오페라나 볼 일이지 왜 갑자기 몸을 떨어? 게다가 신음은 왜 흘리고 지랄이야.'

오페라는 마침 2막 1장을 진행 중이었다.

2막 1장은 이번 오페라 가운데 가장 야한 부분이었다. 유부녀 백작부인이 남편 몰래 욘발크와 사랑을 나누면서 이중창을 부르는 장면이 관중들의 눈과 귀를 사로잡았다.

남자 관객들은 란제리만 입고 무대에 오른 백작부인 역의 여배우를 응시하면서 군침을 삼켰다. 여성 관객들은 얼굴을 살짝 붉히며 파닥파닥 부채질했다.

바하문트는 마침 야한 장면이 시작되려는 찰나에 뜨거운 신음을 토했다. 그리곤 야한 장면이 고비를 맞을 때마다 연달아 신음했다.

"으음, 으음, 끄으으응!"

옆에서 보면 오해하기 딱 좋은 타이밍이었다.

하지만 사실 바하문트는 억울했다.

오페라 내용이 극적인 고비를 맞을 때마다 교향악단이 연주하는 배경음악도 급격하게 절정으로 치달렸다. 바이올린 소리가 미친 듯이 음역을 끌어올렸고, 쿵쾅쿵쾅 북이 울렸다. 심벌즈는 챙챙 소리를 냈다.

바하문트의 머릿속에서 진행되는 가상의 전투도 그때마다

고비를 맞아 대접전을 벌였다. 플루토의 방패가 퍽퍽 우그러졌다. 거대한 검날이 뚝 부러졌다. 사방에서 불똥이 튀었다. 하늘이 무너지고 땅이 두 쪽 났다.

그러니까 바하문트가 신음을 흘리는 타이밍과 오페라의 급박한 장면은 교묘하게 맞아떨어질 수밖에 없었다.

물론 필리아는 이런 사실을 꿈에도 몰랐다. 그래서 속으로 누마하(바하문트)를 욕하며 째려보았다.

'아, 재수 없어. 호겐 숙부도 참 너무하시지. 어떻게 이런 거지발싸개 같은 놈 옆자리에 표를 끊어 놓으셨담?'

필리아를 여기 보낸 사람은 호겐이었다. 오페라 표도 호겐이 직접 예약했다.

당연히 누마하와 필리아를 바로 옆 좌석에 붙여놓았다. 말괄량이 조카를 누마하와 엮어주려고 일을 꾸민 것이다.

허나 호겐의 의도는 오히려 역효과만 내었다. 필리아는 누마하를 변태라고 오해했다. 그리고 바하문트는 필리아에게 전혀 신경 쓰지 않았다. 그저 뜨겁게 오페라 무대를 응시하면서 상상에 몰입할 뿐이었다.

바하문트의 상상은 이제 절정으로 치달렸다.

쾅쾅! 콰콰쾅!

머릿속 광활한 전쟁터에선 플루토들이 최고조로 날뛰었다.

우고트 플루토들은 화염검을 휘두르면서 다가왔고, 바하문트는 다섯 기의 플루토를 일렬로 세워서 적을 맞았다.

'오너라!'

바하문트의 거친 포효가 전쟁터를 질타했다.

긴장! 긴장! 긴장!

오늘따라 바하문트의 눈밑에 그려 넣은 색조화장이 짙게 그늘졌다.

Chapter 2

마침내 욘발크는 마왕을 물리치고 왕국을 구했다. 오페라는 대단원의 막을 내렸다.

"브라보! 브라보!"

휘이익—

짝짝짝짝.

관중들은 환호하고, 휘파람 불고, 우레와 같은 박수갈채를 보냈다.

한 사람 두 사람 자리에서 일어나서 기립박수를 쳤다. 그러다가 관중 전체가 일어났다.

환호가 열렬하자 막이 다시 올라갔다. 무대 뒤로 물러났던 오페라 배우들은 손을 잡고 다시 나와서 관중들에게 인사를 했다.

여배우들은 치마를 살짝 들고 고개를 숙였다. 남배우들은

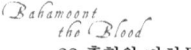

손을 빙글 돌리면서 정중하게 답례했다.

"최고다!"

짝짝짝짝.

관중은 배우들에게 다시 한 번 열띤 박수를 보냈다.

욘발크 역의 배우가 무대 아래 교향악단을 향해 손을 뻗었다.

짝짝짝짝.

관중은 교향악단에게도 힘찬 박수를 보내주었다.

악단 지휘자는 퍼스트 바이올린 주자와 손을 맞잡고 관객을 향해 정중히 인사했다.

짝짝짝짝짝.

박수소리가 더 커졌다. 무대에 막이 내리고 배우들도 물러났지만, 관중들의 박수소리는 그칠 줄 몰랐다.

환호에 못 이긴 배우들이 다시 한 번 무대로 올라와서 인사하고, 또 인사했다. 오늘따라 환호가 크고 길었다.

배우들은 다섯 차례나 거듭 무대인사를 올렸다. 다들 상기된 얼굴로 고맙다고, 로롤스 시에 또 찾아오겠다고 소리쳤다.

관중들도 오페라를 또 보러 오겠다며 응대했다.

오페라가 막을 내리고 관중들이 퇴장할 즈음, 극장 2층의 로열석에선 바하문트와 필리아 사이에 자잘한 실랑이가 벌어졌다.

"데리고 자고 싶었나 보죠?"

필리아의 말투엔 뾰족한 가시가 돋쳤다.

바하문트는 영문 모르겠다는 표정으로 고개를 갸웃거렸다.

"뜬금없이 무슨 소리요?"

"란제리를 입고 나왔던 백작부인 역의 여배우 말이에요. 데리고 자고 싶었나 보죠? 하긴, 셰로키 성의 후계자이자 장차 남백이 될지도 모르는 고귀하신 분이 부른다고 하면 그 요염한 여배우가 얼른 달려올 테죠. 스폰서라도 한 명 잡을까 하고 말이에요."

필리아의 비난은 거침이 없었다.

바하문트는 애매모호한 눈빛으로 필리아를 응시했다.

그 어둡고 깊은 눈빛이 요상하게 마음을 흔들었다. 기분이 나빠진 필리아는 좀 더 표독하게 쏘아붙였다.

"아까 신음소리가 죽이시던데요. 여배우가 란제리를 입고 나오자마자 뜨거운 신음을 토하시던데, 혹시 바지에 실례는 안 하셨나요?"

과연 랑팡의 말괄량이다웠다. 필리아는 굉장히 민망하고 아슬아슬한 이야기를 아무렇지도 않게 내뱉었다.

하긴, 필리아는 사내들의 기를 꺾는데 익숙했다. 무술을 좋아하다 보니 거친 사내들과 종종 어울렸고, 그러면서 사내들과 진한 농담을 나누는데 내성이 붙었다.

아니, 이젠 필리아가 한 술 더 떴다. 그녀가 한 번 비꼬아주면 어지간한 사내들은 얼굴을 붉히며 꼬리를 말게 마련이었다.

 허나 바하문트는 어지간한 사내가 아니었다. 오페라 공연을 보는 중에 신음을 토했다는 말을 듣자 필리아가 왜 이러는지 이유를 깨달았지만, 굳이 변명할 필요를 느끼지 못했다. 그래서 무작정 제 할 말만 했다.

 "우리 결혼합시다."
 "뭐라고요?"

 필리아가 두 눈을 동그랗게 뜨면서 되물었다. 다짜고짜 결혼을 하자니? 혹시 귀가 잘못되었는지 의심스러웠다.

 물론 필리아의 귀는 멀쩡했다. 바하문트는 한 번 더 말을 반복했다.

 "우리 결혼합시다."
 "지, 지금 그걸 청혼이라고……."

 필리아는 기막히다는 표정으로 말을 더듬었다. 그러다 눈썹을 확 치켜세우며 한바탕 욕을 퍼부으려 들었다.

 그 전에 바하문트가 말을 잘라먹었다.

 "지루하게 밀고 당길 필요가 있겠소? 당신도 알겠지만 이곳 로롤스 시의 백성들은 랑팡 가문과 셰로키 가문의 결합을 바라는 중이오. 지도층이라면 마땅히 백성들의 열망을 들어줄 의무가 있지 않겠소?"

 셰로키의 가주 후보 누마하는 평소 부끄럼을 많이 타고 쭈뼛거린다고 알려졌었다. 허나 이 순간만큼은 그렇지 않았다.

사내답고 기백이 넘쳤다.

필리아는 상대의 당당한 태도에 압도당했다. 바하문트스러워야(?) 할 누마하가 갑자기 이런 기백을 보여주었기에 더더욱 놀라고 당황스러웠다. 그래서 말을 더듬었다.

"그, 그건 그렇지만, 그렇다고 중요한 결혼을 이렇게 쉽게……."

"결혼이라는 것은 어렵게 생각하면 한없이 어렵고, 쉽게 생각하면 쉽소. 게다가 당신과 나의 결혼은 일반 백성들의 결혼과는 전혀 다르지."

"뭐가 다르죠?"

"일반 백성들은 사랑 때문에 결혼하잖소? 그러나 우리 귀족들은 도시와 가문, 그리고 백성들을 위해서 결합하는 거요. 결혼이 아니라 결합이란 말이오. 결합을 통해 백성을 안심시키는 것이야말로 우리 귀족들의 성스러운 의무이자 노블리스 오블리제의 완성! 당신은 그렇게 생각하지 않소?"

"나는……."

"혹시 당신은 기사도를 아시오?"

바하문트는 필리아가 생각할 틈을 주지 않았다. 대꾸할 기회도 주지 않았다. 대뜸 기사도로 화제를 돌렸다.

여기사를 소망하는 필리아는 움찔 놀라며 저도 모르게 고개를 끄덕였다.

"물론 잘 알아요."

"기사도의 바탕이 뭐요?"

"그야, 충성과 자기희생이죠."

바하문트가 물었다.

"내 말이 맞는지 한 번 들어주시오. 좋아하는 음식을 마음껏 먹는 것은 전혀 자기희생이 아니오. 절제를 모르는 탐욕이지. 그렇지 않소?"

"맞아요."

필리아가 동의했다.

바하문트는 계속 질문을 던졌다.

"좋아하는 짓을 마음껏 하는 것도 자기희생이 아니오. 그런 것은 짐승들도 할 수 있소. 어떻게 생각하오?"

"맞아요."

필리아는 딱히 반박할 거리가 없어서 또 동의했다.

바하문트가 말을 더했다.

"마찬가지로 사랑하는 사람과 결혼하는 것은 전혀 자기희생이 아니오. 그건 누구나 할 수 있는 일이거든."

바하문트의 주장은 궤변이었다. 그러나 그럴 듯한 궤변에 낮은 목소리와 강렬한 눈빛이 더해지자 끈끈한 설득력을 발휘했다.

필리아는 홀린 듯이 바하문트의 말을 들었다.

바하문트가 웅변을 이었다.

"희생이란 말이오, 이런 거요. 예를 들어서, 백성과 가문,

그리고 큰 의로움을 위해서 자신의 몸뚱어리를 내던지는 것! 사랑하는 사람들을 위해서 사랑하지도 않는 사람과 결혼하는 것! 이것이야말로 진정한 기사도고 진정한 자기희생이오. 내 말이 틀렸소?"

"그건……."

"당신은 사랑하는 사람들이 있소?"

바하문트는 쉴 새 없이 몰아붙였다.

필리아는 저도 모르게 고개를 끄덕였다. 머릿속으로는 언니와 형부, 아버지, 숙부 등을 떠올렸다. 그들이야말로 필리아가 진정으로 사랑하는 사람이었다.

바하문트가 물었다.

"혹시 사랑하는 사람들이 당신과 나의 혼인을 바라고 있소?"

필리아는 또 고개를 끄덕였다.

바하문트는 진중한 표정으로 주장을 마무리했다.

"나도 그렇소. 내가 사랑하는 셰로키의 백성들은 나와 당신의 결혼을 열망하고 있소. 우리가 힘을 합쳐서 피에타 가문의 야욕을 막아내길 바라고 있소. 그래야 셰로키 성이 안정되고 로롤스 시가 평화로울 테니까. 그래서 나는 나 자신을 희생하기로 했소. 당신에 대해 아무것도 모르지만, 무조건 결혼하기로 마음먹었단 말이오. 당신의 결정은 뭐요? 저 좋은 대로만 살겠다는 이기심이요, 아니면 여장부다운 희생이오?"

필리아는 말문이 막혔다. 머리가 어지럽고 정신이 없었다. 그 와중에도 이기적이라는 소리는 듣기 싫었고 여장부라는 단어는 달콤했다.

바하문트는 낮고 힘있는 음성으로 요구했다.

"나와 혼인합시다. 랑팡의 여장부다운 기개를 보여주시오."

"아, 알았어요."

필리아는 바하문트의 기묘한 목소리에 취했다. 취하지 않고서는 이런 황당한 청혼을 승낙할 리 없었다.

대답을 해 놓고도 얼떨떨한 필리아를 향해 바하문트는 옅게 웃었다.

Chapter 3

오페라 관람을 마치고 집에 돌아온 뒤, 필리아는 폭탄선언을 했다.

"나, 누마하 그 자식과 결혼하기로 약속해 버렸어. 히이잉……. 이걸 어쩜 좋아."

그 한 마디에 랑팡 성이 발칵 뒤집혔다. 비질리 서백이 한달음에 달려왔다. 호겐도 깜짝 놀라서 필리아를 찾아왔다.

오페라를 보러가기 전까지만 해도 필리아의 태도는 완강했었다. 누마하라는 이름을 들으면 일부러 헛구역질까지 했다.

결혼의 '결' 자만 꺼내도 귀를 틀어막았다.

헌데 이게 웬일인가? 누마하랑 오페라를 보고 오더니 갑자기 태도가 180도 돌변했다. 그렇게 질색하던 누마하와 혼인하겠단다.

비질리는 딸의 말이 믿어지지 않는지 눈을 끔뻑거렸다.

두 남녀의 만남을 주선했던 호겐도 도무지 영문을 모르겠다는 표정으로 혀를 내둘렀다. 일이 이렇게 빨리 풀릴 줄은 몰랐던 탓이다.

비질리는 딸의 어깨를 잡고 흔들면서 캐물었다.

"뜬금없이 이게 무슨 소리냐? 필리아, 오페라 극장에서 대체 무슨 일이 있었어?"

필리아는 반쯤 홀린 얼굴로 떠듬떠듬 이야기했다. 말을 하는 동안 필리아의 눈에선 뜻 모를 눈물이 흘렀다.

"아버지, 나도 어쩔 수 없었어요. 그냥 얼떨결에 혼인을 약속해 버렸어요. 랑팡 가문의 명예를 걸고 약속했기 때문에 취소도 못해요."

"얘야, 이걸 기뻐해야 할지 슬퍼해야 할지 모르겠구나. 누마하와 결혼하는 거야 환영할 일이다만, 그래도 갑자기 이렇게 사람이 달라지면 안 되는 거잖아. 가만! 필리아, 너 지금 우는 거냐? 너 진짜로 울어?"

"으흐흑, 울긴 누가 울어요. 전 안 울어요."

필리아가 울면서 칭얼거렸다.

30 흡혈왕 바하문트

비질리는 버럭 소리쳤다.

"안 울긴 뭐가 안 울어? 우리 딸의 예쁜 볼에 이렇게 눈물이 흥건하구먼. 대체 극장에서 무슨 일이 있었어? 혹시 누마하에게 무슨 나쁜 짓이라도 당했……."

필리아는 울음을 억지로 삼키며 고개를 가로저었다.

"아니요. 극장에선 아무 일도 없었어요. 단지, 그동안 제가 너무 어리광만 부리고 이기적이었던 것 같아서 속상해서 눈물이 나요. 아버지, 귀족이란 하기 싫은 일도 어쩔 수 없이 해야 하잖아요. 어려운 일이 닥쳐도 담담히 견뎌나가야 하잖아요. 그게 진정한 귀족이고 진정한 기사잖아요."

"뭐, 틀린 소리는 아니다만…… 갑자기 그 얘기가 왜 나와?"

"아버지. 나, 예전처럼 비겁하게 회피하지 않을래요. 내게 닥친 일을 꿋꿋하게 헤쳐 나갈래요. 누마하랑 결혼할게요."

필리아는 당당하게 말하려고 애썼다. 허나 무슨 이유에서인지 마음이 심란하고 자꾸 눈물이 쏟아졌다. 감정이 북받친 탓에 딸꾹질도 났다. 이상했다.

비질리와 호겐은 서로의 얼굴을 마주보며 어깨를 으쓱했다. 필리아가 왜 이러는지 도대체 감을 잡을 수 없었다.

누마하와 필리아 사이의 혼담은 신속하게 진행되었다.

오로겔 파벌을 제외하면 모두가 바라던 혼사였다. 당연히 진도가 빠를 수밖에 없었다.

원래부터 랑팡 가문은 셰로키 가문을 끌어안고 싶어 했다.

누마하 파벌의 원로들도 이번 결혼을 통해서 하루 빨리 누마하의 위치가 안정되길 원했다.

그리고 로롤스 가문은 도시 전체의 평화를 위해서 이번 혼사를 반겼다.

대부분의 백성들도 지배계층의 확고한 결속을 기뻐했다.

사람들의 뜻이 서로 일치하니 걸림돌이 없었다.

분위기가 무르익자 랑팡 성의 책사 호겐이 직접 셰로키 성을 방문했다. 호겐은 누마하의 측근 원로들과 만나 결혼의 세부 내용을 의논했다.

호겐은 밀고 당기는 협상에 능했다. 먼저 필리아의 지참금이 얼마인지를 두루뭉술하게 흘린 뒤, 거한 지참금의 대가로 셰로키 가문의 안주인으로서 확고한 위치를 보장해 달라고 요구했다.

호겐은 누마하가 이미 남백이 된 것처럼 이야기했다. 그게 원로들을 기쁘게 했다. 누마하 파벌 원로들은 별 반대 없이 호겐의 뜻에 따랐다.

지참금 액수가 결정났고, 필리아의 대우 문제가 해결되었다. 양쪽 모두 협상 결과에 만족했다.

다음은 혼인 날짜를 잡을 차례다.

호겐은 오는 4월 11일이 길일이니 그때로 날을 택하자고 권

32 흡혈왕 바하문트

했다.

원로들은 머리를 맞대고 의논한 뒤, 4월 11일을 받아들였다.

날짜까지 정했으니 이번 혼담은 성공이었다. 호겐은 싱글싱글 웃으면서 랑팡 성으로 돌아갔다. 세로키 원로들은 원로들대로 곧 탄생할 누마하 부부를 위해서 건배했다.

다음날.

필리아는 아침 일찍 세로키 성으로 쳐들어왔다. 그리곤 대뜸 누마하를 찾았다.

누마하, 즉 바하문트는 필리아의 방문이 달갑지 않았다. 한창 상상훈련 중이었는데 귀찮게 방해받았기 때문이다.

그 귀찮음이 얼굴표정과 말투에서 드러났다.

"여기까지 어쩐 일이오?"

"일이 있으니까 왔지 왜 왔겠어요?"

당연히 필리아의 대답도 표독했다. 얼떨결에 결혼을 약속했고 분위기에 휩쓸려서 시집을 오게 되었지만, 필리아의 속마음은 착잡했다.

필리아는 아직까지도 누마하가 마뜩치 않았다. 그래서 대뜸 각서를 내밀었다.

바하문트가 어리둥절한 표정으로 물었다.

"이게 뭐요?"

"각서예요. 읽어보고 사인해요."

바하문트는 필리아가 건네준 각서를 눈으로 훑었다. 그 안에 적힌 내용은 다음과 같았다.

> 셰로키 가문의 누마하 셰로키는 랑팡 가문의 딸
> 필리아 랑팡을 아내로 맞기에 앞서 아래 사항들을 서약한다.
>
> 첫째. 이번 혼사는 개인 대 개인의 결혼이 아니라
> 가문 대 가문의 결합임을 명심하고, 필리아 랑팡을
> 아내가 아니라 동료로 존중해 준다.
>
> 둘째. 두 사람은 동료이므로 결혼 후에도 각방을 쓴다.
>
> 셋째. 셰로키 가문에 특별히 해가 되지 않는 한,
> 동료의 행동에 제약을 두지 않는다.
> 필리아 랑팡은 결혼 후에도 얼마든지 자유롭게
> 로롤스 성과 랑팡 성을 방문할 수 있다.
> 아무런 간섭 없이 자유 시간을 즐길 권리도 갖는다.
>
> 넷째. 누마하 셰로키는 필리아 랑팡이 데려온
> 시녀들에게 함부로 손대지 않는다.
>
> 다섯째. 이 서약서는 결혼 직후부터 즉각 효력이 발휘된다.
>
> 셰로키 가문의 명예를 걸고 누마하 셰로키가 맹세한다.
>
>   누마하 셰로키　(서명)

"거기 마지막에 누마하 셰로키라는 이름이 보이죠? 그 옆에 사인하면 돼요."

필리아는 허리에 손을 척 얹고는 당돌하게 요구했다.

바하문트는 검지로 이마를 긁적이면서 필리아를 바라보았다.

"결혼 후에 각방을 쓰자고? 원로들이 알면 싫어할 텐데? 우리 셰로키 가문의 원로들은 하루라도 빨리 후손을 낳길 바라고 있다오."

"후손은 다른 여자를 통해서 얻으면 되잖아요. 나는 그쪽이 다른 여자를 거두고 자식을 낳아도 상관 안 해요. 단, 내가 데려온 시녀들은 건드리면 안 돼요."

대부분의 귀족들은 아내가 시집올 때 데려온 시녀들을 지참금의 일부로 쳤다. 그래서 시녀들을 제 소유라고 생각하는 경우가 많았다.

필리아는 그것이 싫어서 각서 네 번째 항목에 못을 박아 놓았다.

바하문트는 고개를 갸웃거렸다.

"이렇게 각서에까지 적어 놓은 것을 보니 시녀들을 무척 아끼는구려. 특별한 이유라도 있소?"

"당연히 있죠. 내 시녀들은 평범한 하녀가 아니에요. 그녀들은 모두 뛰어난 창수들이고, 기사도를 아는 여기사들이에요. 그러니까 함부로 모욕했다간 큰 코 다칠 줄 알아요."

바하문트는 두어 번 고개를 끄덕이고는 또 물었다.

"여기 세 번째 항목도 의문스럽구려. 아무런 간섭 없이 자유 시간을 즐길 권리를 갖는다고 되어 있는데, 자유 시간이라는 게 정확하게 어떤 거요?"

"나는 창술을 연마할 시간이 필요해요. 그것도 아주 많이요. 그러니까 내가 화려한 드레스를 입고 부채질을 하면서 귀부인답게 처신하길 바라지는 말라는 뜻이에요. 결혼 후에도 난 내 할 일을 하겠어요."

필리아는 선포를 하면서 은근히 바하문트의 눈치를 살폈다.

각서를 적어서 오긴 했지만 이 황당한 내용을 들어줄 것 같지는 않았다. 결혼하자마자 각방을 쓰자는데 누가 좋아하겠는가. 게다가 장래 셰로키 가문의 안주인이 매일 창술 훈련에만 매진한다고 하면 사람들이 누마하를 팔불출이라고 손가락질할 것이다. 따라서 필리아는 이 각서의 세 번째 항목이나 네 번째 항목 정도만 관철할 요량이었다.

그런데 웬걸?

바하문트는 선뜻 고개를 주억거렸다.

"좋소. 못 들어줄 것도 없지. 하지만 한 가지는 약속해 주시오."

"뭐, 뭐죠?"

당황한 필리아는 말을 더듬거리며 반문했다.

바하문트가 조건을 이야기했다.

"만약 내가 남백이 되면 당신은 남백의 부인이 될 것 아니겠소? 그러면 셰로키의 안주인으로서 공식적인 자리에 참석해야 할 때가 있을 거요. 예를 들어서 가문의 무사들과 상견례

자리라던가, 성지 참배라던가, 외부의 손님을 맞는다던가. 이럴 때는 셰로키의 안주인다운 차림으로 안주인답게 행동해 주시오."

"그것만 약속하면 되나요?"

"그렇소. 그것만 약속해 준다면, 나는 이 각서에 사인하겠소."

"조, 좋아요. 약속해요."

필리아는 턱을 살짝 들고는 오만하게 대답했다. 허나 표정은 살짝 일그러졌다. 상대가 대뜸 사인을 하자 묘하게 기분이 불쾌했다.

'이 남자, 뭐야? 결혼 후에 각방을 쓰자는데 이렇게 순순히 사인해도 돼? 나한테 전혀 관심이 없다는 거야?'

바하문트는 각방을 쓰는 문제에 대해서는 거의 신경 쓰지 않았다. 자유 시간에 뭘 할 건지, 시녀들을 왜 그렇게 아끼는지만 물었을 뿐이다. 필리아는 그게 자존심 상했다.

"자, 각서 여기 있소."

바하문트가 사인한 각서를 내밀었다.

필리아는 멍하게 있다가 퍼뜩 정신을 차리며 각서를 받아들었다.

각서에 또렷이 새겨진 사인을 보자 더욱 기분 나빴다. 필리아의 얼굴은 붉으락푸르락 표정관리가 안 되었다.

그 묘한 마음을 아는지 모르는지, 바하문트는 아예 필리아의 등을 떠다밀었다.

"그럼 다 되었소? 특별히 배웅은 안 할 테니 조심해서 돌아가시오. 결혼식날 봅시다."

그런 다음 뒤도 돌아보지 않고 내실로 들어가 버렸다.

뒤에 덩그러니 남은 필리아는 바하문트의 등을 향해 입술을 달싹였다. 뭔가 말을 하고 싶었지만 차마 말문이 열리지 않았다. 이제 와서 상대를 붙잡을 처지도 아니었을 뿐더러, 각서를 무효로 돌리자고 하기엔 필리아의 자존심이 너무 셌다.

필리아는 복잡한 눈빛으로 각서를 내려다보았다.

'이게 아닌데. 이렇게 하려고 여기 온 것이 아닌데……'

원래는 상대가 이런 각서를 못 써주겠다며 펄쩍 뛰길 기대했었다. 혹은 당황해서 어쩔 줄 모르는 모습이 보고 싶었다. 그저 오페라 극장에서 주도권을 빼앗긴 것이 분해서 누마하를 골탕먹이려던 것뿐이었는데, 이토록 야박하게 맞받아칠 줄 몰랐다.

'나쁜 놈!'

필리아는 꽉 닫힌 방문을 노려보면서 입술을 깨물었다. 어쩐지 서러워서 눈에 뿌옇게 습기가 찼다. 로롤스 시 최고의 말괄량이답지 않은 모습이다.

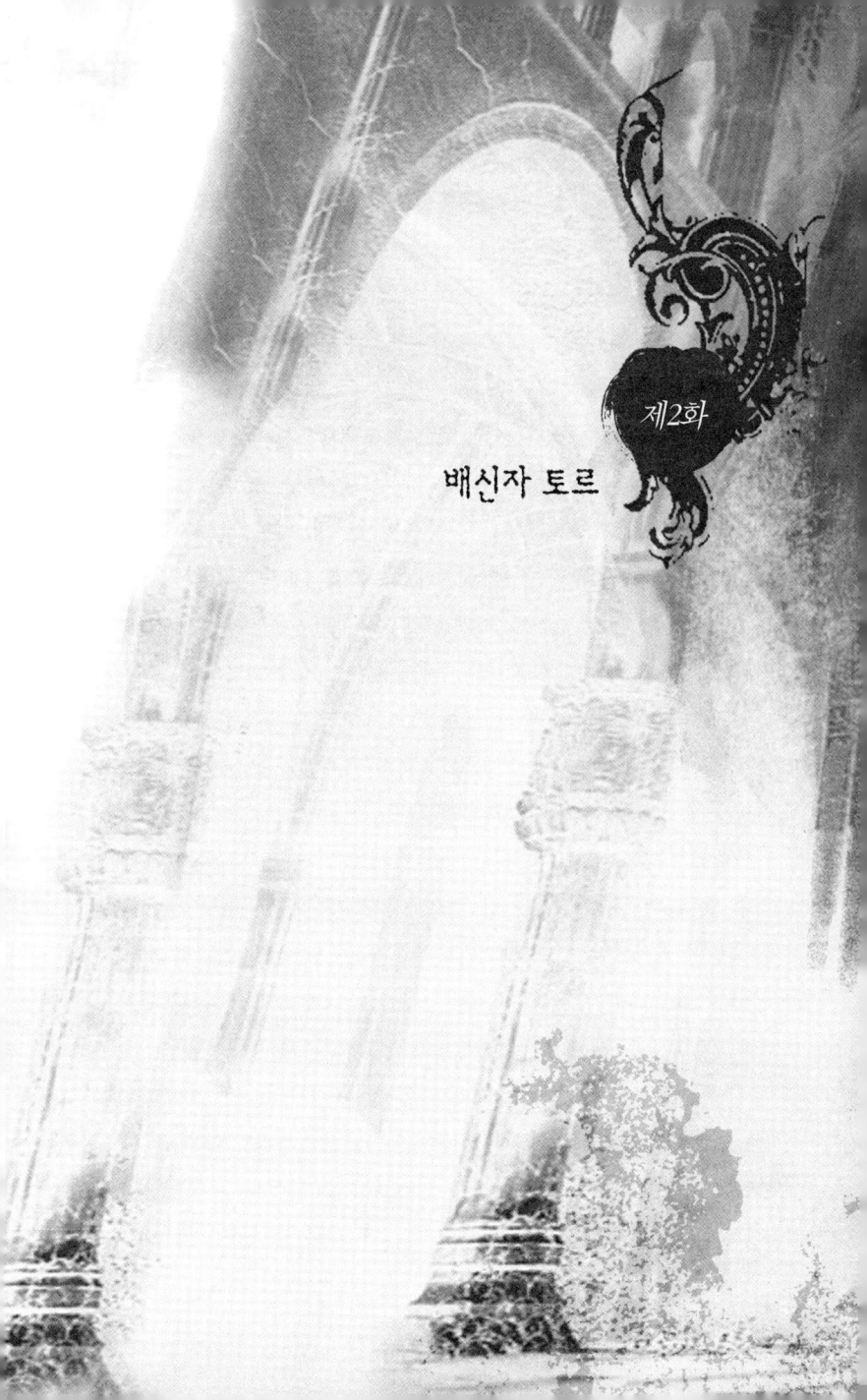
제2화
배신자 토르

Chapter 1

책을 읽는 중에 날이 저물었다. 주위가 어둑해지자 바하문트는 잠시 책에서 눈을 떼었다.

"끄응차!"

피곤을 풀기 위해 가볍게 목운동을 한 다음, 의자에 앉은 채로 깍지를 껴서 뒷목을 받쳤다. 고개를 뒤로 젖히자 천장이 눈에 들어왔다.

지금 바하문트의 머릿속은 다소 복잡했다.

'이거 영 마음이 개운하지 않군. 필리아라는 아가씨, 말괄량이긴 하지만 성품은 괜찮아 보이던데…… 괜히 멀쩡한 여자의 일생을 망치는 것 아닌가 몰라. 과연 내가 잘 하는 짓일까?

 양심에 찔렸다. 그러나 어쩔 수 없었다.

 네스토가 만든 약품의 약효는 이제 15개월가량 남았을 뿐이다. 15개월 뒤면 플루토 반지가 원상태로 되돌아온다.

 그 즉시 우고트 왕국의 개들이 추격을 재개할 터, 그때부터 바하문트는 벼랑 끝에서 줄타기를 하듯 도망 다녀야 할 것이다.

 그나마 시간을 벌려면 어떻게든 세로키 플루토 곁에 머물러야 했다.

 세로키 가문의 플루토는 이미 오래 전에 공인되었다. 세로키 성 깊숙한 곳에 플루토가 있다는 사실은 이미 널리 알려진 상태였다. 루흘 연합국도 세로키를 플루토 보유 가문으로 인정했다.

 바하문트는 바로 이 점을 노렸다.

 만약 1년 뒤에 바하문트가 황야를 떠돌고 있다면? 혹은 무인도에 숨어 있다면?

 아무리 외진 곳에 숨어도 소용없다. 플루토 반지에 바른 약품의 효능이 떨어지는 즉시 우고트의 추적을 받을 것이다. 우고트의 정보원들은 아르곤으로 플루토의 위치를 탐색할 테니까 도저히 피할 길이 없었다.

 하지만 만약 바하문트가 세로키 플루토 근처에 머물고 있다면?

그러면 우고트 왕국은 바하문트의 존재를 눈치채지 못하고 건너 뛸 가능성이 다분했다.

제아무리 아르곤의 성능이 좋다고 해도 한계가 있기 마련. 거리가 멀리 떨어진 곳에서 다닥다닥 붙어 있는 플루토를 관찰할 경우, 플루토끼리 구분이 쉽지 않았다. 이른바 아르곤의 공간분해능(Spatial Resolution; 가까이 붙어 있는 물체의 개수를 구분하는 측정성능지표) 한계였다.

이것은 마치 별을 관찰할 때 발생하는 문제와 동일했다. 먼 곳에 별들이 우르르 뭉쳐 있다고 하자. 이 경우, 사람의 눈은 별의 개수를 헤아리지 못한다. 수많은 별빛을 뭉뚱그려서 오직 한 개의 별로 인식한다.

심지어 수천만 개의 별들이 모여 있는 성운도 한 개의 별로 여기기 일쑤다. 사람 눈의 공간분해능 한계 때문이다.

아르곤도 마찬가지로 공간분해능 한계를 가졌다. 먼 거리에서 아르곤으로 관찰하면, 바하문트의 플루토와 셰로키 플루토의 좌표가 겹쳐서 표시될 가능성이 다분했다.

옛말에 이르기를, 모래를 숨기려면 백사장에다 숨기고 나무를 숨기려면 숲에다 숨기라고 했다.

바하문트는 자신이 보유한 다섯 기의 플루토를 셰로키 플루토 옆에 숨길 요량이었다. 그러기 위해서는 어떻게든 셰로키 성에 붙어 있어야 했다.

지금까지 오로겔의 핍박을 꾹 참은 것은 이 때문이었다. 원로들에게 무시를 당하면서도 인내했던 것도 이 때문이었다. 바하문트는 남들의 주목을 받지 않고 가문의 중심부에 붙어있기 위해서 자존심을 굽혔다.

이것은 분명 플루토나이트답지 않은 행동이었다. 플루토나이트들은 목숨보다 명예를 더 소중하게 여기므로 이렇게 비겁하게 숨을 생각을 하지 못했다.

허나 바하문트는 달랐다.

바하문트는 명예를 길거리의 돌멩이보다 더 하찮게 여겼다. 그에게는 당장 살아남는 것이 가장 중요한 덕목이었다.

그래서 아무런 거리낌 없이 겁쟁이노릇을 감내했다. 온갖 비난을 들으면서도 꾹 참고 주변을 속였다. 사뭇 가증스러운 연극을 하면서도 한 점 부끄럽다거나 마음이 찔리지 않았다.

헌데 오늘 불현듯 양심의 가책을 느꼈다. 바하문트는 필리아에게 미안했다.

셰로키 성에 꼭꼭 숨어 있다고 해도 언젠가는 비밀이 들통날 것이다. 셰로키 플루토 옆에 숨어 지내는 데도 한계가 있다.

만약 우고트 정보청의 첩자들이 셰로키 성 내부까지 들어와서 아르곤으로 조사한다면?

그러면 아르곤에 플루토들의 좌표가 구분되어서 찍힐 것이다. 셰로키 플루토 하나와 바하문트의 플루토 다섯 개, 이렇게 여섯 개 좌표가 또렷하게 드러날 것이 분명했다.

일단 발각되면 끝이다. 바하문트는 하루아침에 도망자 신세가 될 테고, 바하문트와 결혼한 필리아도 날벼락 맞을 것이 뻔했다.

그 생각을 하자 마음이 착잡했다.

그렇다고 이 결혼을 미루거나 취소할 생각은 없었다. 뚜렷한 이유 없이 혼담을 깼다가는 사람들의 이목이 집중될 테고, 백성들 입에 오르내릴 테고, 급기야 우고트 왕국도 관심을 기울일 테니까.

우고트 왕국은 집요했다. 그들은 사소한 것 하나 놓치지 않았다.

지금 이 시간에도 우고트의 감시망이 온 세상을 훑고 있을 터, 바하문트는 적들이 무언가 수상하다고 느끼기 전에 가급적 빨리 혼담을 마무리짓고 싶었다. 세상의 이목을 끌지 않고 조용히.

'필리아에게는 미안하지만 어쩔 수 없다. 내가 살기 위해서는 다른 방도가 없어. 그나마 그 말괄량이 아가씨가 각방을 쓴다고 해서 다행이다. 조금이나마 마음이 편해졌어.'

바하문트는 텅 빈 천장을 올려다보면서 이런 생각을 했다. 이기적인 생각이지만, 현재로서는 이게 최선이었다.

그때였다.

스르륵.

빛바랜 초록빛 천장이 갑자기 붉은색으로 물들었다. 누군가 위층에서 핏물을 쏟아 부은 것처럼 천장이 젖어들었다.

이내 천장 한복판에 진득한 물방울이 매달렸다. 물방울은 굉장히 컸다. 색깔은 섬뜩한 핏빛이었다.

바하문트는 물방울을 향해 나직하게 외쳤다.

"내려와. 난 누가 내 머리 꼭대기에 있는 것이 싫다."

말귀를 알아들었는지 물방울이 점점 크게 부풀었다. 시뻘건 물방울 속에 희미하게 사람의 그림자가 얼비쳤다.

퐁!

물방울은 내부에 사람을 머금은 채 바하문트의 탁자 위로 똑 떨어졌다.

이윽고 진득진득한 물방울 속에서 매혹적인 여자가 모습을 드러내었다. 여자는 탁자에 앉은 채로 허리를 살짝 비틀더니 매끈한 다리를 겹쳐 꼬았다.

허리를 비튼 요염한 자세 덕분에 굴곡진 몸매가 한층 강조되었다. 터질 듯한 가슴은 더욱 크게 부풀어 보였고, 잘록한 허리는 쏙 들어갔다. 잘 빠진 엉덩이와 긴 다리, 하얀 피부가 눈을 자극했다.

천장에서 뚝 떨어진 여자는 유혹이라도 하듯 바하문트에게 끈끈한 눈길을 던졌다.

허나 바하문트는 무덤덤하게 대응했다.

"무밧지, 무슨 일이냐?"

여자의 정체는 바로 무밧지였다. 남백 자리를 놓고 바하문트와 경쟁했던 전 가주의 양녀. 그러다 갑자기 바하문트에게 남백 자리를 양보한다고 발표해서 바하문트를 난처하게 만들었던 여자.

그간 마음고생을 시킨 무밧지가 얄미웠기 때문일까? 무밧지를 대하는 바하문트의 표정은 냉랭했다.

반면 무밧지는 생글생글 웃으면서 말을 걸었다.

"일은 무슨 일. 그냥 그대의 얼굴이 보고 싶어서 온 것뿐이야."

"객쩍은 소리 말고, 어서 용건이나 말해라."

"진짜라니까. 그대가 대체 어떤 사내인지 궁금해서 왔어. 남들은 허약한 겁쟁이로 알고 있는데, 사실 그대 가슴속엔 난폭한 야수가 들어 있잖아. 참 궁금해. 그동안 어떤 세월을 살아 왔기에 이렇게 섬뜩한 것인지, 어떤 지옥을 헤쳐 왔기에 이다지도 강렬한 야성미를 풍기는지……. 나 그대에게 호기심이 생겼어."

무밧지는 노골적으로 관심을 드러냈다. 그러면서 바하문트의 가슴을 향해 손을 뻗었다. 아마 나긋나긋한 손으로 그의 가슴을 쓰다듬으려는 의도였을 것이다.

허나 바하문트는 매몰차게 손길을 피했다.

무밧지는 자존심이 상한 듯 살짝 눈썹을 찌푸렸다.

"왜 이렇게 비싸게 구실까? 난 그대를 위해서 남백의 자리마저 양보했다고. 어디 그뿐인 줄 알아? 나를 지지하는 원로들마저 그대의 파벌에 넣어주었어. 그럼 나한테 고맙다고 해야 하는 것 아니야?

바하문트는 싸늘하게 대꾸했다.

"내가 원하던 일이 아니었다. 덕분에 골치만 아파졌을 뿐이야."

"호오? 남백의 자리가 골치 아프다고? 남들은 꿈에서라도 앉고 싶어 하는 자린데, 그대는 오히려 귀찮아하네? 이거 점점 더 수상해지는데? 대체 이유가 뭐야? 왜 높은 자리를 마다하지? 왜 사람들 앞에 나서기를 주저하고 겁쟁이 행세를 하지? 무슨 의도로?"

무밧지는 눈을 반짝이며 빠르게 질문을 퍼부었다.

순간, 바하문트의 눈에서 불똥이 튀었다. 그의 눈꼬리가 사납게 치솟았다. 몸에선 진득한 살기가 풍겼다. 무밧지가 깊숙이 파고드는 것이 싫었기 때문이다.

"무밧지, 너무 깊숙하게 들어오지 마라."

바하문트는 무겁게 경고했다.

무밧지는 눈을 크게 뜨며 되물었다.

"뭐야? 내가 물어봐선 안 될 것을 질문했나? 너, 진짜 정체가 뭐야? 처음엔 꾸루의 권속이나 가디언(Guardian)인 줄 알았었는데…… 그건 아니었어. 그럼 혹시 이르드 언니의 가디언이냐?"

"흥. 누가 뱀파이어 따위의 노예란 말이냐? 어림도 없다."

바하문트는 가당치도 않다는 듯 콧방귀를 뀌었다.

대부분의 뱀파이어들은 인간의 목을 물어서 피를 오염시켰다. 이렇게 피가 오염된 인간은 무조건 뱀파이어의 명령에 복종하는데, 이들을 '권속'이라 불렀다. 좋게 말해서 권속이지 사실은 뱀파이어의 노예나 다름없었다.

한편 가디언은 권속과 조금 달랐다.

성인이 된 뱀파이어는 여러 권속들 가운데 가장 뛰어난 자를 한 명 뽑았다. 그리곤 상대에게 자신의 진혈청을 주입했다.

진혈청은 평생 딱 한 번만 뽑아낼 수 있으므로 대상을 선택할 때 각별한 주의가 필요했다. 그만큼 진혈청의 위력은 대단했다.

뱀파이어의 진혈청을 직접 받아들인 권속은 체질이 확 변했다. 피부는 뱀 껍질처럼 질겨지고 생명력과 회복력은 다른 권속들보다 열 배 이상 올라갔다. 전투력은 스무 배 가까이 증폭했다. 수명도 뱀파이어처럼 길게 늘어났다.

이들이 바로 가디언이다.

뱀파이어처럼 질긴 생명력을 지녔고, 강한 전투력으로 무장했으며, 주인을 위해 온몸을 불사르는 존재, 가디언!

얼핏 생각하면 대단해 보일 수도 있다. 하지만, 결국 가디언도 뱀파이어의 노예라는 사실엔 변함이 없었다.

바하문트는 뱀파이어의 노예로 매도당한 것이 기분 나빴다.

그래서 강하게 반발했다.

한편 무밧지도 화가 났다.

무밧지는 뱀파이어였다. 그것도 뱀파이어에 대한 자긍심이 높은 골수 뱀파이어 예찬론자였다.

헌데 그녀 앞에서 '뱀파이어 따위'라고 폄하하다니! 바하문트의 시건방진 입놀림이 무밧지를 분노케 했다.

"누마하! 말을 함부로 하는구나. 내가 너에게 남백의 자리를 양보한 것은 네가 예뻐서가 아니다. 네가 이르드 언니와 친하다는 말을 들었기 때문이었다. 나를 지지하는 원로들을 네 파벌로 넣어준 것도 이르드 언니를 생각해서였다. 하지만 네가 이렇게 건방지게 나오면 나도 봐줄 수 없어."

"못 봐주면 어떻게 할 건데?"

바하문트가 싸늘하게 되물었다.

무밧지의 눈에서 불길이 이글거렸다.

"건방진 놈! 나를 자극하지 마라. 난 꾸루처럼 어린 뱀파이어가 아니다. 한 번만 더 내 신경을 건드리면 네놈의 혀를 뽑아서 이르드 언니에게 보낼 테다!"

실제 행동으로 보여주려는 듯, 무밧지는 책상에서 엉덩이를 떼고 일어나더니 위협적인 손동작을 취했다.

허나 바하문트를 겁주진 못했다. 오히려 화만 돋웠다.

바하문트는 옹색하게 구부렸던 어깨를 쫙 폈다. 그리곤 무밧지를 향해 한 걸음 다가섰다. 섬뜩한 기세가 구름처럼 일어

났다.

'어차피 무밧지와는 한 번 부딪칠 수밖에 없다. 이 뱀파이어 계집은 내 과거를 궁금하게 여겨. 이대로 계속 파고들도록 방치했다간 일이 터질지 몰라. 그 전에 기를 꺾어놓을 필요가 있어.'

바하문트는 오늘을 무밧지 굴복시키는 날로 잡았다.

Chapter 2

'이놈이 이 정도였나?'

무밧지는 흠칫 몸을 떨었다. 상대가 내뿜는 기세가 상상을 초월했기 때문이다.

지금 바하문트가 내뿜는 위압감은 숨막힐 정도였다. 둘째 언니 샤하르보다 훨씬 더 강했다. 심지어 큰언니 이르드마저 능가하는 무게를 지녔다.

무밧지는 저도 모르게 침을 꿀꺽 삼켰다. 눈동자가 바르르 흔들렸다.

그렇다고 이제 와서 꼬리를 말긴 싫었다. 그건 자존심이 허락하지 않았다. 무밧지는 억지로 전의를 끌어올리면서 입술을 살짝 벌렸다.

싸아아—

무밧지의 빨간 입술 사이로 으스스한 송곳니가 드러났다. 서늘한 입김과 함께 음습한 죽음의 기운이 흘렀다.

무밧지의 매혹적인 두 눈은 지옥불처럼 시뻘겋게 변해 이글거렸다. 동그란 동공 주변으로 노릿한 테가 형성되면서 동공에 맺힌 바하문트를 옭아매었다.

공격은 무밧지가 시작했다.

파앙!

공기 찢어지는 소리가 났다. 무밧지의 손톱이 바하문트의 목줄기를 노리고 파고들었다.

그 속도가 어찌나 빨랐던지, 소리가 들렸을 때 무밧지의 손톱은 벌써 바하문트의 목을 긁고 있었다.

허나 바하문트의 대응은 더 빨랐다. 바하문트는 여유롭게 선 채 오른손 손등을 바깥쪽으로 휘둘렀다.

무밧지의 공격과 바하문트의 방어가 서로 맞부딪쳤다. 퍽 소리가 났다.

"크윽!"

무밧지는 신음을 토하며 뒤로 물러섰다. 벼락처럼 내친 공격이 막힌 것도 놀라웠지만, 그보다는 상대와 부딪쳤을 때 팔목이 시큰거린 것이 더 의외였다. 잠깐 충돌했을 뿐인데 뼛속까지 저렸다. 몸에 힘이 쫙 빠지고 손이 덜덜 떨렸다.

한편 바하문트도 이빨을 꽉 다문 채로 주먹을 말아쥐었다.

아파서가 아니었다. 방금 무밧지와 맞부딪친 충격 때문에 손목 피부가 살짝 뒤틀렸다. 자살 흔적으로 보이는 상처로부터 하얀 김이 모락모락 피어올랐다.

바하문트는 왼손으로 오른손 손목을 감싸쥐며 얼굴을 찡그렸다.

'제기랄! 오리하르콘 장갑에 금이 갔다.'

바하문트는 손에 얇은 장갑을 꼈다. 생명체의 기운을 빨아먹는 악마의 능력을 감추기 위해서였다.

그동안 장갑에 삽입한 오리하르콘 박판이 생기의 흡수를 막아주었다. 덕분에 사람들과 악수를 해도 멀쩡했다.

허나 오리하르콘은 점차 힘을 잃어가는 중이었다. 반대로 악마의 능력은 갈수록 기승을 부렸다.

악마의 손은 더 강하게, 더 가혹하게 주변의 생기를 빨아들이길 원했다.

이제 얇은 오리하르콘만으로는 그 강렬한 흡수력을 막기 힘들었다. 시간이 흐를수록 장갑은 우그러들었고, 그 흔적이 바하문트의 손목에 고스란히 남았다.

남들이 보기엔 바하문트의 손목에 난 상처가 자살을 시도했던 흔적으로 여겨질 테지만, 사실은 장갑이 우그러진 결과일 뿐이다.

헌데 방금 전, 그 우그러진 곳에 물리적인 충격을 받았다.

그렇지 않아도 구불구불 우그러져서 응력이 집중되기 쉬운 부위였다. 충격을 받자 금세 균열이 생겼다.

균열의 틈새로 소량의 에너지가 빨려들어왔다. 방금 전 무밧지로부터 빼앗아 온 에너지다.

'한 번 더 부딪치면 장갑이 완전히 찢어지고 맨살이 드러난다. 그래선 안 돼.'

바하문트는 입술을 꽉 깨물었다. 그리곤 왼손으로 오른손 손목을 꽉 붙잡은 채 무밧지를 향해 다가섰다.

대충 싸울 순 없었다. 두 손을 쓰지 않고 무밧지를 제압하려면 벼락처럼 휘몰아쳐서 단방에 끝내야 할 것이다.

무밧지도 심상치 않은 기세를 느꼈다. 그녀는 떨리는 가슴을 가다듬며 허리춤에서 기형칼을 꺼내들었다. 기형칼 손잡이 구멍에 손가락을 꽉 끼워 넣자 두근거리던 마음이 좀 안정되었다.

그 순간, 눈앞에서 바하문트가 사라졌다. 무밧지의 심장이 철렁 내려앉았다.

'위험하다!'

위험하다는 생각이 뇌리에 떠오른 찰나, 싹 사라졌던 바하문트가 갑자기 옆에서 나타났다. 그와 동시에 바하문트의 오른손 팔꿈치가 수평으로 날아와서 무밧지의 관자놀이를 강타했다.

피할 새도 없었다.

콰직!

두개골 으스러지는 소리가 났다. 무밧지의 망막에서 시퍼런 불꽃이 튀었다.

허나 무밧지도 그냥 당하지는 않았다. 옆으로 쓰러지는 와중에도 끝까지 기형칼을 휘둘러서 바하문트를 공격했다.

물론 바하문트는 몸통을 살짝 틀어서 가볍게 피했다.

그 공격을 끝으로 무밧지는 정신을 잃었다. 세상이 캄캄했다.

찰싹, 찰싹.

희미하게 때리는 소리가 들렸다. 채찍소리 같았다. 무밧지는 띵한 머리를 흔들며 힘겹게 고개를 들었다.

아직 어지럼증이 가시질 않아 방 천장이 빙글빙글 돌았다. 회전하는 천장을 배경으로 뿌연 형체가 눈에 들어왔다.

무밧지는 눈꺼풀을 몇 차례 깜빡거렸다. 그러자 뿌옇던 이미지가 또렷하게 보였다. 지금 위에서 내려다보고 있는 상대는 바로 누마하였다.

누마하, 아니 바하문트는 정신을 잃고 쓰러진 무밧지의 뺨을 가볍게 때리던 중이었다. 방금 전에 무밧지의 귀를 간질였던 채찍소리는 누마하에게 따귀 맞는 소리였다.

따귀라니!

무밧지는 벌떡 상체를 일으키면서 욕을 퍼부었다.

"이 새끼가 감히 누구의 따귀를……."

쫘악—

욕을 하자마자 따귀소리가 갑자기 커졌다. 무밧지의 뺨은 순식간에 벌겋게 부풀었다.

"퉤!"

무밧지는 독한 눈길로 바하문트를 노려보면서 얼굴에 침을 뱉었다. 피가 섞인 침이었다.

바하문트는 목을 살짝 틀어서 가볍게 침을 피했다. 그리곤 이번엔 손등으로 무밧지의 뺨을 후려쳤다.

빠악!

이건 따귀 때리는 수준이 아니다. 무밧지는 턱뼈에 강한 충격을 받았다. 얼굴이 휙 돌아갔고 뺨이 얼얼했다.

이어서 바하문트는 손으로 무밧지의 아랫턱을 움켜잡았다. 그리곤 가까이 잡아당겼다.

"크읍!"

무밧지는 얼굴을 시뻘겋게 물들이면서 발버둥쳤다. 허나 바하문트의 억센 악력을 당해내진 못했다. 상대가 잡아당기는 대로 고스란히 끌려갔다.

바하문트는 무밧지의 눈을 가까이 들여다보면서 손가락에 힘을 주었다. 억센 손가락이 여린 볼을 짓누르며 파고들자 무밧지의 턱이 서서히 열렸다.

입이 쩍 벌어졌다. 하얀 이빨과 분홍빛 혀, 그리고 자그마한 목젖이 고스란히 드러났다.

바하문트는 무밧지의 턱을 강제로 연 채, 손가락을 상대의 입 속에 집어넣었다.

꼬물꼬물. 바하문트의 손가락이 무밧지의 입 속에서 꼼지락거렸다.

"무, 무어하느 거응르?"

턱을 꽉 잡힌 통에 무밧지의 발음이 꼬였다. 무엇하려는 거냐고 물으려고 했지만, 사실은 필요 없는 질문이었다. 지금 바하문트가 무슨 짓을 하려는지 느낌이 왔다. 단지 인정하기 싫었을 뿐이다.

꼼지락거리던 바하문트의 손가락이 무밧지의 입 속에서 자리를 잡았다. 바하문트는 엄지와 검지, 중지, 이렇게 세 손가락을 사용해서 무밧지의 분홍빛 잇몸을 마사지하듯 문질렀다. 그리곤 서서히 힘을 주었다.

우득.

끔찍한 소리가 났다. 바하문트의 손가락은 대장간에서 사용하는 집게보다 더 억세고 힘이 셌다.

"끄읏!"

무밧지는 두 눈을 부릅떴다. 지독한 통증에 뒷골이 아렸다. 목구멍에선 그르렁그르렁 소리가 울렸다.

통증의 강도가 점점 올라갔다. 이건 아예 아래턱이 통째로 뽑혀나가는 듯했다. 딱딱하게 굳은 무밧지의 망막엔 상대방의 팔 근육이 맺혔다.

펄럭거리는 소매 사이로 드러난 바하문트의 팔 근육……

바싹 마른 줄로만 알았었는데, 그게 아니었다.

바하문트의 근육은 너무나 성기고, 치밀하고, 완강했다. 그 촘촘한 근섬유 다발이 괴력을 발휘해서 무밧지의 이빨을 잡아당겼다.

뿌드득!

입에서 나는 소리가 커졌다. 잇몸이 허물어지는 고통이 무밧지를 엄습했다. 비로소 무밧지의 눈에 공포가 어렸다.

잠시 후, 무밧지의 잇몸에서 기다란 송곳니가 통째로 뽑혀 나왔다. 뱀파이어가 자랑하는 송곳니가 뽑힌 것이다!

붉고 푸른 실핏줄이 뒤엉킨 송곳니는 고목의 뿌리마냥 울퉁불퉁하고 길었다. 바하문트는 전리품을 손에 쥔 채 낮게 으르렁거렸다.

"무밧지. 오늘 여기서 있었던 일은 싹 잊어라. 나에 대해서 깊이 알려고 하지도 마라. 이번에는 송곳니 하나로 끝내겠지만, 다음에는 나머지 세 개의 송곳니를 다 뽑는다. 그리고 네 혓바닥마저 뽑을 테다."

말을 하면서 바하문트는 무밧지의 분홍빛 혀를 손가락으로 꽉 잡았다.

찰나, 무밧지의 머리카락이 쭈뼛 섰다. 다른 사람에게 혀를 붙잡힌 충격은 생각보다 훨씬 강렬했다.

Chapter 3

 바하문트는 무밧지의 송곳니를 뽑아 버린 뒤, 방에서 내쫓았다. 그 다음 곧바로 꾸루를 찾아갔다.

마침 꾸루는 옆방에 대기 중이었다.

바하문트는 다짜고짜 오리하르콘 박판을 부탁했다.

"꾸루, 오리하르콘이 필요하다. 얇은 박판으로 세 묶음만 구해다오."

"오리하르콘 박판이요? 알았어요. 며칠만 시간을 줘요. 구해 볼게요."

꾸루는 왜 오리하르콘 박판이 필요한지 묻지 않았다. 군소리 없이 바하문트의 부탁을 들어주었다. 대신 상대에게 한 가지 청을 넣었다.

"저……."

"왜?"

"무밧지 언니를 용서해 줘요. 언니는 당신이 플루토나이트란 사실을 몰라요. 여느 인간인 줄 알고 무모하게 덤볐을 거라고요."

바하문트는 쓴웃음을 지었다.

"벌써 네 귀에 소식이 들어갔더냐? 방금 전 벌어졌던 일인데 벌써 알았어? 아니면 뱀파이어끼리 서로 통하는 것이 있나?"

"내가 어떻게 알았는지는 중요하지 않아요. 당신이 언니를 용서해 줄 것인지가 중요해요."

꾸루의 표정은 간절했다.

바하문트는 담담한 목소리로 말했다.

"나는 이미 무밧지를 용서했다. 그녀가 내 뒤를 캐지 않으면, 그리고 나를 건드리지 않으면 그걸로 족하다. 일이 시끄러워지는 것은 질색이거든."

"용서했다니 다행이네요. 그럼 송곳니를 돌려주세요."

꾸루는 대뜸 손을 내밀었다.

바하문트가 물었다.

"송곳니?"

"당신이 무밧지 언니의 송곳니를 뽑았다면서요. 송곳니는 우리 일족의 자긍심이자 힘의 원천이거든요. 간절히 부탁할게요. 제발 언니의 송곳니를 되돌려주세요."

꾸루의 표정은 절실했다.

바하문트는 주머니를 뒤적여서 무밧지의 송곳니를 꺼냈다. 그걸 손바닥 위에 놓고 이리저리 관찰하다가 꾸루에게 건네주었다.

"옛다. 네가 무밧지에게 전해 주거라."

"고마워요. 정말 고마워요."

꾸루는 활짝 웃으면서 송곳니를 두 손에 꼭 쥐었다.

바하문트가 물었다.

"헌데, 한 번 뽑힌 이빨을 다시 끼울 수 있나?"

"물론이죠. 저희 일족은 인간에 비해 세포 재생력이 뛰어나거든요."

"그거 잘 되었군. 본보기삼아 송곳니를 뽑긴 했다만 나도 마음이 썩 좋지는 않다. 무밧지가 무슨 큰 잘못을 저질러서 이빨을 뽑은 것이 아니다. 단지 그녀가 내 뒤를 캐는 것이 싫었을 뿐이야."

꾸루는 그럴 줄 알았다는 듯 종알거렸다.

"알고 있어요. 무밧지 언니도 이번 경험을 통해 당신의 무서움을 똑똑히 깨달았을 거예요. 앞으로는 함부로 접근하거나 귀찮게 하지 않겠죠."

"꾸루. 혹시나 싶어서 당부한다만, 무밧지에게 내 비밀을 귀띔하지 마라. 플루토나이트의 '플' 자도 꺼내선 안 된다. 내 본명을 입에 담는 것은 더더욱 금물이다."

바하문트는 거듭 강조했다.

꾸루는 머리를 크게 끄덕이며 맹세했다.

"일족의 이름을 걸고 맹세할게요. 내 입은 무거우니까 믿어도 좋아요."

"그래."

바하문트는 희미하게 웃으면서 신뢰를 표현했다.

꾸루의 방을 나와 서고로 되돌아온 바하문트는 책장에서 책을 하나 꺼냈다. 그런 다음 책상 위에 편하게 걸터앉아 책을 펼쳤다.

책의 제목은 '뱀파이어의 계보'였다.

바하문트는 불현듯 뱀파이어에 대한 호기심이 생겼다. 방금 전 무밧지와 싸웠기 때문일 텐데, 몇 가지 확인할 것이 있어서 흡혈귀에 대한 자료를 찾았다.

이 책은 바하문트가 몇 달 전에 한 번 읽었었다. 책을 굳이 다시 들추지 않아도 내용은 전부 기억했다. 바하문트는 단지 지식을 되새김질 하는데 의미를 두었다.

책을 읽는 가운데 이르드, 꾸루, 무밧지가 차례로 떠올랐다. 바하문트는 나름대로 세 뱀파이어의 전력을 떠올리고 서열을 매겨보았다.

"그들 세 명은 모두 진혈의 뱀파이어다. 그런데 같은 진혈의 뱀파이어끼리도 실력 차이가 크구나. 꾸루의 힘은 무밧지에 못 미치고, 무밧지는 이르드에 비하면 아직 어린아이에 불과해……."

책에서 읽은 바에 따르면, 뱀파이어는 크게 세 종류로 나뉜다.

성혈의 뱀파이어.
진혈의 뱀파이어.
적혈의 뱀파이어.

이 셋은 피라미드 구조로 상하가 연결되었다.

가장 꼭대기에 성혈의 뱀파이어가 있고, 그 아래층에 진혈의 뱀파이어, 마지막으로 가장 밑바닥에 적혈의 뱀파이어가 존재했다.

성혈의 뱀파이어끼리 교합해서 자식을 잉태하면, 그 아이는 성혈의 뱀파이어였다.

인간이 성혈의 뱀파이어에게 물려서 권속이 되면, 그 권속은 성혈보다 한 단계 아래인 진혈의 뱀파이어가 되었다.

즉, 성혈의 뱀파이어는 성혈을 낳을 수 있고 진혈을 양산할 수 있었다.

진혈의 뱀파이어도 마찬가지였다.

진혈의 뱀파이어끼리 교합해서 자식을 잉태하면, 그 아이는 진혈의 뱀파이어였다.

인간이 진혈의 뱀파이어에게 물려서 권속이 되면, 그 권속은 진혈보다 한 단계 아래인 적혈의 뱀파이어가 되었다.

즉, 진혈의 뱀파이어는 진혈을 낳을 수 있고 적혈을 양산할 수 있었다.

그러나 진혈이 성혈을 잉태하는 것은 불가능했다.

한편 가장 아랫단계인 적혈의 뱀파이어는 정식 뱀파이어가 아니었다.

적혈의 뱀파이어는 아이를 낳지 못했다. 그리고 인간을 물어도 권속을 만들지 못했다. 즉, 적혈은 스스로 번식할 수 없는 종이었다.

대신 숫자는 적혈이 가장 많았다.

그 다음으로 진혈의 뱀파이어가 소수 존재했다.

마지막으로 성혈의 뱀파이어는 오래 전에 멸종했다.

뱀파이어의 역사상 성혈은 딱 두 명 뿐이었다. 뱀파이어 일족의 먼 조상인 모네레와 코다 오누이가 성혈이었다.

이 가운데 모네레는 동생 코다의 손에 죽었다. 당시 모네레를 따랐던 진혈의 뱀파이어들도 주인과 함께 죽었다.

훗날 코다도 자살했다고 알려졌다.

코다의 죽음을 끝으로 성혈은 대가 끊겼다.

세상에는 코다를 따르던 진혈의 뱀파이어들만 살아남았다. 그들이 서로 교배하고 피를 섞으면서 뱀파이어 일족의 명맥을 이어갔다.

이상이 뱀파이어의 역사였다.

탁!

바하문트는 책을 덮고 자리에서 일어났다. 그리곤 방 안을 뱅뱅 맴돌았다.

왠지 기분이 이상했다.

문득 생각이 나서 뱀파이어의 계보를 다시 들춰본 것뿐이었다. 그런데 뱀파이어의 역사를 되풀이해서 읽자 묘하게 심장이 두근거렸다.

'무언가 연결된 느낌이다.'

뭔가 희미하게 잡힐 것 같은데, 바하문트는 그 실체가 무엇인지 알 수 없어서 답답했다.

'피!'

그 와중에 바하문트는 피를 떠올렸다. '피'라는 짧은 단어가 주는 원색적이고 강렬한 이미지가 뇌리를 가득 채웠다.

피를 생각하자 심장 박동이 급격히 빨라졌다. 혈관이 팽창했다.

늘어난 혈관 속에서 헤아릴 수 없는 수의 적혈구가 콸콸 휘돌았다.

바하문트는 낮게 으르렁거렸다.

"아까 무밧지와 싸운 탓에 피가 뜨겁게 달아올랐다. 오늘은 상상훈련만으로는 만족 못하겠어."

그동안 바하문트는 너무 웅크리고 살았다. 한창 피 끓는 나이에 멍청이 행세를 하고 폐인처럼 은둔생활을 하는 것이 쉬운 일은 아니었다. 이제는 바보 노릇하기도 지겨웠다. 인내심도 한계에 달했다.

게다가 얼마 전에는 오로겔이 암살자를 보냈었다.

바하문트는 홧김에 암살자를 직접 해치웠는데, 이것이 촉매 역할을 했다. 선명한 피를 보자 마음의 평정이 깨졌다.

몸에 열이 오르고 심장이 요동쳤다. 가슴 밑바닥에선 수시로 뜨거운 것이 치밀었다.

'욕구불만이다. 가슴에 옹이가 지지 않으려면 빨리 맺힌 걸 풀어줘야 해.'

바하문트의 스트레스 해소방법은 간단했다.

바로 상상훈련!

바하문트는 가상의 상대와 피터지게 싸우면서 실력도 키우고 스트레스도 풀었다.

상상훈련은 여러모로 유용했다. 남에게 실력을 드러내지 않아서 좋고, 좁은 공간에서도 충분히 효과를 낼 수 있어서 좋고, 억눌린 스트레스도 풀어서 좋고.

이런 것 말고도 상상훈련의 장점은 많았다. 바하문트는 점점 더 많은 시간을 상상훈련에 할애했다.

꾸준히 훈련에 매진한 결과, 바하문트의 무력은 나날이 늘었다. 특히 감각과 민첩성, 투지 등은 예전과 비교도 할 수 없을 만큼 성장했다.

그러니 굳이 연무장에 나가서 무기를 들고 투덕거릴 필요는 없었다.

하지만 아주 가끔, 정말 아주 가끔은 실제 손맛이 그리울 때가 있었다. 상상 속의 적을 상대해도 충분히 실감나지만, 그래도 가끔은 진짜 무기를 들고 진짜 살아 있는 상대와 싸워보고 싶은 충동이 일었다.

특히 오늘 같은 날은 충동을 참기 힘들었다.

물통에 물이 꽉 차서 넘치기 직전 상태라고나 할까? 바하문트는 주체할 수 없는 전투본능 때문에 몸이 근질근질했다.

때마침 일이 터졌다. 꾸루가 찾아왔다.

마음이 급했던지 꾸루는 노크도 하지 않고 방문을 벌컥 열었다. 그리곤 잔뜩 흥분한 목소리로 외쳤다.

"찾았어요! 드디어 찾았다고요."

"뭘 찾았는데 호들갑이야?"

바하문트는 꾸루의 무례한 행동이 못마땅했다. 자연히 목소리에 감정이 실렸다.

하지만 꾸루는 개의치 않고 이야기했다.

"토르의 행방을 찾았다니까요."

"뭣?"

바하문트는 펄쩍 뛰었다.

토르는 예전에 바하문트의 아버지가 고용했던 용병이다.

지금으로부터 15년쯤 전, 바하문트의 아버지 빈 남작은 자유무역동맹 몇 개 도시에 걸쳐서 상당한 규모의 와인사업체를 세웠다. 그리곤 용병 토르를 와인사업체의 경비 총책임자로 임명했었다.

그 후 몇 년간 빈의 와인 사업은 순조로웠다. 그러다 10년쯤 전에 문제가 발생했다. 그 즈음 빈 남작은 정신이 쏙 빠진 상태였다. 외아들 바하문트가 바바로스 땅 전쟁터로 끌려갔기 때문이다.

아들이 죽게 생겼는데 뭐가 눈에 들어오겠는가. 빈은 모든 사업을 내팽개친 채 아들 걱정에만 매달렸다. 그 사이 자유무역동맹의 사업체는 토르가 대신 관리했다.

이건 고양이에게 생선을 맡긴 격이었다. 토르는 단지 무술만 강한 용병이 아니었다.

용병답지 않게 머리회전이 빠르고 교활했으며, 가슴속엔 능구렁이를 열 마리쯤 키우고 있었다. 말하자면 토르는 전형적인 반골이었다.

그런 토르가 이 좋은 기회를 놓칠 리 없었다. 빈이 신경을 쓰지 못하는 사이, 토르는 와인사업체의 수익금 상당부분을 빼돌렸다. 뒤이어 사업체 자산까지 손을 대기 시작했다.

그 뒤 바하문트가 전쟁터에서 살아서 돌아왔고 빈도 기운을 차렸다.

하지만 토르의 나쁜 손버릇은 없어지지 않았다. 한 번 맛을 들인 탓인지, 토르는 점점 더 대담하게 행동했다. 이젠 아예 가짜장부까지 만들어 놓고 와인사업체의 이익을 제 몫으로 돌렸다.

그러다 3년 전, 마침내 토르의 횡령이 들통날 위기를 맞았다.

당시 바하문트와 빈 부자는 네스토의 추격을 피해서 자유무역동맹으로 피신하려던 참이었다. 새로운 장소에서 피난 생활을 하려면 금화가 필요할 테고, 그 금화를 마련하려면 와인사업체를 팔아야 했다.

도피자금이 궁했던 빈은 토르에게 편지를 썼다. 편지에는 이제 와인사업체를 정리하겠다는 내용이 담겼다.

그 즈음 빈은 폐에 상처를 입고 자리보전하던 중이었기 때문에 바하문트가 빈을 대신해서 편지를 썼다. 덕분에 바하문트는 와인사업체에 대한 대략의 윤곽을 파악하게 되었고 토르에 대해서도 알게 되었다.

한편, 갑작스레 빈의 편지를 받은 토르는 분주하게 움직였다.

이 여우 같은 사내는 우선 횡령 증거부터 깔끔하게 없앴다. 가짜장부는 모두 불태웠다. 그런 뒤, 와인사업체를 몽땅 팔아치우고는 어디론가 튀어 버렸다.

이게 3년 전 여름에 벌어진 사건이었다.

그 해 여름, 자유무역동맹에 막 도착한 바하문트는 토르의 배신을 알고는 불처럼 화를 냈었다. 바하문트는 이르드와 꾸루를 다그쳐서 배신자를 잡아달라고 강력하게 주문했다.

이르드가 나섰다. 꾸루도 애를 썼다. 두 뱀파이어 자매의 명을 받아 뱀파이어 조직과 만드라고라 길드가 움직였다. 두 조직은 은밀하게 토르의 행방을 뒤쫓았다.

허나 배신자 토르는 흔적 하나 남기지 않고 증발해 버렸다. 그 뒤로 3년 동안이나 추적을 계속했지만 쉽게 행방을 찾지 못했다.

바하문트는 3년 내내 답답해했다. 그렇다고 직접 토르를 찾아 나설 형편도 아니었다. 세로키 성의 일이 바쁜 탓이었다. 결국 바하문트는 반쯤은 마음을 비운 상태로 토르에 대한 추격을 꾸루에게 맡겼다.

 헌데 드디어 성과가 나왔다. 드디어 그 배신자를 찾았단다. 바하문트는 꾸루의 보고를 듣자마자 눈이 뒤집혔다.

 "어디 있어? 그놈이 어디 숨어 있었어?"

 바하문트의 등 뒤에서 오로라처럼 기세가 뻗었다. 뭉게구름마냥 무럭무럭 자라난 난폭한 기세는 방 천장을 뚫고 저 높은 하늘 꼭대기까지 이르는 듯했다.

 꾸루는 바하문트가 뿜어내는 흉흉한 기운에 억눌려 저도 모르게 뒷걸음질쳤다.

 바하문트가 빠르게 다가와서 꾸루의 어깨를 잡았다. 그리곤 앞뒤로 마구 흔들면서 으르렁거렸다.

 "그 개자식이 대체 어디 있냐고!"

 바하문트는 말도 못하게 화가 난 상태였다. 토르의 이름을 듣는 것만으로도 피가 거꾸로 솟았다.

 사실 바하문트는 가슴속에 심한 상처를 끌어안은 채 살아왔다. 자신 때문에 아버지가 죽었다는 자책감이 원인이었다. 그나마 아버지의 시신이라도 제대로 챙겼으면 위안이 되었을 텐데, 그조차 못했다.

 이 깊은 상처는 바하문트의 골수에 맺혀 있었다.

 덕분에 바하문트는 빈에 관한 일이라면 극도로 민감했다. 다른 일에는 냉정하지만 아버지가 얽힌 일이라면 물불 가리지 않았다.

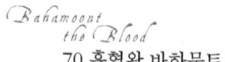

빈은 바하문트의 역린이었다. 빈의 와인사업체 역시 역린에 해당했다.

자유무역동맹의 와인사업체에는 빈 남작의 꿈과 자부심, 그리고 추억이 담겨 있었다.

살아생전 빈은 종종 바하문트를 불러 앉혀놓고 와인사업의 장밋빛 미래를 이야기해 주곤 했는데, 그때마다 빈의 눈빛은 꿈꾸는 듯 몽롱했다. 바하문트는 아직도 아버지의 그 몽롱한 미소를 잊지 못했다.

그런데 토르가 그 희망을 짓밟았다. 건드려서는 안 될 성역을 더럽혔다.

바하문트는 절대 토르를 용서할 수 없었다. 토르를 찾았다는 보고를 듣자마자 눈이 뒤집힌 것이 당연했다.

"그 개자식이 대체 어디 있는지 말해!"

바하문트는 다시 한 번 거세게 다그쳤다.

꾸루는 가늘게 떨리는 목소리로 답했다.

"놈은 현재 로베르토 시에 있어요."

"로베르토 시는 여기서 멀지 않잖아. 그런데 왜 이제야 놈을 발견했지?"

바하문트는 날카롭게 추궁했다.

꾸루가 사정을 설명했다.

"토르는 막대한 재산을 횡령했잖아요. 그 돈으로 여자를 끼고 배 두드리면서 부유하게 살고 있을 줄 알았죠. 그래서 신흥

부자 위주로 조사했었거든요."

"그런데?"

"전혀 아니었어요. 놈은 여자를 끼고 배 두드리면서 살기는커녕 전혀 엉뚱한 곳에 숨어 있더라고요. 그래서 무려 3년 동안이나 놈을 찾지 못하고 헤맸던 거죠."

꾸루가 말을 빙빙 돌리자 바하문트는 버럭 소리쳤다.

"결론이 뭐야? 대체 그놈이 어디에 어떻게 숨어 있었어?"

움찔 놀란 꾸루가 재빨리 대답했다.

"토르는 놀랍게도 로베르토 시의 한 격투클럽에서 투사 노릇을 하고 있었어요. 노켈리스라는 가명으로요."

"투사라고? 노켈리스라는 가명으로?"

바하문트는 토르의 가명을 곱씹으며 이빨을 뿌드득 갈았다. 그리곤 분을 이기지 못해 곧바로 명령했다.

"꾸루, 당장 놈을 잡아와라. 내 눈앞에 끌고 와."

"저……, 지금 당장은 곤란해요. 로베르토는 치안이 철저한 도시여서 함부로 사람을 납치하기 어려워요. 게다가 토르의 실력도 만만하지 않고요."

꾸루는 곤란하다는 듯 고개를 내저었다.

허나 바하문트는 막무가내였다.

"그렇다면 내가 직접 가서 잡아오지. 꾸루, 놈이 있는 곳으로 안내해라. 당장 로베르토 시로 가야겠다."

"네에? 지금 바로요?"

꾸루의 눈이 휘둥그레졌다.

Chapter 4

꾸루는 깜짝 놀랐다. 기가 막혀서 거의 몇 초 동안 멍하게 바하문트를 올려다보았다.

바하문트는 이성적이고 냉철한 사람이었다. 행동하기에 앞서 생각을 많이 할뿐 아니라 매사에 신중했다.

그러나 유독 아버지에 관한 일이라면 물불 가리지 않았다. 지금도 갑자기 로베르토 시로 가자고 주장해서 당황스러웠다.

꾸루는 바하문트의 과격한 반응에 거부감을 느꼈다. 하지만 한편으로는 그 절박한 심정에 수긍이 갔다. 바하문트가 오죽했으면 이러겠나.

그리고 사실 꾸루도 이런 일탈이 싫지만은 않았다. 솔직히 말해서 셰로키 성은 답답했다. 반면 로베르토 시는 탁 트인 해방감을 주었다.

밤의 도시 로베르토! 도박과 술과 폭력의 도시 로베르토!

그 유토피아(Utopia; 이상향)를 떠올린 순간, 꾸루의 심장은 빠르게 뛰놀았다.

바하문트가 말을 돌렸다.

"꾸루, 전에 내게 말한 적이 있지? 가끔씩 성을 빠져 나가서 로베르토 시의 격투클럽에 다녀온다고 했었잖아."

"읏!"

꾸루는 깜짝 놀랐다. 바하문트가 그 이야기를 기억하고 있을 줄은 몰랐다.

바하문트는 집요하게 캐물었다.

"그렇게 잠깐잠깐 로베르토 시에 다녀왔다는 것은, 다시 말해서 하룻밤 안에 그곳까지 왕복할 수단이 있다는 뜻 아니야?"

"으읏!"

꾸루는 한 번 더 흠칫했다. 바하문트는 집요할 뿐 아니라 예리함까지 갖췄다. 꾸루가 밝히지 않았던 부분을 귀신처럼 짚어내었다.

바하문트는 상대가 놀라건 말건 당당하게 요구했다.

"꾸루, 내게 그 수단을 빌려줘. 오늘 밤 안에 토르 그 자식을 잡아와야겠다. 그러지 않고는 미칠 것 같아."

"그, 그건……."

꾸루는 식은땀을 흘리며 말을 더듬었다. 뱀파이어족의 은밀한 교통수단을 바하문트에게 공개하기 싫어서였다.

하지만 바하문트는 한 번 잡은 꼬투리를 놓아 주지 않았다.

"왜? 싫은가? 이거 실망인걸! 나는 아까 무밧지의 송곳니도 순순히 돌려줬는데."

무밧지의 송곳니 이야기가 나오자 꾸루의 마음이 흔들렸다.

뱀파이어들은 손익계산에 민감해서 한 번 빚을 지면 바로 갚아야 마음이 편했다. 물론 원한을 갚는 일에는 더더욱 철저했다.

꾸루는 잠시 머뭇거리다가 끝내 한숨을 내쉬었다.

"휴우우……, 알았어요. 빚을 갚아야 하니까 어쩔 수 없지요. 토르가 있는 곳까지 직접 길 안내를 할 테니 잠시만 기다려요. 나, 얼른 준비할게요."

로베르토 시는 이곳 세로키 성에서 300킬로미터 가량 떨어진 서북쪽에 위치했다. 오늘 밤 안에 그 먼 곳에 다녀오려면 서둘러야 할 것이다.

꾸루는 마음이 급했다. 그러는 한편으론 얼른 로베르토 시로 날아가고 싶은 마음도 상존했다.

솔직히 말해서, 로베르토 시는 뱀파이어들이 푹 빠질 만한 매혹적인 장소였다. 오죽했으면 뱀파이어들이 로베르토 시를 유토피아라고 부를까.

이 화려하고 거친 도시는 용병과 술, 격투와 도박으로 유명했다.

로베르토 시를 지배하는 로베르토 가문은 무려 7천5백여 명에 육박하는 어마어마한 숫자의 용병을 보유했으며, 용병파견과 격투클럽 운영, 도박장 관리, 술 판매, 관광수입 등으로 매년 천문학적인 액수의 금화를 벌어들였다.

로베르토 가문은 이렇게 들어온 수입의 절반 이상을 관광자

원 개발에 재투자했다.

덕분에 도시는 점점 더 화려하게 발전했다. 이제는 온 세상의 수많은 사람들이 격투를 관람하려고 로베르토 시를 찾았다. 도박을 좋아하는 사람들도 쉴 새 없이 몰려들었다.

남편들이 격투와 도박을 즐기는 동안, 아내와 아이들은 로베르토 시의 화려한 상점에서 명품을 사고, 오페라와 거리공연, 서커스 등을 구경하고, 교향악단의 연주를 듣고, 맛난 음식을 사먹었다.

볼거리, 먹을거리가 늘자 더 많은 관광객이 찾아왔다. 로베르토 시는 늘 인파로 북적거렸다. 심지어 거리까지 술과 음악이 넘쳐났다.

술과 음악은 낭만을 불렀고, 낭만은 밤을 융성하게 만들었다.

덕분에 로베르토 시는 낮보다 밤이 더 화려했다. 대부분의 관광객들도 주로 밤에 돌아다녔다. 로베르토 시야말로 세상 최고의 밤의 도시였다. 그리고 뱀파이어는 밤을 즐길 줄 아는 종족이었다.

꾸루는 모처럼 즐거움을 맛볼 생각에 가슴이 부풀었다.

15분 뒤.

꾸루는 모든 준비를 마쳤다.

바하문트도 어느새 까만 옷으로 갈아입었다. 바하문트는 높은 깃으로 얼굴 옆면을 가렸고, 넓적한 마스크로 입과 코를 감췄다. 오직 두 눈만 드러냈다. 몰래 성을 빠져 나가기엔 더없이 적합한 차림새였다.

더불어 오리하르콘 장갑의 균열을 메우기 위해 오른손 손목에 굵은 금속 팔찌를 착용했다.

"내가 앞장설게요."

꾸루가 길잡이 역할을 자청했다.

바하문트는 꾸루의 뒤를 따랐다.

거치적거릴 것은 없었다. 성을 나서는데 방해할 사람도 없었다. 꾸루의 지시를 받은 호위무사들은 미리 길을 열어놓았다.

바하문트와 꾸루는 단숨에 성문 밖 황야로 나갔다.

황야를 가로질러 몇 백 미터 쯤 달려가자, 그곳에서 대기 중이던 호위무사가 보였다.

휘익!

꾸루는 휘파람을 불어서 상대방에게 신호를 보냈다.

신호를 들은 호위무사는 양손에 그리핀(Griffin; 독수리의 얼굴과 날개에 사자 몸뚱어리를 한 몬스터) 고삐를 하나씩 쥐고는 모습을 드러냈다.

꾸루는 복잡한 표정으로 바하문트의 눈치를 살폈다.

그리핀을 길들여서 교통수단으로 삼는 것은 뱀파이어 일족의 비밀이었다. 아무리 친한 사람에게도 이 비밀을 알리지 않았었다.

헌데 오늘 불가피하게 바하문트에게 비밀이 폭로되었으니 꾸루의 마음이 착잡할 수밖에 없었다.

바하문트는 꾸루의 심정을 짐작하고는 안심시켰다.

"오늘 목격한 것은 다 잊을 테니 안심해라."

"부디 그래줘요."

꾸루는 포옥 한숨을 내쉬며 고개를 끄덕였다.

그 사이 호위무사가 다가왔다. 무사는 꾸루 앞에 무릎을 꿇었다.

"꾸루님, 그리핀 두 마리를 준비해 놓았습니다."

꾸루는 고삐를 넘겨받은 뒤 곧바로 그리핀의 등 위에 올라탔다. 그런 다음 부하를 굽어보며 칭찬했다.

"수고 많았다."

"마땅히 할 일을 했을 뿐입니다."

호위무사는 황송한 표정으로 고개를 숙였다. 그의 목덜미엔 붉은 이빨자국 두 개가 선명했다.

적혈의 뱀파이어를 증거하는 송곳니 자국이다. 이 호위무사는 꾸루를 섬기는 권속이라는 뜻이다.

권속이 지켜보는 가운데 꾸루는 그리핀의 고삐를 힘껏 당겼다.

끼약!

그리핀은 앞발을 치켜들면서 힘차게 울었다. 그리곤 한쪽 길이가 2미터나 되는 커다란 날개를 퍼덕이며 하늘로 날아올랐다.

바하문트도 그리핀의 등에 올라타고는 힘차게 고삐를 당겼다.

끼야악!

두 번째 그리핀도 밤하늘로 도약했다.

한 시간 뒤.

은은한 달빛 아래 두 마리 날짐승이 날았다. 날짐승은 커다란 날개를 가졌으며 다리는 두 개가 아니라 네 개였다. 독수리의 머리, 독수리의 날개에 사자의 몸통을 가진 몬스터, 그리핀이었다.

그리핀은 빨랐다. 눈 깜짝할 사이에 구름을 뚫고 산맥을 타넘었다.

바하문트와 꾸루는 그리핀 등 위에 바싹 매달렸다.

슈와악—

칼날 같은 바람이 귀밑머리를 스치며 휙휙 지나갔다.

구름을 관통할 땐 차가운 얼음알갱이가 얼굴을 때렸다. 제트기류를 탔을 땐 온몸이 요동쳤다.

저 먼 땅바닥엔 희끗희끗한 점들이 빠르게 다가왔다가 빠르게 멀어졌다.

점 하나가 집이었다. 점 하나가 커다란 바위였고, 우뚝 솟은 성채였고, 농장이었다.

말을 타고 300킬로미터를 주파하려면 며칠이 걸릴지 모른다. 중간 중간에 말을 계속 갈아타면서 달린다고 하더라도 꽤 긴 시간이 필요할 것이다.

허나 그리핀에겐 300킬로미터쯤은 그다지 먼 거리가 아니었다. 불과 한 시간 남짓 비행하자 벌써 로베르토 시 상공이었다. 하도 빨라서 여행이 지루하다고 느낄 새도 없었다.

바하문트는 고개를 쑥 내밀고는 저 아래를 굽어보았다. 발 아래로 화려한 불빛들이 보였다.

"저기로 가자."

옆에서 꾸루가 그리핀의 목을 쓰다듬으며 명령했다.

끼악!

그리핀은 목을 쭉 뽑고는 짧게 울어 대답했다. 그런 다음 날개를 쫙 편 채로 비스듬하게 활공했다.

바하문트를 태운 그리핀도 똑같이 하강기류를 탔다.

슈왁—!

낙하하는 속도가 장난이 아니었다. 강한 풍압에 온몸이 짓눌렸다. 바하문트와 꾸루의 옷은 금방이라도 찢어질 듯 펄럭거렸다.

그리핀은 아찔한 속도로 하강해서 땅에 내려섰다.

이곳은 로베르토 시 동쪽의 한적한 공터다. 인적이 드문 장소기에 아무도 그리핀의 착륙을 목격하지 못했다.

꾸루는 그리핀의 등에서 뛰어내린 뒤, 부리를 툭툭 두드려주었다.

"너희들 덕분에 편하게 왔다. 이 근처 하늘에서 돌아다니고 있어라. 새벽녘에 너희를 다시 부르마."

끼약!

꺅!

두 마리 그리핀은 말귀를 알아들은 듯 짧게 울었다. 그런 다음 퍼덕퍼덕 날갯짓을 하면서 사람들의 눈에 띄지 않는 높은 상공으로 날아올랐다.

꾸루는 멀어지는 그리핀을 향해 손을 흔들었다. 바하문트는 그런 꾸루의 소매를 잡아끌었다.

"날이 밝기 전에 서둘러야지."

"알았어요."

꾸루는 빠르게 공터를 가로질렀다. 울창한 나무를 헤치고 나오자 로베르토 시의 화려한 야경이 눈을 어지럽혔다.

"야호!"

꾸루는 별안간 펄쩍 뛰어오르며 환호성을 질렀다. 화려하게 흔들리는 불빛과 감미로운 음악소리를 듣자 갑자기 감정이 고양된 듯했다. 꾸루의 발걸음은 경쾌한 리듬을 탔다.

반면 바하문트의 표정은 무거웠다. 배신자 토르를 떠올리자 웃음이 나오지 않았다. 대신 깊고 음울한 분노가 일었다.

바하문트는 더 이상 꾸부정하게 몸을 웅크리지 않았다.

세로키 성에서는 나약한 척하느라 일부러 어깨를 움츠렸었다. 허리도 굽히고 눈도 내리깔았었다. 일부러 표정도 불쌍하게 지어냈었다.

 하지만 이곳에선 전혀 그럴 필요가 없었다. 바하문트는 모든 속박을 벗어던졌다. 어깨를 쫙 펴고 힘차게 발걸음을 내디뎠다.

 밤의 도시, 폭력과 도박의 도시 로베르토가 바하문트를 반겼다.

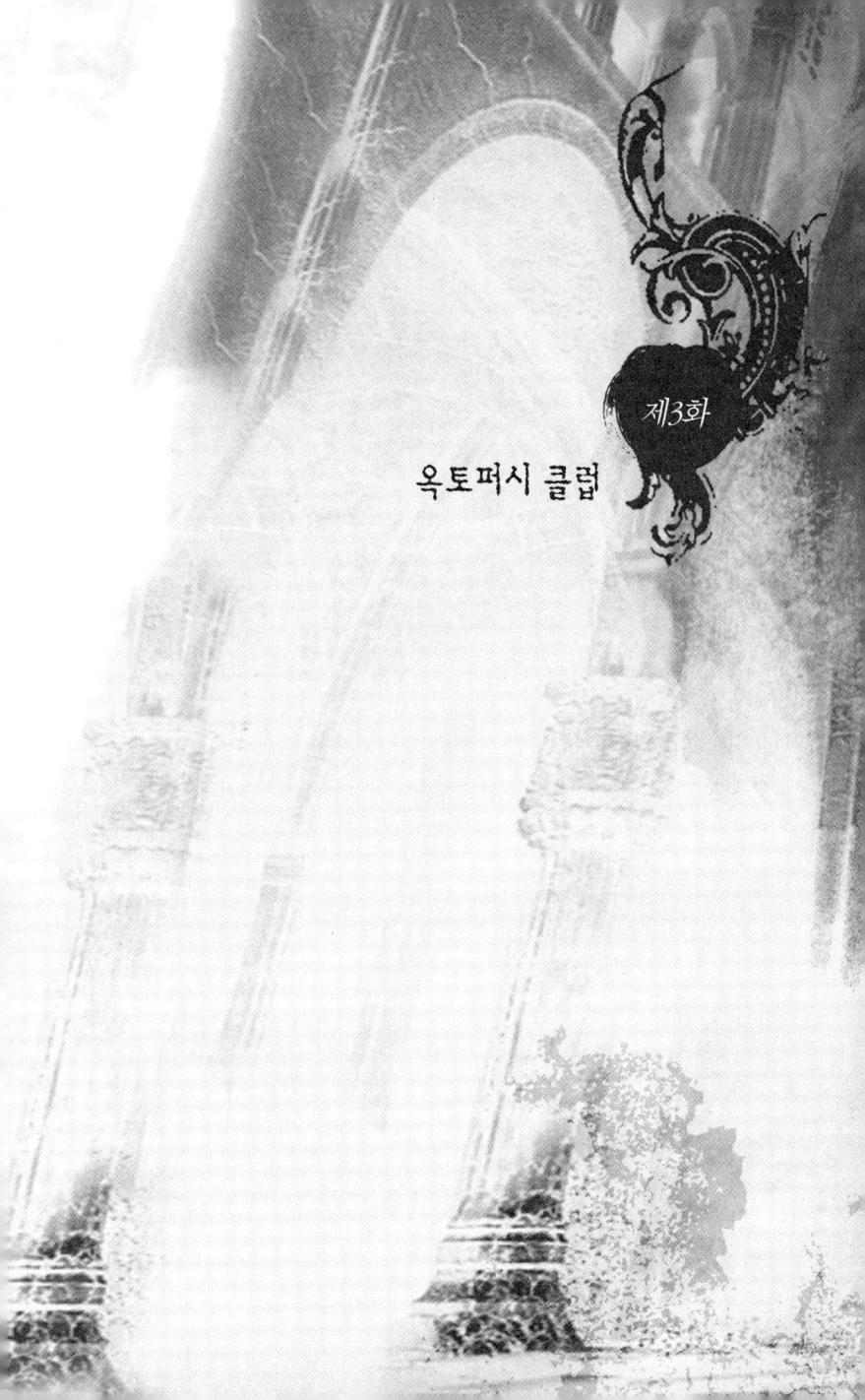

Chapter 1

"여기에요."

꾸루가 안내한 곳은 시가지 외곽의 막다른 골목이었다.

바하문트는 주변 풍경을 휙 둘러보았다.

골목엔 낙서와 오줌 자국이 가득했다. 그 비좁고 지저분한 골목 한 옆엔 커다란 철문이 을씨년스럽게 서 있었다.

"놈이 여기 숨어 있다고?"

바하문트가 스산하게 물었다.

꾸루는 얼른 고개를 끄덕였다.

"맞아요. 이곳에서 투사 노릇을 하고 있다더군요. 여기, 놈의 초상화가 있어요."

바하문트는 냉큼 초상화를 받아들었다. 그림이 아주 세밀해서 금방이라도 놈을 찾을 수 있을 듯했다. 어느새 이런 정교한 초상화까지 그려놓았는지, 바하문트는 뱀파이어 일족의 조직력과 정보력에 감탄했다.

'하긴, 이쯤 되니까 루흘 연합국의 추적을 피해서 그 오랜 세월을 버텨온 것이겠지. 뱀파이어족도 참 대단해.'

바하문트는 가만히 고개를 주억거렸다. 그런 다음 철문에 바싹 다가섰다. 철문 중앙에 낙서처럼 쓰인 글씨가 보였다.

"옥토퍼시라……. 이 클럽의 이름인가 보네?"

"맞아요. 꽤나 유명한 클럽이죠."

꾸루가 맞장구쳤다.

바하문트는 고개를 갸웃거렸다.

"유명하다고? 겉보기엔 영 아닌 것 같은데?"

바하문트의 말처럼 클럽 입구는 지저분하고 허름했다. 하지만 꾸루는 당치도 않다는 듯 고개를 내저었다.

"겉보기는 이래도 속은 달라요. 옥토퍼시는 로베르토 시에서도 몇 손가락 안에 손꼽히는 유명 격투클럽인걸요. 이렇게 허름해 보이는 이유는, 이곳이 관객이 드나드는 정문이 아니라 투사들이 입장하는 뒷문이기 때문이에요."

꾸루는 이 클럽을 잘 아는 양 설명했다.

바하문트가 물었다.

"전에 이 클럽에 와봤었나?"

"아뇨. 여긴 처음이에요. 하지만 이 클럽에서 활동하는 투사들 가운데 아는 사람이 좀 있어요. 그들의 이름을 팔면 안에 들어갈 수 있을 거예요."

처음이라는 말과 달리 꾸루는 꽤나 익숙했다. 녹슨 철문에 가까이 접근하더니 발로 탕탕 두드렸다.

드르륵.

문 여는 소리와 함께 철문 위쪽 조그만 창이 열렸다. 창틈으로 문지기의 눈동자가 나타났다.

문지기는 툭 튀어나온 눈알을 데굴데굴 굴려가며 꾸루와 바하문트를 살폈다. 그러다 시큰둥한 목소리로 물었다.

"무슨 일이오?"

꾸루는 아는 사람의 이름을 팔았다.

"우린 와스프(Wasp; 땅벌)의 소개를 받고 왔다."

문지기는 흠칫 놀랐다.

와스프은 이곳 클럽에서 가장 인기가 좋은 간판 투사였다. 게다가 와스프는 입이 무겁고 친구가 드물었다. 그런데 웬 남녀가 와스프의 소개로 왔다니 믿기 어려울 수밖에.

문지기는 수상하는 듯 꾸루를 훑어보았다.

"와스프은 아무나 소개하지 않는데…… 그쪽도 투사요?"

"그렇다."

"이름이 뭐요?"

"블랙 디바(Black Diva)."

꾸루는 짧게 답했다.

순간, 철문 안에서 헉 소리가 났다.

블랙 디바는 와스프보다 훨씬 더 유명했다. 무술실력도 뛰어나지만, 그 뛰어난 미모와 몸매 때문에 대중의 인기를 몰고 다녔다.

격투방식도 상당히 잔혹해서 마니아 팬도 많았다. 더불어 블랙 디바는 신비로웠다. 자주 모습을 보이지 않고 가끔씩만 얼굴을 내비치기 때문에 희소성마저 갖추었다.

문지기는 침을 꿀꺽 삼키더니 꾸루에게 신분 확인을 요청했다.

"좋소. 신분을 확인할 테니 철문 손잡이의 홈에 오른손 손바닥을 밀착해 주시오."

문지기의 어투는 어느새 공손하게 바뀌어 있었다.

꾸루는 순순히 시키는 대로 따랐다. 철문의 오목한 홈에 손바닥을 대고 가볍게 밀착했다.

부우웅.

철문이 미세하게 떨렸다. 손바닥 모양의 홈에선 붉은빛이 일렁거렸다.

가느다란 띠처럼 생긴 붉은 빛은 꾸루의 오른손을 위에서 아래로 쭉 스캔했다. 지문인식과 손금인식을 통해 신분을 확인하는 절차였다.

로베르토 시의 격투클럽들은 서로 정보를 공유하곤 했는데,

유명한 투사의 지문도 공유하는 정보 가운데 하나였다. 그 덕분에 어중이떠중이 떠돌이들이 유명 투사의 이름을 사칭하기란 불가능했다.

잠시 후, 검사가 완료되었다. 문지기는 꾸루에게 환영인사를 건넸다.

"확인이 끝났소. 블랙 디바, 옥토퍼시 클럽에 온 것을 환영하오."

"환영한다면서 왜 문을 열지 않지?"

꾸루가 못마땅한 표정으로 따졌다.

문지기는 쩔쩔매면서 바하문트를 가리켰다.

"아직 동행인의 신분을 확인하지 못해서 그렇소. 혹시 그쪽도 이름이 알려진 투사요?"

"아니다."

바하문트는 대뜸 부인했다.

꾸루가 옆에서 부연설명을 덧붙였다.

"내 동료는 격투클럽에 처음 왔다. 하지만 실력은 내가 보장한다. 이 클럽에서 싸우기에 부족하지는 않을 테니 문을 열어다오."

"그렇……소?"

문지기는 미심쩍다는 눈빛으로 바하문트를 훑어보았다. 하지만 블랙 디바가 추천했으니 거절하기도 힘들었다.

"좋소. 문을 열기 전에 간단하게 몇 가지만 답해 주시오."

"물어봐라."

바하문트는 심드렁한 표정으로 고개를 끄덕였다.

문지기가 질문을 시작했다.

"장기는 뭐요?"

"장기?"

"검을 주로 사용하오? 아니면 칼? 창? 맨손? 어느 쪽이오?"

"검, 아니 봉."

바하문트는 처음에 검을 언급했다. 아무래도 가장 자신 있는 무기는 검이기 때문이었다.

하지만 중간에 봉으로 바꿨다. 바하문트의 검에선 아직까지도 나이드 검술의 냄새가 풍겼다.

이제는 거의 희석되어서 잘 드러나지는 않지만, 일부 뛰어난 검수들은 그 미세한 흔적을 찾아낼 가능성이 있었다. 바하문트는 그 점을 우려해서 검을 포기했다. 대신 봉을 택했다.

바하문트는 모든 종류의 무기에 고루 능했지만, 그래도 굳이 선택하자면 검과 창이 편했고, 그 다음으로는 창과 유사한 봉이 좋았다.

문지기는 잠시 고개를 갸웃거렸다. 상대가 봉을 선택한 것이 의외였다. 하지만 군소리 없이 받아 적고는 다른 것을 물었다.

"클럽에서 어떤 이름을 사용할 거요? 설마 본명을 사용하지는 않을 테고……"

바하문트는 잠시 대답을 망설였다. 갑자기 작명을 하려니까 딱히 떠오르는 이름이 없었다. 그래서 대충 생각나는 대로 정했다.

"수리부엉이."

바하문트의 머릿속에 가장 먼저 떠오른 것은 그가 키우는 새하얀 수리부엉이였다. 그리핀을 타고 날아온 덕분인지 갑자기 녀석이 생각났다. 그래서 수리부엉이라는 이름을 골랐다.

문지기는 바하문트의 가명과 주무기를 등록하고는 문을 열어주었다.

철컹 소리가 나더니 육중한 철문이 열렸다.

바하문트와 꾸루는 안으로 들어섰다.

두꺼비처럼 눈이 툭 튀어나오고 관자놀이에 불꽃 문신을 새긴 뚱뚱한 사내가 문 안에서 쭈뼛거리며 서 있었다. 그가 바로 이 클럽의 문지기였다.

꾸루는 문지기에게 오늘의 일정을 물었다.

"오늘 격투 일정이 어떻지? 혹시 대진표 있나?"

문지기는 얼른 대진표를 대령했다.

꾸루는 대진표를 쭉 살피면서 혹시 노켈리스라는 이름이 올라와 있는지 살폈다. 노켈리스는 토르의 가명이었다.

허나 아쉽게도 노켈리스는 없었다.

옆에서 바하문트가 조그맣게 속삭였다.

"뭐야? 그놈이 없잖아."

"일단 안으로 들어가 봐요. 대진표에는 없더라도 안에서 대기 중일 수도 있거든요."

꾸루는 바하문트를 클럽 안으로 안내했다.

문 두 개를 지나고 모퉁이를 돌자 보드라운 융단이 깔린 복도가 나왔다. 복도 저 앞에선 거센 함성소리가 연달아 울리고 있었다.

"벌써 경기가 시작된 모양이네요."

꾸루는 입맛을 다시며 혀로 입술을 핥았다. 함성소리를 듣자 몸이 근질거렸다.

꾸루의 말처럼 복도를 지나자 곧 클럽 입구였다. 바하문트와 꾸루는 환한 빛이 쏟아지는 클럽으로 들어섰다.

"와아아아—!"

때마침 뜨거운 함성이 폭발했다.

바하문트는 동공을 활짝 열고 주위를 살폈다.

넓게 탁 트인 화려한 공간이 바하문트의 눈을 사로잡았다. 옥토퍼시 클럽의 구조는 커다란 사발처럼 오목했다. 현재 바하문트가 서 있는 곳은 바닥이었고, 가파르게 경사진 원형 관중석이 바닥을 빙 둘러싼 형태였다.

관중석 좌석은 굉장히 많았는데, 놀랍게도 그 많은 좌석이 꽉 찼다.

잔뜩 흥분한 사람들은 관중석 의자 위에 올라서서 팔을 휘두르며 응원 중이었다.

그때, 또다시 함성이 터졌다.

"와아아—!"

불꽃처럼 넘실거리는 뜨거운 열기가 사람들의 심장을 자극했다. 클럽의 열기는 활화산 같았다.

바하문트는 저도 모르게 머리를 끄덕였다. 입구는 볼품없고 허름했으되, 안에는 이렇게 어마어마한 격투장이 세워져 있었던 것이다. 놀라웠다.

옆에서 꾸루가 간략하게 클럽을 안내했다.

"현재 우리가 서 있는 이곳은 투사들이 대기하는 장소고요, 저기 보이는 둥그런 무대가 바로 격투장이에요. 투사들은 저 위에서 싸우죠. 그리고 저 위쪽은 전부 관중석인데, 제가 알기로 이곳 옥토퍼시 클럽에는 총 8천 개의 좌석이 있어요."

바하문트는 혀를 내둘렀다.

"8천석! 그런데 관중석이 꽤나 가파른데?"

"좌석을 빽빽하게 배치하다 보니 어쩔 수 없죠. 관중석을 저렇게 경사지게 만들어야 앞사람 뒤통수가 시야를 가리지 않잖아요."

"그도 그렇군."

바하문트는 알아들었다는 듯 가볍게 고개를 끄덕였다.

꾸루가 말을 이었다.

"이곳 클럽엔 총 여덟 개의 격투장이 있어요. 저기 보이죠?"

바하문트는 꾸루의 손가락이 가리킨 방향을 바라보면서 눈으로 셈했다.

과연 격투장의 개수는 총 여덟 개였다. 각 격투장은 지름 20미터에 높이 50센티미터의 둥그런 형태였으며, 클럽 중앙에 우뚝 솟은 유리 기둥을 중심으로 방사형으로 펼쳐져 있었다. 위에서 내려다보면 문어처럼 발이 여덟 개 뻗은 형상일 듯했다.

"그래서 클럽 이름이 옥토퍼시군. 격투장 모양이 문어처럼 생겼어."

바하문트는 옥토퍼시의 어원을 떠올리며 중얼거렸다. 그리곤 중앙의 유리 기둥에 시선을 고정했다.

유리는 탁했다. 허나 바하문트의 강렬한 시선은 불투명한 유리를 뚫고 그 안쪽까지 들여다보았다.

어른어른 그림자들이 감지되었다.

유리 기둥 안에는 분명 여러 명의 사람들이 있다. 그들은 유리에 바싹 붙어서 격투를 구경하는 중이다.

바하문트는 꾸루를 돌아보면서 물었다.

"저 유리 기둥은 뭐지? 저 안에도 사람이 있는 것 같은데?"

"로열석 말이에요?"

"로열석?"

"네. 지위가 높은 귀족들이 들어가는 곳이죠. 저기 로열석은 격투장과 거리가 가까워서 아주 실감나게 격투를 즐길 수 있거든요. 게다가 마음 내키면 여덟 경기를 동시에 볼 수도 있고요."

과연 그럴 듯했다. 바하문트의 눈에 비친 유리 기둥은 막힌 곳 하나 없이 360도 전체 시야가 확보되었다.

저 안에서라면 여덟 개 격투를 모두 볼 수 있을뿐더러, 여덟 개 격투장과의 거리도 가까워서 무척 생동감 넘칠 것 같았다.

바하문트가 구조를 살피는 사이, 꾸루는 로열석에 대한 부연설명을 덧붙였다.

"이곳 옥토퍼시 클럽의 로열석은 총 네 개 층으로 나뉘어져 있어요. 각 층은 360도 전 방향이 환하게 뚫려 있어서, 로열석에 입장한 사람은 유리벽을 따라 한 바퀴 빙 돌면서 원하는 시합을 감상할 수 있죠."

"흐음."

"게다가 로열석 각 층엔 전담시종과 전담요리사가 상주하고 있다고 해요. 그들이 맛난 음식을 제공하고 음료 시중을 들어주지요. 그러니까 편하게 식사를 하면서 격투를 관람할 수도 있어요."

여기까지 설명을 마친 뒤, 꾸루는 숨을 한 번 내쉬었다. 그리곤 종알종알 설명을 이었다.

"아 참! 로열석을 이용하면 또 한 가지 장점이 있어요. 저곳에서 격투를 즐기면 신분이 새어 나갈 염려가 없거든요. 로열석으로 입장하는 전용입구가 따로 나 있기 때문이죠."

꾸루의 설명에 따르면, 옥토퍼시 클럽에서는 로열석 예약을 층마다 하나씩만 받았다. 로열석이 총 4층이니까 예약은 딱 네 자리만 가능했다.

따라서 로열석을 이용하면 모르는 사람끼리 부대낄 일은 없었다. 친구끼리, 가족끼리 놀러 와서 오붓하게 격투를 즐기면 되니까 편하고 안락했다.

이렇듯 옥토퍼시 클럽 로열석의 서비스는 최고였다.

대신 관리도 철저했다. 로열석엔 아무나 들어갈 수 없었다.

우선 로열석 입장료가 어마어마하게 비쌌다. 그러니 가난한 사람은 접근하지 못했다.

뭐, 꼭 부자라고 입장 가능한 것도 아니었다. 주최 측에서 철저하게 신분을 가린 다음, 진짜 높으신 귀족들에게만 예약을 허용했다.

바하문트는 감탄어린 눈빛으로 유리 기둥을 바라보았다. 이어서 클럽 전체를 쭉 둘러보았다.

누가 이곳을 설계했는지는 모르겠지만, 공을 들인 흔적이 역력했다. 시설이 이렇게 훌륭하고 사람들의 열기가 대단하니 시합 내용도 꽤 수준 높을 듯했다.

Chapter 2

 바하문트와 꾸루가 이런저런 이야기를 주고받는 사이, 로열석 2층에선 필리아가 술로 화풀이를 하고 있었다. 필리아는 넓은 유리창 앞에 앉아 포도주를 벌컥벌컥 들이켰다. 벌써 일곱 잔째였다.

 올리비아는 불안한 표정으로 동생을 말렸다.

 "얘, 그만 좀 마셔라. 무슨 술을 물처럼 마셔?"

 "내가 속이 상해서 이러지. 언니는 바하문트스러운 놈과 결혼하게 된 내 처지가 안쓰럽지도 않으우?"

 "안쓰럽지. 불쌍한 내 동생, 어떻게 하면 좋니? 불쌍해서 어떻게 하면 좋아. 흐흑……"

 올리비아는 동생의 어깨를 꼭 끌어안으면서 손수건으로 눈물을 찍었다. 오히려 필리아가 씩씩하게 언니를 위로했다.

 "어떻게 하긴 뭘 어떻게 해. 그냥 그놈은 그놈대로, 나는 나대로, 각자의 인생을 사는 거지. 이미 누마하 그 자식한테 각서도 받아놓았어."

 "각서? 무슨 각서?"

 "결혼한 뒤에도 내 몸에 손 하나 대지 않겠다는 각서야. 그러니까 나랑 그 자식은 무늬만 부부지 사실은 남남이라고. 치잇!"

 필리아는 입술을 살짝 비틀면서 투덜거렸다.

올리비아는 화들짝 놀랐다.

"뭐야? 너 미쳤구나? 무슨 애가 결혼도 하기 전에 그런 각서를 써?"

"흥, 어디 그뿐인 줄 알아? 결혼한 뒤에도 일절 내조를 바라지 말라고 선포해 버렸다고. 난 시집간 뒤에도 창술훈련에만 매진할 거야. 변하는 것은 아무것도 없어."

필리아의 얼굴에서 고집스러움이 묻어났.

올리비아는 발을 동동 구르며 남편을 바라보았다. 남편 이튼이 필리아를 다독여주기를 바라는 눈치였다.

이튼은 크게 한숨을 내쉬면서 말문을 열었다.

"휴우우······. 처제, 정말 미안해. 처제를 위해서라면 이번 결혼을 뜯어말려야 하겠지만······ 내 입장에서는 피에타 가문의 앞잡이 오로겔이 남백이 되는 꼴을 두고 볼 수도 없어. 그자가 남백이 되면 우리 로롤스 시는 끝장이야. 그러니까 로롤스 시의 평화를 위해서 처제가 희생해 줘."

이튼은 너무나 솔직했다. 위로를 해 주기는커녕 오히려 필리아의 희생을 요구했다.

"이이가 정말!"

올리비아는 융통성 없는 남편에게 눈을 흘겼다.

하지만 필리아는 오히려 마음이 편했다. 형부가 솔직하게 입장을 설명해 줘서 오히려 홀가분했다. 필리아는 입술을 꼭 깨물고는 힘차게 응답했다.

"알았어요, 형부. 그리고 내게 미안해하지 않아도 돼요. 난 씩씩한 여장부거든요. 아자! 아자! 아자!"

필리아는 기합을 넣으며 포도주잔을 싹 비웠다. 그리곤 손가락을 튕겼다.

딱!

소리가 나자 대기 중이던 전담시종이 쪼르르 달려와서 주문을 받았다.

"공녀님, 무얼 더 드릴까요?"

"포도주 한 잔 더!"

필리아는 벌써 여덟 잔째 포도주를 시켰다.

올리비아는 발을 구르며 남편을 향해 입술을 달싹였다. 필리아 좀 말려보라는 뜻이었지만, 이튼은 듣지 않았다. 지금 처제의 심정이 얼마나 괴로울지 이해하기 때문이었다. 이튼은 그저 씁쓸히 고개를 내저었다.

이튼과 올리비아 부부가 여기 로베르토 시까지 여행을 온 것은 필리아의 우울한 기분을 풀어주기 위해서였다.

화끈한 격투시합을 보면 필리아가 기운을 좀 낼 것 같아서 로열석까지 예약했다. 그것도 로열석 가운데 가장 비싸다는 2층으로.

헌데 이것만으로 필리아의 기운을 북돋아주기에는 부족했다. 그렇다고 뭔가 더 해 줄 만한 것이 떠오르지도 않았다.

"휴우……."

이튼은 거듭 한숨을 내쉬었다. 이튼의 폐에서 빠져 나온 공기가 무겁게 바닥에 가라앉았다.

한편 로열석 3층이다.

반들거리는 유리창 앞에 강퍅한 인상의 중년 사내가 뒷짐을 지고 서 있었다.

사내는 날카로운 눈으로 유리창을 응시 중이었다. 하지만 동공의 초점이 모호해서, 지금 격투시합을 구경하는지, 아니면 유리에 비친 제 모습을 보는 것인지 불분명했다.

사내는 혼자였다. 이곳에는 시종도 없고 요리사도 없었다. 번잡스러운 것이 싫다며 사내가 모두 쫓아냈다.

사내의 이름은 메난 피에타.

피에타 가문이 자랑하는 플루토나이트 메난은 셰로키의 가주 후보인 누마하를 암살하기 위해서 피에타 시를 떠났고, 암살을 위한 베이스캠프를 마련하려고 이곳 로베르토 시에 들렸다.

목표가 따로 있으니 격투시합이 눈에 들어올 리 없었다. 메난은 누마하 암살에만 정신을 집중했다.

시종을 물리고 요리사를 거부한 것도 그 때문이었다. 현재 메난의 머릿속엔 셰로키 성에 대한 생각만 가득했다.

그때, 바닥에서 노크소리가 났다.

이곳 로열석은 출입구가 바닥에 나있었다. 360도 전 방위의 시야를 모두 확보하기 위해선 불가피한 조치였다. 벽에 문을 내면 드나들기야 편하겠지만, 그만큼 시야가 가릴 것 아닌가. 그래서 출입문을 유리벽이 아니라 바닥에 만들었다.

똑똑.

안에서 대답이 없자 문 두드리는 소리가 한 번 더 울렸다.

메난은 비로소 입을 열었다.

"들어와."

메난의 목소리는 힘있고 카랑카랑했다.

허락이 떨어지자 로열석 바닥 한 귀퉁이가 양옆으로 쫙 열렸다. 그 아래로 계단이 드러났고, 이내 얼굴이 가무잡잡한 사내가 뛰어 올라왔다. 바로 피에타 가문의 가주직할대 대장인 마르첼이었다.

마르첼은 메난 앞에 한쪽 무릎을 꿇었다.

"메난님, 셰로키 성에서 연락이 왔습니다."

"뭐라더냐?"

"메난님의 출전을 무척 감사하게 생각한다고 했고, 더불어 셰로키 성의 자세한 조감도를 작성해서 보내겠다고 전했습니다."

메난은 고개를 흔들었다.

"성의 조감도만으로는 부족하다. 하수관의 설계도와 주변 지형도를 함께 보내라고 전해라. 그리고 누마하 주변의 경계가 얼마나 철저한지, 호위무사 몇 명이 어떤 형태로 지키고 있는지도 보고하라고 해. 아 참, 누마하를 기습할 때 내부의 도움이 필요하다고도 일러두어라. 우리가 성채에 침투할 때, 오로겔이 내부에서 소동을 일으켜 준다면 한결 일처리가 쉽겠지."

"그렇게까지 할 필요가 있겠습니까? 굳이 세로키 성의 손을 빌리지 않고도 얼마든지 저희 힘으로 처리할 수 있습니다."

마르첼은 볼멘소리를 했다.

'우리는 위대한 피에타 가문의 정예들이다. 세로키 성쯤은 얼마든지 자력으로도 도모할 수 있어. 굳이 오로겔의 손을 빌릴 필요는 없다고.'

이게 마르첼의 솔직한 심정이었다.

하긴, 평소 마르첼은 플루토나이트를 제외한 나머지 기사들을 눈 아래로 보았다. 자유무역동맹의 여타 가문들도 우습게 여겼다.

마르첼은 그만큼 자신의 실력을 자신했다. 그러니 오로겔과 힘을 합치라는 메난의 명령이 못마땅할 수밖에.

그 오만함이 메난을 화나게 만들었다. 메난은 무서운 눈길로 마르첼을 노려보았다. 벼락같은 호통이 뒤따랐다.

"이 바보 같은 놈! 얕보지 마라. 세로키는 플루토를 보유한 강력한 가문이다. 비록 당장은 플루토나이트가 없고 가주 자리가 공석이라지만, 그들의 저력을 무시해서는 안 돼."

메난은 매사에 철두철미해서 사소한 실수도 용납하지 않았

다. 오죽했으면 '사자는 토끼를 쫓을 때도 최선을 다한다.'를 인생의 좌우명으로 삼았을까.

게다가 메난은 부하들을 엄하게 다루기로 유명했다. 나이 지긋한 기사들도 메난에게 잘못 걸리면 대놓고 채찍질을 당했다.

마르첼은 메난의 꼬장꼬장한 성격을 떠올리고는 목을 움츠렸다.

"죄송합니다. 정신 바짝 차리고 준비하겠습니다."

마르첼이 용서를 빌었다.

"오냐. 그러길 바란다."

메난은 가까스로 노여움을 삭혔다.

아마 직속 부하였다면 이렇게 쉽게 용서하지 않았을 것이다. 메난의 성격이라면 분명 따귀를 때리고 혼찌검을 냈을 터.

허나 상대는 가주직할대의 대장이었다. 메난의 직계 부하가 아닐뿐더러, 지위도 높고 실력도 꽤 좋았다.

게다가 마르첼에 대한 가주의 신임도 두터웠다. 그러니 함부로 매질을 할 수는 없었다.

대신 메난은 엄중하게 다짐을 받았다.

"마르첼. 다시 말한다만, 절대 방심하지 마라. 셰로키 가문을 얕보지도 마라. 매사에 철저해야 한다. 누마하라는 애송이의 목을 따는 거야 일도 아니지만, 아무에게도 들키지 않고 감쪽같이 처리하려면 확실하게 준비해야 돼. 알겠느냐?"

"네. 가슴속에 단단히 새겨놓겠습니다."
마르첼은 엄지로 가슴을 두드리며 굳게 맹세했다.

같은 시간, 로열석 4층.
노켈리스는 4층 유리창 앞에 놓인 푹신한 소파에 기대앉아 술잔을 들었다. 투명한 크리스털 잔에 담긴 호박색 액체가 노켈리스의 식도를 타고 위로 넘어갔다.
"크으!"
독한 술이 식도를 뜨겁게 자극했다. 노켈리스는 그 짜릿한 맛을 즐기며 유리창 밖을 응시했다.
유리 너머, 고래고래 소리 지르는 관중의 모습이 얼비쳤다. 저 아래선 투사들의 싸움이 한창이었다.
노켈리스는 술잔을 마저 비우며 투사들을 비웃었다.
"새끼들. 세빠지게 싸우느라 정신없구먼. 큭큭, 그래야지. 먹고 살려면 목숨 걸고 싸워야지. 큭큭큭."
노켈리스는 제법 이름난 투사였다. 격투를 치를 때마다 대전료도 상당히 많이 받았다.
하지만 이곳 로열석에서 술을 즐길 만큼 대전료가 높지는 않았다. 더구나 노켈리스는 귀족도 아니었다.
그런데 당당하게 로열석 꼭대기 층을 차지하고 앉아 있다니? 무언가 이상했다.
그때였다.

"저……."

뒤에서 대기 중이던 덩치 큰 곰보사내가 다가왔다. 사내는 노켈리스 옆에 조심스레 무릎을 꿇고는 뭐라고 속삭였다.

순간, 노켈리스의 동공이 확 열렸다.

"뭐? 블랙 디바가 나타났다고?"

노켈리스는 곰보사내를 밀치고는 유리창에 바싹 다가섰다. 그리곤 저 아래를 내려다보면서 블랙 디바가 어디 있는지 열심히 찾았다.

곰보사내가 손가락으로 꾸루를 가리켰다.

"저기 1번 격투장 오른편에 서 있는 여자가 바로 블랙 디바입니다."

"어디? 저기 검은 옷을 입은 여자?"

"네, 주인님."

곰보사내는 노켈리스를 주인님이라고 높여 불렀다. 노켈리스도 당연한 듯 그 말을 받아들였다.

그랬다. 노켈리스는 단순한 투사가 아니었다. 남을 속이기 위해서 투사인 척 위장했지만, 사실 그는 이 옥토퍼시 클럽을 운영하는 주인이었다.

노켈리스의 예전 이름은 토르!

빈 남작의 재산을 빼돌린 바로 그 배신자 용병이다.

따지고 보면 이 옥토퍼시 클럽도 횡령한 재산으로 세웠다. 노켈리스가 당당하게 얼굴을 내밀지 못하고 투사인 척 숨어

지내는 이유도 뒤가 구리기 때문이다.

그래서 철저하게 신분을 감췄다. 옥토퍼시 클럽에 고용된 대부분의 투사들은 누가 클럽 주인인지 몰랐다.

하지만 몇몇 심복들은 노켈리스가 클럽의 실소유주라는 사실을 알고 있었다. 곰보사내도 그중 하나였다.

이 충직한 심복은 블랙 디바가 클럽을 방문했다는 소식을 듣자마자 즉각 주인에게 달려왔다. 그리곤 손가락으로 블랙 디바를 가리켰다.

노켈리스는 고개를 쑥 빼고 꾸루를 훑어보았다.

"저 계집이 블랙 디바란 말이지? 과연 듣던 대로군. 미색도 뛰어나고 몸매도 굴곡지게 쫙 빠졌어. 으흐흐."

노켈리스의 입 안엔 어느새 군침이 고였다. 그는 블랙 디바가 탐났다.

블랙 디바는 관중의 시선을 잡아끌 만한 초대형 투사였다. 솔직히 옥토퍼시 클럽의 간판 투사인 와스프보다 블랙 디바가 훨씬 더 유명했다.

'만약 저 계집을 포섭할 수 있다면 옥토퍼시 클럽은 대박이 날 것이다.'

아마도 수많은 사람들이 블랙 디바를 보려고 옥토퍼시 클럽에 몰려들 것이다. 그 상상을 하자 가슴이 벌렁벌렁 뛰었다. 노켈리스는 주먹을 불끈 쥐면서 단호하게 외쳤다.

"저런 큰 물고기가 그물에 들어왔는데 놓칠 수는 없지. 반드시 저 계집을 낚아야 해."

심복이 말을 받았다.

"주인님, 쉬운 일이 아닙니다. 지금까지 그 어떤 클럽도 블랙 디바를 전속 투사로 잡아놓지 못했습니다. 게다가 블랙 디바가 지체 높은 귀족 가문의 호위무사라는 소문도 있습니다."

"뭐? 저년이 호위무사라고?"

"네. 블랙 디바는 먹고살려고 싸우는 것이 아니라, 실전감각을 유지하기 위해서 격투클럽을 이용할 뿐이라는 이야기가 나돌고 있습니다. 만약 그 소문이 사실이라면 블랙 디바를 낚기는 어려울 겁니다."

어렵다는 말을 듣자 더 도전해 보고 싶었다. 노켈리스는 한층 더 탐욕스런 눈길로 꾸루를 관찰했다.

"그럼 계략을 써야겠군. 저 계집을 꼼짝 못하게 얽어맬 계략을!"

계략을 이야기한 순간, 노켈리스의 눈은 야비하게 빛났다. 그 눈에 바하문트가 들어왔다. 노켈리스가 심복에게 물었다.

"저기, 저놈은 누구냐? 블랙 디바 옆에 붙어있는 놈 말이야."

심복이 공손히 대답했다.

"수리부엉이라는 이름의 초보 투사입니다."

"초보라고? 초보가 어떻게 우리 클럽에 들어왔지? 문지기 녀석, 대체 관리를 하는 거야, 마는 거야?"

"주인님, 노여워 마십시오. 블랙 디바가 저 초보 투사를 데리고 들어왔다고 합니다."

"뭐어어어?"

노켈리스는 말을 길게 늘이면서 바하문트를 쏘아보았다. 한참을 그렇게 관찰하다가 가래 끓는 목소리로 질문했다.

"저 녀석이 블랙 디바의 동행이라고? 이봐. 만약 소문대로 블랙 디바가 귀족의 호위무사라면 말이야, 혹시 저 녀석이 블랙 디바의 호위를 받는 도련님이 아닐까?"

"글쎄요? 복장으로 봐서는 도련님이 아니라 블랙 디바의 동료 호위무사일 듯합니다."

노켈리스는 대뜸 고개를 저었다.

"아니. 동료일 리 없어. 귀족 가문에선 말이야, 호위무사를 선발할 때 절대 남녀를 섞어놓지 않아. 남자는 남자끼리, 여자는 여자끼리 따로 조직한다고. 한 조직에 남녀가 섞여있으면 감정이 흔들려서 일에 대한 집중력이 흐트러지거든."

"그렇습니까?"

"그래. 내 짐작이 맞을 게야. 저기 저 녀석은 블랙 디바의 주인일 가능성이 높아. 아마도 격투클럽에 관심이 있어서 놀러온 거겠지. 크크크, 이거 잘만하면 블랙 디바를 엮을 수 있겠는걸! 저 애송이 도련님을 이용해서 말이야."

노켈리스는 바하문트를 쳐다보면서 건배라도 하듯 살짝 술잔을 치켜들었다. 송충이처럼 진한 노켈리스의 눈썹이 술잔을 따라 위로 치켜 올라갔다.

Chapter 3

 동일한 시간, 동일한 장소에 네 그룹이 모였다.
 바하문트와 꾸루.
 이튼 부부와 필리아.
 메난을 비롯한 피에타 가문의 정예.
 그리고 노켈리스 무리.
 이 네 그룹은 얽히고설켜서 서로가 서로에게 적의를 품은 상태였다.
 메난은 누마하를 제거할 목적으로 여기에 왔고, 필리아는 누마하를 욕하고 있었으며, 이튼은 어떻게 해야 피에타 가문의 침투를 막아낼 수 있을지 고민 중이었다.
 한편 노켈리스는 꾸루를 탐냈고, 꾸루와 바하문트는 노켈리스를 잡기 위해 이곳을 방문했다.
 이렇게 잔뜩 꼬인 관계지만, 네 그룹은 서로의 존재를 알지 못했다. 현재 자신들이 노리는 표적이 이 클럽 안에 머물고 있다는 사실을 꿈에도 몰랐다.
 "와아아아—!"
 관중석에서 또 함성이 터졌다. 1번 격투장 첫 번째 격투시합이 막 끝났다.

이번 격투에선 검을 쥔 투사가 이겼다. 승자는 패자의 어깨를 찔러서 격투장 아래로 떨어뜨렸다.

어깻죽지를 푹 찔린 패자는 50센티미터 아래 땅바닥으로 떨어진 채 고통스런 비명을 질렀다.

"부상자가 발생했다."

"서둘러 지혈해라."

대기 중이던 치료사들이 우르르 달려왔다. 치료사 한 명이 상처를 꽉 눌러 지혈하는 동안, 다른 치료사들은 약을 바르고 붕대를 감았다. 심판은 붉은 깃발을 휘둘러서 시합이 끝났음을 선포했다.

승자는 땅바닥에 쓰러진 패자를 굽어보면서 승리를 만끽했다. 이어서 검을 번쩍 들고는 관중을 향해 인사했다.

"휘익! 최고다!"

짝짝짝짝.

승자에게 환호가 쏟아졌다. 이번 시합에서 돈을 딴 관중들이 열렬한 성원을 보냈다.

"우우우―!"

반면 돈을 잃은 관중은 패자에게 손가락질하며 야유를 퍼부었다.

금화가 걸린 격투시합엔 동정이 없었다. 연민도 없었다.

잡아먹느냐 먹히느냐! 이기느냐 지느냐! 돈을 따느냐 잃느냐!

관중과 투사는 언제나 두 가지 갈림길 안에서 기쁨과 슬픔을 갈라 가졌다.

이윽고 1번 격투장에 심판이 올라왔다. 심판은 확성기(최하급 마나가 박혀있는, 소리를 증폭해 주는 마법도구)를 입에 대고는 두 번째 경기에 대한 안내방송을 시작했다.

"1번 격투장의 두 번째 시합을 준비 중입니다. 현재 대진표에는 샤크와 몽슐이 적혀 있습니다만, 안타깝게도 몽슐이 심각한 부상으로 기권했습니다. 그래서 이 두 번째 시합을 오픈(Open) 형태로 진행할까 합니다. 즉, 샤크가 직접 자신과 싸울 상대를 선택하는 방식이지요."

샤크의 이름이 나오자 관중의 관심이 쏠렸다. 샤크가 직접 격투장 위에 모습을 드러내자 장내가 술렁였다.

샤크는 얼굴에 철가면을 쓴 거구의 사내였다. 한 손에는 방패를 찼고, 다른 손엔 묵직한 플레일(Flail; 도리깨)을 쥐었으며, 온몸에 갑옷처럼 단단해 보이는 근육을 둘렀다.

"샤크! 샤크! 샤크!"

관중석 한쪽에서 샤크의 이름을 외치는 소리가 들렸다.

바하문트는 팔짱을 낀 채 관중의 반응을 훑어본 다음, 꾸루의 귀에 속삭였다.

"제법 잘 싸우는 투사인가 보네? 사람들 반응이 뜨거운걸."

꾸루는 피식 웃으며 고개를 가로저었다.

"제가 알기로 샤크의 실력은 중간 정도에 불과해요. 힘과 맷집은 발군이지만 속도가 느리다고 하더라고요."

"그런데 사람들이 왜 이렇게 열광하지?"

"샤크 녀석, 제법 피를 볼 줄 알거든요."

바하문트는 고개를 갸웃거렸다.

"피를 볼 줄 안다고? 그게 무슨 뜻이야?"

"제법 잔인하게 상대를 처리할 줄 안다고요. 놈이 휘두르는 묵직한 플레일에 맞아서 두개골이 깨진 투사가 꽤 많다고 해요. 게다가 샤크(Shark; 상어)라는 가명처럼 성격도 지랄 맞아서, 상대를 한 번 쓰러뜨린 것으로 끝내지 않죠. 쓰러진 상대를 발로 밟고 플레일로 마구 후려치거든요. 여하튼 격투장 바닥을 피로 물들여야 만족하는 놈이에요."

설명을 듣자 대충 어떤 스타일의 투사인지 짐작이 갔다. 바하문트는 물끄러미 샤크를 올려다보았다.

때마침 샤크의 눈도 바하문트를 향했다.

참 희한했다. 이름이 알려진 투사들이 많고 많은데 샤크는 하필이면 바하문트만 바라보았다.

바하문트도 샤크의 시선을 피하지 않았다.

사실 바하문트는 조금 짜증이 난 상태였다. 배신자 토르를 잡으러 이 먼 로베르토 시까지 왔건만, 놈의 코빼기도 보지 못했기 때문이다. 이렇게 하염없이 놈을 기다리는 것도 참 한심한 일이었다.

그 와중에 샤크가 눈싸움을 걸어왔다. 바하문트는 은근히 부아가 치밀었다.

두 사람 사이에 불똥이 튀었다. 샤크는 철가면 뒤에서 눈을 부라리며 인상을 쓰더니, 격투장 위를 서성거리며 도발적인 동작을 취했다.

바하문트도 어금니를 꽉 깨물었다.

사람들은 두 투사의 기세 싸움을 느꼈다. 대중의 시선이 바하문트에게 쏠렸다. 그 가운데 누군가가 외쳤다.

"샤크가 오늘의 먹이를 골랐다. 저기 시커먼 마스크 쓴 놈이 샤크의 먹이야."

먹이라는 단어가 관중의 심리를 자극했다.

"샤크! 샤크! 샤크!"

사람들은 잔혹한 경기를 기대하면서 샤크의 이름을 연호했다.

샤크는 플레일을 번쩍 치켜들었다. 그리곤 바하문트를 손가락으로 가리키면서 목을 쓱 긋는 시늉을 했다.

"와아아—!"

샤크의 퍼포먼스에 관중석이 후끈 달아올랐다.

상대가 정해졌으니 더 볼 것도 없었다. 심판은 바하문트를 샤크의 상대로 선포한 뒤, 간략하게 소개했다.

"드디어 샤크가 오늘의 격투 상대를 정했네요. 샤크와 맞서 싸울 투사는…… 바로 수리부엉이입니다. 수리부엉이의 주특기는 봉입니다. 봉으로 상대를 톡톡 쪼나 보죠?"

"와하하하."

사람들이 일제히 웃었다. 심판의 농담이 웃겨서 웃었고, 수리부엉이라는 호칭이 다소 허약해 보여서 웃었고, 무기가 봉이라기에 또다시 배꼽을 잡았다.

지금까지 봉을 선택한 투사는 없었다.

물론 봉은 뛰어난 무기였다. 봉에 얻어맞으면 무척 아팠다.

하지만 아플 뿐이지 한 대 얻어맞았다고 사람이 죽지는 않는다. 즉, 결정력이 떨어지는 셈이었다.

봉 대신 창이나 핼버드를 사용하면 단숨에 적을 해치울 수 있는데 누가 불리하게 봉을 사용하겠는가.

관중이 웃는 동안 심판은 바하문트더러 격투장에 올라오라고 손짓했다.

허나 바하문트는 선뜻 발을 떼지 못했다. 여기 싸우러 온 것이 아니기 때문이다.

괜히 격투시합에 나가서 사람들의 주목을 받았다가는 배신자 토르를 잡는데 지장을 초래할 것 같았다. 그래서 격투장에 올라가지 않고 머뭇거렸다.

옆에서 꾸루가 눈치를 주었다.

"이렇게 된 이상 어쩔 수 없어요. 투사가 격투를 회피했다가는 사람들이 수상하게 여긴다고요. 그러니까 일단 격투장에 올라가요."

"괜한 싸움을 했다가 토르를 놓칠까봐 그러지."

"그러게 왜 샤크랑 눈싸움을 했어요? 그냥 고개를 숙이고 눈을 내리깔았으면 이런 귀찮은 일이 없잖아요."

꾸루는 조그만 목소리로 핀잔을 주었다.

바하문트는 딱히 반박할 말이 없어서 머쓱해했다.

하지만 이건 바하문트의 잘못이 아니었다. 그가 눈싸움을 피했더라도 샤크는 바하문트를 격투상대로 지목했을 것이다.

샤크는 처음부터 바하문트를 찍었다. 아니, 샤크가 찍은 것이 아니라 이 클럽의 주인인 노켈리스가 바하문트를 찍었다.

노켈리스는 멀쩡한 몽슐을 강제로 기권시킨 뒤, 샤크에게 명령했다. 바하문트를 무대로 끌어올려서 흠씬 두들겨 패주라는 엄명이었다.

'일단 저 애송이를 피투성이로 만들자. 그럼 블랙 디바가 나설 테지.'

노켈리스는 로열석 4층에서 격투장을 내려다보며 이런 생각을 했다.

결국 샤크는, 노켈리스가 꾸루를 낚기 위해서 던진 떡밥이었다. 그 떡밥에 바하문트가 걸렸다.

"우우우우! 수리부엉이, 뭐하냐?"

"왜 격투장에 안 올라오고 뭉그적거려?"

관중석에서 야유가 터졌다.

바하문트는 곤혹스러운 표정으로 입술을 깨물었다.

꾸루도 옆에서 재촉했다.

"어서 격투장으로 올라가요. 이렇게 버티면 더 곤란해져요."

바하문트는 어쩔 수 없이 앞으로 나섰다. 하지만 곧 발걸음을 멈췄다.

"이런, 무기가 없잖아."

이제야 생각났다. 바하문트는 주특기를 봉이라고 적었지만, 봉을 갖고 있지는 않았다. 애초에 싸우러 온 것이 아니기에 봉을 가져올 이유가 없었다.

"우우우우—!"

관중들이 더 크게 야유를 퍼부었다. 사람들은 바하문트가 샤크에게 겁을 집어먹고 뭉그적거린다고 오해했다.

바하문트는 씁쓸하게 웃었다. 셰로키 성에서도 늘 겁쟁이라고 손가락질 받는데, 이곳에 와서까지 똑같은 비난을 받을 줄은 몰랐다. 울적한 기분을 풀기 위해서라도 샤크를 상대해야 할 것 같았다.

마침내 바하문트는 심판에게 부탁했다.

"무기를 집에 두고 왔소. 봉 하나만 빌려주시오."

"으잉?"

심판은 황당하다는 표정으로 어깨를 으쓱했다. 격투장에 온 투사가 무기가 없다니, 심판의 상식으로는 도무지 이해할 수 없었다.

관중도 어이없다는 듯 한숨을 쉬었다. 특히 샤크의 팬들은 노골적으로 바하문트를 욕했다.

"야, 이 멍청이! 무기도 안 가지고 다니는 너 같은 놈들 때문에 옥토퍼시 클럽의 수준이 떨어지잖아."

"샤크, 저 어리벙벙한 애송이의 얼굴을 아예 짓뭉개 버려!"

욕설이 꽤나 살벌했다. 바하문트는 쏟아지는 비난을 묵묵히 참아내면서 그저 심판이 봉을 구해 주기만을 기다렸다.

다행히 옥토퍼시 클럽엔 무기가 많았다. 격투 클럽이다 보니 평소 다양한 무기를 수집해 놓았을 뿐더러, 투사들이 몸을 풀 때 사용하는 연습용 무기도 가득했다. 특히 봉은 연습용으로 많이 애용하는 무기여서 구하기 쉬웠다.

심판은 1미터짜리 단봉 하나, 2미터짜리 중봉 하나, 3미터짜리 장봉 하나, 이렇게 세 개를 대령했다.

"이 중에서 한 번 골라보시구려."

바하문트는 볼 것도 없이 2미터짜리 봉을 택했다.

셰로키 무사들이 사용하는 투창의 길이는 1.5미터에서 1.7미터 사이였는데, 그 때문에 2미터짜리 봉이 가장 익숙했다.

드디어 바하문트가 격투장으로 올라갔다.

봉을 오른쪽 겨드랑이에 낀 채 저벅, 저벅.

샤크는 눈을 희번덕이며 숨을 씩씩거렸다. 관중들은 더 크게 샤크의 이름을 외쳤다.

뒤쫓아 올라온 심판이 서둘러 시합시작을 선포했다.

"지금부터 1번 격투장 두 번째 시합을 시작하겠습니다. 투사는 샤크와 수리부엉이입니다."

땡!

심판의 말이 떨어지기가 무섭게 종이 울렸다.

Chapter 4

땡!

종이 울렸다. 싸움이 시작되었다.

"이노옴!"

샤크는 잇새로 뜨거운 욕설을 토했다. 그리곤 어깨를 앞으로 구부린 채 바하문트를 향해 돌진했다. 육중한 체격답지 않게 속도가 꽤 빨랐다.

부왕—

바하문트 코앞까지 파고든 샤크는 다짜고짜 방패부터 휘둘렀다. 일단 방패로 바하문트를 후려쳐서 넘어뜨린 뒤, 플레일을 풀스윙해서 짓뭉개 버릴 의도였다.

혹은, 바하문트가 방패를 피해서 옆으로 움직이면 바로 따라붙어서 플레일로 공격할 생각이었다.

허나 샤크의 의도는 먹히지 않았다.

따앙!

바하문트는 봉 끝으로 샤크가 든 방패의 중앙하단 부위를 찍었다. 그러자 방패가 아래로 빙글 돌아갔다.

원래는 이렇게 쉽게 돌지 않는다. 샤크는 방패를 제 팔뚝에 아주 단단히 묶어놓았고, 또 고정끈까지 한 겹 겹쳐서 덧대놓았다. 어지간히 강한 타격을 받아도 방패가 휙 돌아가는 일은 없었다.

그러나 바하문트가 때린 부위가 워낙 정교했다. 샤크가 방패를 휘두르는 순간을 노려서 방패 아래 3분의 2 지점을 정확하게 가격했다.

툭.

충격을 받자 방패의 고정끈이 끊겼다. 지지대를 잃은 방패는 샤크의 팔뚝을 타고 80도가량 돌아간 채 덜렁거렸다.

덕분에 변화가 생겼다.

우선 샤크의 상체가 활짝 노출되었다. 방패로 몸을 가린 채 싸우는 것이 샤크의 주특기인데, 순간적으로 그 보호막이 사라졌다.

바하문트는 그 짧은 틈을 놓치지 않았다. 샤크의 방패를 봉으로 찍은 직후, 바하문트는 별안간 손아귀의 힘을 풀고 손에서 봉을 놓았다.

바하문트의 봉이 뒤로 쭉 밀렸다. 묵직한 방패를 때린 반발력 때문에 봉은 빠르게 뒤쪽으로 날아갔다.

바하문트는 봉이 날아가도록 가만히 내버려두었다. 가만히 손을 놓은 채 봉이 쭉 미끄러지는 것을 즐겼다.

그러다 봉이 4분의 3까지 빠져 나간 순간, 느닷없이 봉을 오른쪽 겨드랑이에 끼고는 그대로 허리를 틀었다.

따앙!

바하문트의 봉 끝이 샤크의 뺨을 강하게 후려쳤다.

얼굴에 철가면을 쓴 덕분에 턱이 으스러지지 않았을 뿐이지, 샤크는 크게 한 방 얻어맞아 휘청거렸다. 두개골이 뒤흔들리고 귀가 멍했다.

샤크가 휘청거리는 사이, 바하문트는 겨드랑이를 풀고 봉을 놓았다.

철가면을 때린 반발력 때문에 봉은 뒤로 튕겨져 나왔는데, 바하문트는 봉이 180도 회전하기를 기다렸다가 오른손으로 탁 낚아챘다. 그런 다음 회전하는 방향으로 힘을 보태서 샤크의 목젖을 후려쳤다.

빠악!

둔탁한 소리가 났다. 처음부터 모든 동작을 계획한 듯, 바하문트의 움직임엔 단 한 점의 군더더기도 없었다.

콜록, 콜록.

기다란 봉에 목젖을 후려 맞은 샤크는 더 이상 버티지 못했다. 거의 숨도 쉬지 못하고 허리를 접더니 등을 들썩거리면서 기침을 해댔다.

바하문트는 샤크의 뒤통수를 물끄러미 내려다보며 곤혹스

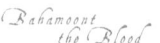

런 표정을 지었다.

'뭐가 이렇게 약해?'

솔직히 바하문트는 혼란스러웠다.

아까 꾸루가 말했었다. 샤크는 민첩성은 다소 떨어지지만 맷집만큼은 뛰어나다고.

바하문트는 꾸루의 말만 믿고 마음껏 후려쳤다. 그런데 두세 대 때리다 보니 상대가 너무 부실했다.

'목을 한 대 얻어맞았다고 저렇게 고통스러워할까? 혹시 이거 얼토당토않은 엄살쟁이 아니야?'

바하문트는 눈매를 가늘게 좁히면서 샤크를 의심했다.

사실 샤크는 억울했다. 하늘에 맹세코 엄살을 부리지 않았다. 사람인 이상 목젖을 얻어맞으면 숨도 못 쉬고 고통스러워하는 것이 당연했다.

오히려 문제는 바하문트의 잘못된 인식에 있었다. 바하문트는 사람이 목젖을 맞으면 아프다는 사실을 깜빡 잊었다. 하도 상상훈련만 했더니 눈높이가 이상하게 높아진 탓이었다.

하긴, 상상 속의 악마들은 급소가 따로 없었다. 그들은 이렇게 가볍게(?) 목을 얻어맞는 정도로는 꿈쩍도 안했다.

바하문트는 그런 악귀들과의 싸움에 익숙했기에, 상대가 목치기 한 방에 나가떨어지리라고는 예상하지 못했다.

예상이 어긋난 바람에 바하문트의 공격동작이 끊겼다.

샤크는 그 짧은 틈새를 파고들었다.

원래 샤크는 손으로 목을 잡고 콜록콜록 기침을 하던 중이었다. 그러면서 둥글게 몸을 웅크렸다. 바하문트가 연속해서 후려칠까봐 겁났기 때문이다.

그런데 아무리 기다려도 후속공격이 이어지지 않았다. 샤크의 눈이 독하게 빛났다.

'옳거니! 이 애송이 새끼가 방심했구나. 내가 바닥에 엎어져 있으니까 지가 이긴 줄 알고 방심했어.'

샤크는 이렇게 오판하고는 품에서 몰래 단검을 꺼내들었다. 겉으로는 계속 기침하는 척하다가 느닷없이 단검을 던질 요량이었다.

'하나, 둘, 세엣!'

샤크는 속으로 숫자를 셌다.

셋을 세도록 바하문트는 멍하게 서 있었다. 샤크는 이 절호의 기회를 놓치지 않고 단검을 뿌렸다.

피웃!

잘 벼린 단검이 바하문트의 이마 한복판을 향해 비행했다.

"앗!"

깜짝 놀란 꾸루는 저도 모르게 비명을 질렀다.

사람들도 화들짝 놀랐다. 샤크가 단검을 사용하는 것은 처음 보았기 때문이다. 다들 바하문트가 이 기습공격에 당할 거라고 생각했다.

허나 바하문트는 위기감을 느끼지 않았다. 오히려 딴 생각을 했다.

'검이 날아온다. 날 선 단검이 날아온다.'

바하문트의 사고는 강을 거스르는 연어처럼 과거의 한 지점으로 거슬러 올라갔다.

핀토가 기습적으로 단검을 뿌리고, 그 단검이 아버지의 심장에 꽂히던 바로 그 순간으로!

그 저주받을 시간이 바하문트의 뇌를 움켜잡았다.

울컥!

가슴 깊은 곳에서 뜨거운 것이 치밀었다.

바하문트는 날아오는 단검이 샤크의 것인지 핀토의 것인지 구분하지 못했다.

노리는 대상이 저인지 아버지인지도 파악하지 못했다. 그저 샤크의 번들번들한 철가면 위로 핀토의 야비한 얼굴이 겹쳐보였을 뿐이다.

바하문트의 입이 크게 열렸다.

"이노옴!"

찰나, 무시무시한 분노가 폭발했다.

원래 바하문트는 약자에게 화풀이를 하는 성격은 아니었다.

허나 지금 이 순간만큼은 예외였다. 그동안 가슴속에 쌓였던 것들이 한꺼번에 다 터져 나왔다.

우고트 왕국에게 쫓기는 강박관념! 어린 시절 바바로스 땅에서 경험했던 끔찍한 기억들! 아버지의 죽음! 아버지의 시체를 아직까지 못 찾았다는 죄책감! 그리고 셰로키 성에서 겁쟁이 행세를 하면서 쌓인 스트레스!

바하문트의 가슴 저 밑바닥에서 물밀듯이 치솟은 악감정들은 순식간에 껍질을 뚫고 나와 두개골까지 치밀었다.

투툭.

뇌신경 일부가 툭 끊겼다.

살짝 맛이 갔다고 해야 될까, 아니면 뚜껑이 열렸다는 표현이 맞을까. 어쨌거나 바하문트는 제 감정을 통제하지 못했다.

폭발하듯 치밀어오른 기세가 바하문트의 두 눈을 붉게 달궜다. 바하문트의 눈 속에 불덩이가 자리잡은 순간,

쭈와왁—!

무시무시한 기파가 일어나 온 클럽을 가득 메웠다.

8천 여 관중은 영문도 모른 채 갑자기 오한이 들었다. 옆 격투장에서 싸우던 투사들도 부르르 몸을 떨며 동작을 멈췄다.

물론 대부분의 사람들은 이 무서운 기파가 어디서 뻗어 나온 것인지 알지 못했다. 이게 사람이 내뿜은 기파라는 것조차 몰랐다.

하지만 극소수의 강자들은 달랐다. 그들은 깜짝 놀라며 유리창에 달라붙었다.

예를 들어 로열석 2층의 이튼 로롤스, 그리고 로열석 3층의 메난 피에타.

두 플루토나이트는 바하문트가 내뿜은 기파가 얼마나 무섭

고 소름끼치는 것인지 단숨에 알아차렸다.

더불어 기파를 발산한 사람이 누구인지도 정확하게 인식했다. 이튼과 메난은 눈을 휘둥그레 뜬 채 바하문트를 관찰했다.

이튼이 유리창에 달라붙자 필리아도 벌떡 일어났다. 호기심을 느낀 필리아는 형부를 뒤쫓아서 1번 격투장에 눈길을 주었다.

로열석 3층에서도 비슷한 반응이 나왔다. 직할대장 마르첼은 메난을 쫓아서 유리창에 바싹 다가섰다. 그리곤 바하문트와 샤크의 싸움을 내려다보았다.

한편 바하문트도 무언가를 느꼈다.

'아차! 내가 너무 흥분했구나.'

바하문트는 즉각 마음을 다스렸다. 그와 동시에 로열석 2층과 3층 언저리를 힐끗힐끗 곁눈질했다.

바하문트는 옥토퍼시 클럽에 발을 내디딘 순간부터 주위 모든 것들을 파악해 놓았다. 혹시 토르를 발견했을 때, 방해물을 제거하고 놈의 도주로를 빠르게 차단하기 위해서였다.

더불어 이 넓은 클럽 전체에 촘촘한 감각을 걸어 놓았다. 토르가 나타나자마자 낚아채려면 그 수밖에 없었다.

헌데 샤크가 던진 단검 때문에 잠시 이성을 잃고 마음이 흔들렸다.

그렇다고 바하문트의 예리한 감각이 사라지지는 않았다. 그 방대하고 예리한 감각에 몇 사람의 움직임이 포착되었다.

'방금 전, 네 명이 로열석 유리벽에 달라붙었다. 그들은 지금도 뚫어져라 나를 지켜보고 있어. 아마도 내가 발산한 기파를 느꼈기 때문일 테지?'

상대는 꽤나 예민한 자들이었다. 당연히 무력도 강할 것 같았다. 좀 더 조심했으면 좋았을 텐데, 저런 강자들의 시선을 끈 것은 명백히 바하문트의 실수였다.

허나 바하문트는 실수에 연연하지 않았다.

'내 존재가 노출된 것은 실수다. 하지만 그 대가로 얻은 것도 있다. 이곳 클럽에 저런 강자들이 있다는 사실을 알아냈어.'

잃는 게 있으면 얻는 것도 있는 법이다. 바하문트는 로열석의 강자들을 의식한 채 차분하게 샤크를 상대했다.

당연히 실력의 상당부분은 숨겼다. 극히 일부의 무력만으로 샤크를 요리했다.

바하문트는 가볍게 봉을 뿌렸다.

빠악!

봉이 폭발적으로 날아와서 샤크의 철가면 이마 부분을 후려쳤다.

"크윽."

샤크는 억눌린 신음을 토하며 코피를 쏟았다.

바하문트는 샤크의 얼굴을 때리고 뒤로 튕겨난 봉을 손가락 두 개로 받았다. 봉의 밑동에 손가락 두 개를 걸고는 다시 한 번 내던지듯 뿌렸다.

빠악!

봉이 재차 샤크의 이마부위를 가격했다. 방금 전 때렸던 바로 그 자리였다.

샤크의 머리가 크게 뒤로 젖혀졌다가 다시 제자리로 돌아왔다. 코피가 또 뭉텅이로 쏟아졌다.

바하문트는 뒤로 튕겨난 봉 밑동을 손가락 두 개로 받았다. 그리곤 채찍 휘두르는 것처럼 부드럽게 앞으로 뿌렸다.

빠악!

봉이 또 샤크의 이마를 때렸다. 샤크의 머리가 흔들렸고, 바하문트는 뒤로 튕겨 나온 봉 밑동에 또 손가락을 걸었다.

빠악! 빡! 빡! 빡!

바하문트는 벽에 공 튀기기 놀이를 하는 것처럼 계속 봉을 튕기면서 샤크의 이마를 때렸다. 때리면서 한 발 한 발 샤크에게 다가갔다.

그때마다 샤크는 뒷걸음질치면서 비틀거렸다.

철가면 아래로 피가 낭자하게 흘렀다. 선명한 선혈이 격투장 바닥을 적셨다.

샤크는 정신을 거의 잃은 듯 플레일마저 손에서 놓쳤다. 그러다 마침내 격투장 끝까지 몰렸다.

바하문트는 물끄러미 샤크를 바라보았다.

상대는 피거품을 게워내면서 휘청거린다. 이미 눈동자가 풀렸다. 끝난 싸움이다.

바하문트는 팔뚝으로 봉을 휙 감아쥔 뒤, 봉 끝으로 샤크의 가슴팍을 톡 건드렸다.

정신을 잃은 샤크는 맥없이 땅바닥으로 떨어졌다.

쿠웅.

바닥에서 뿌연 흙먼지가 피어올랐다. 수리부엉이와 샤크의 격투시합은 그렇게 짧게 끝이 났다.

예상과 다른 결과 때문인지, 아니면 바하문트의 무력에 놀란 탓인지, 심판은 샤크가 격투장에서 떨어진 뒤에도 한동안 멍하니 서 있었다.

관중석도 조용했다.

바하문트는 심판이 승리를 선언하기도 전에 격투장을 내려가 버렸다.

잠시 후, 관중석이 술렁거렸다.

"저게 대체 누구야?"

"어디서 저런 투사가 나타났지?"

"아이고, 샤크가 아니라 수리부엉이한테 돈을 걸었어야 했는데, 아이고……."

사람들 일부는 탄성을 질렀고, 또 일부는 땅을 치면서 잃은 돈을 아까워했다. 심판은 그제야 붉은 깃발을 휘둘러서 바하문트의 승리를 선언했다.

바하문트가 격투장에서 내려오자 꾸루가 엄지를 추켜세웠

다.

"속 시원하게 잘 처리했어요. 봉을 그렇게 잘 쓸 줄은 미처 몰랐네요."

"셰로키의 투창술을 응용했을 뿐이야. 그나저나 꾸루, 긴장해야겠다."

바하문트는 한껏 목소리를 낮춘 채 속삭였다.

꾸루도 덩달아 목소리를 낮췄다.

"왜요?"

"저기 로열석 2층과 3층에 수상한 놈들이 있다."

"수상한 놈들이라고요?"

꾸루는 고개를 들어 로열석을 바라보려고 했다.

바하문트가 얼른 말렸다.

"안 돼. 보지 마. 보통 놈들이 아니야. 놈들은 지금 저곳에서 우리를 주목하고 있어. 그러니까 티내지 말고 평소처럼 행동해라."

꾸루는 흠칫했지만, 곧 침착하게 대응했다. 로열석에 시선을 주지 않고 다른 곳을 보는 척하면서 바하문트의 귀에만 들리도록 작게 속삭였다.

"수상한 자들이 우리를 지켜보고 있다고요? 당신이 격투시합에서 압도적으로 이겼기 때문이겠죠. 그나저나 당신은 그 사실을 어떻게 알았죠? 혹시 저 뿌연 유리 내부를 들여다볼 수 있어요?"

"또렷하게는 아니지만 대충은 볼 수 있다. 꾸루, 혹시 로열석에 접근해서 저들이 누구인지 조사할 수 있을까?"

꾸루는 난감한 표정을 지었다.

"쉽지 않을 거예요. 저곳은 경비가 철저하거든요."

"으음."

바하문트는 가볍게 고개를 끄덕였다. 그리곤 곧 뒷말을 덧붙였다.

"접근이 어려울 것 같으면 굳이 신경 쓰지 마라. 지금 로열석이 문제가 아니야. 토르에게 정신을 집중해야지."

"알았어요."

꾸루가 동의했다.

둘 사이에 잠시 침묵이 흘렀다.

"그나저나 토르 이놈은 왜 안 나타나는 거야?"

바하문트는 다소 신경질적인 눈빛으로 주위를 훑었다. 얼른 놈을 만났으면 좋겠는데, 목표가 나타나지 않아 갑갑했다.

제4화

플루토나이트와 싸우다

Chapter 1

바하문트의 무력에 놀란 사람은 한두 명이 아니었다. 격투 시합이 끝나고 10여 분이 흘렀건만 관중석 곳곳에서는 아직도 웅성거리는 소리가 들렸다.

이런 반응은 로열석에서도 마찬가지였다. 로열석 2층에선 이튼과 필리아가 서로의 얼굴을 마주보았다.

둘 중 이튼이 먼저 운을 떼었다.

"셰로키의 투창술과 흡사했었지?"

"그랬나요? 저는 생소했는데요. 하긴, 셰로키의 투창술을 자세하게 본 적이 없어서 잘 모르겠어요."

"수리부엉이라는 자, 보통 실력이 아니야. 상대를 벼락 치듯 몰아치면서도 공격 하나하나가 아주 정교했어. 더구나 동작에 일체 군더더기가 없더라고."

"맞아요. 상대를 완전히 가지고 놀았죠."

필리아는 크게 감탄한 표정으로 맞장구쳤다.

이튼은 대화를 잠시 끊고 손가락으로 제 턱을 조몰락거렸다. 머릿속으론 방금 전의 격투를 꼼꼼히 되새김질했다. 되새겨볼수록 전율이 왔다.

필리아도 어느새 우울한 감정을 털어 버렸다. 방금 전에 목격했던 탁월한 봉술이 필리아의 마음을 뒤흔들었다.

한참 만에 이튼이 입을 열었다.

"게다가 그게 본 실력이 아니란 말이지. 수리부엉이는 실력의 상당부분을 숨겼어. 처제도 느꼈지? 아까 그자가 내뿜었던 기세 말이야. 그 난폭한 투기에 비하면 겉으로 드러낸 무력은 새발의 피였지."

"기세요? 무슨 기세요?"

필리아는 고개를 갸우뚱했다. 바하문트가 뿜어낸 투기를 파악하기엔 필리아의 실력이 부족했다.

이튼은 의아한 듯 되물었다.

"응? 그 기세를 못 느꼈다고? 그런데 왜 아까 유리창에 달라붙었지?"

"그야, 형부가 갑자기 달려가서 구경하기에 저도 궁금해서 쫓아갔었죠."

"뭐라고?"

이튼은 망치로 머리를 한 대 얻어맞은 기분이었다.

'처제는 뛰어난 실력자다. 그런데도 아무런 느낌을 못 받았다고?'

몇 분 전, 1번 격투장에서 뿜어져 나왔던 투기는 어마어마하게 강렬했었다. 오죽하면 이튼의 몸에 소름이 쫙 돋았을까.

그런데도 필리아는 그 기운을 느끼지 못했다고 한다. 전혀!

이튼은 가슴이 서늘했다. 예전에 책에서 읽었던 글귀가 떠올랐다.

'소리가 너무 작아도 귀로 들을 수 없지만, 거꾸로 소리가 너무 커도 듣지 못한다. 청각세포가 포화상태(Saturation)가 되어서 큰 소리를 거부하기 때문이다. 사람이 기세를 느끼는 것도 마찬가지다. 너무나 강렬한 기세는 오히려 느낄 수 없다. 그저 갑자기 오한이 든 정도로 인식하고 말아 버린다. 그 강한 기세에 짓눌려 죽을까봐 뇌가 인지를 거부하기 때문이다.'

이튼은 창 밖으로 시선을 돌려 다시 한 번 바하문트를 응시했다.

'아까 전의 투기가 그렇게까지 강렬했었단 말인가? 처제의 뇌세포가 공포에 질려서 인지를 거부할 정도였다고?'

저런 강자가 등장했다는 것, 아무래도 그냥 넘길 일은 아닌 듯했다. 이튼의 표정이 딱딱하게 굳었다.

그 즈음, 로열석 3층의 상황도 2층과 다를 바 없었다.

마르첼은 충격을 받은 듯 입을 다물지 못했다. 방금 전, 바하문트가 보여준 봉술이 너무나 깔끔하고 일방적이어서 숨이 막혔다.

옆에서 메난이 명령을 내렸다.

"마르첼, 아이들을 풀어서 저자의 뒷조사를 해 봐라."

"수리부엉이라는 투사를 조사하라는 말씀이십니까?"

"그래."

"지금 바로 조사합니까?"

"그래."

메난의 목소리 톤이 점점 올라갔다. 마르첼이 자꾸 토를 다는 것이 마뜩치 않아서였다.

허나 마르첼은 상관의 표정 변화를 깨닫지 못했다. 눈치도 없이 주저리주저리 군말을 덧붙였다.

"메난님, 저도 수리부엉이가 보기 드문 실력자라고 인정합니다. 하지만 이 중요한 시점에 아군의 병력을 분산시킬 일은 아니라는 생각입니다. 우선은 세로키 성에 집중해야 하지 않겠습니까? 저 투사의 뒷조사는 나중에 해도 충분히……."

순간, 메난의 눈썹이 꿈틀 치솟았다.

눈썹이 위로 솟구친 찰나, 메난의 허리춤에서 검이 미끄러지듯 튀어나왔다. 검은 눈 깜짝할 새에 마르첼의 목에 도달했다.

서슬 퍼런 날!

그 싸늘한 감촉이 목젖에 닿았다. 마르첼은 오한을 느꼈다. 검끝에 닿은 부위부터 시작해서 온몸이 쫙 얼어붙는 느낌이었다.

마르첼은 메난이 검을 뽑는 것을 보지 못했을 뿐더러, 아무런 기척도 느끼지 못했다. 그저 검날이 목젖에 닿은 뒤 소스라치게 놀랐을 뿐이다. 메난의 검은 그 정도로 빨랐다.

"메, 메난님······!"

마르첼이 울상을 지었다. 그는 제발 검을 치워달라는 듯 두 손을 들었다.

허나 메난의 반응은 냉랭했다. 메난은 매부리코에 세로주름을 만들면서 눈매를 날카롭게 좁혔다.

그리곤 무서운 눈길로 상대를 노려보았다. 메난의 입에서 으스스한 협박이 튀어나왔다.

"마르첼, 앞으로 내 명령에 토를 달지 마라. 의문도 품지 마라. 시키는 대로 무조건 따라."

꿀꺽.

마르첼은 대답 없이 침만 삼켰다.

메난이 말을 이었다.

"가주님이 너를 아끼시기 때문에 내가 많이 참았다. 하지만 내 인내심이 언제까지 계속될 거라고는 생각하지 마라. 수틀리면 누마하의 목을 베기 전에 네 목부터 잘라줄 테니까. 이렇게!"

 자신의 말을 증명이라도 하듯 메난은 손목에 스냅을 주었다.

 싸악—

 메난의 검끝은 물고기를 낚아챈 뒤 하늘로 날아오르는 갈매기마냥 날렵하게 차고 올라가며 마르첼의 콧방울을 베어 버렸다.

 따끔한 감촉이 뒤따랐다.

 "우웃!"

 마르첼은 헛바람을 집어삼키며 두 손으로 제 코를 잡았다.

 시뻘건 선혈이 쾰쾰 쏟아져서 오목한 손바닥을 가득 채웠다. 펑펑 흐르는 피는 마르첼의 입술과 턱, 앞가슴을 차례로 적셨다. 그리곤 바닥에 떨어졌다.

 놀란 마르첼은 신음소리조차 내지 못했다. 그저 멍한 눈길로 제 피가 바닥을 적시는 광경을 쳐다보았다.

 그 사이 메난은 뱀처럼 차가운 눈으로 마르첼의 목덜미를 노려보았다.

 사실 시선만 그곳에 두었을 뿐, 메난은 마르첼을 보고 있지 않았다. 그는 이미 다른 생각에 골몰했다.

 '수리부엉이라고 했지? 내 눈은 속이지 못한다. 놈이 보여 준 것은 단순한 봉술이 아니었어. 봉을 다루는 밑바탕에 세로키 가문의 투창술 냄새가 배어 있었다고.'

과연 메난이었다. 경험이 풍부해서 그런지 판단력이 지극히 예리했다.

메난은 수리부엉이가 세로키의 무사라고 확신했다. 그것도 보통 무사가 아니라 비밀병기일 거라고 짐작했다.

'저 정도 실력자라면 절대 평범한 무사일 리 없다. 세로키 가문이 플루토나이트로 키운 비밀병기일 게야.'

메난은 자신의 직감을 믿었다. 마르첼을 윽박질러서 철저하게 뒷조사를 시킨 것도 그 때문이었다.

플루토나이트의 등장은 그만큼 중요한 변수였다. 플루토나이트 자리가 비어 있다면 모를까, 아니라면 세로키 가문을 함부로 건드릴 수 없었다.

'자칫 잘못했다가는 피에타 시에 재앙이 내릴 수 있지. 세로키의 플루토가 들이닥쳐서 날뛰기 시작하면 순식간에 도시 절반이 날아갈 게야.'

생각만 해도 끔찍한 듯, 메난은 도리질을 했다. 그러다 입술을 달싹거려서 사위인 오로겔을 욕했다.

"오로겔도 참 무능력하군. 제 가문이 비밀리에 플루토나이트를 키워냈는데, 그걸 전혀 모르고 있었잖아. 이 식충이 같은 놈, 내 딸이 아깝다."

그 시간, 동남쪽 300킬로미터 떨어진 곳.

오로겔은 갑자기 귀가 가려웠다.

"응? 누가 내 욕을 하나? 왜 이렇게 귀가 간지럽지?"

오로겔은 새끼손가락을 바짝 세워서 귓구멍을 후볐다.

한편 로열석 4층.
노켈리스는 황당한 듯 혀를 내둘렀다.
"뭐야? 이거 애송이 도련님이 아니었잖아?"
노켈리스는 블랙 디바와 동행한 사내가 귀하게 자란 철부지 도련님일 거라고 추측했었다.
헌데 전혀 아니었다. 철부지 도련님을 이용해서 블랙 디바를 엮으려던 계획에도 차질이 생겼다.
노켈리스는 머리가 딱 아팠다.
"이제 어떻게 하지?"
블랙 디바만도 버거운 상대인데, 거기에 수리부엉이까지 더해 놓자 해결책이 보이지 않았다. 그 둘을 힘으로 누를 자신은 없고, 그렇다고 블랙 디바를 그냥 이대로 돌려보내기도 아쉽고……. 노켈리스는 자리를 뱅뱅 돌면서 고민했다.
아무리 고민해 보아도 결론은 하나였다. 노켈리스는 주먹으로 제 왼쪽 가슴을 두드리며 중얼거렸다.
"블랙 디바가 아깝긴 하지만 어쩔 수 없지. 괜한 욕심을 부렸다가는 더 큰 탈이 날 수도 있어. 이쯤해서 마음을 접어야겠다."
과연 노켈리스는 노련했다. 그는 나아갈 때와 물러날 때를 본능적으로 알아챘다. 지금은 손을 떼고 뒤로 물러날 때였다.

하지만 블랙 디바는 보면 볼수록 아까웠다.

"제기랄! 저 계집을 얌전히 보내주려니 가슴이 다 아프군."

노켈리스는 충혈된 눈으로 꾸루를 노려보면서 이렇게 뇌까렸다. 아쉬운 마음에 들고 있던 술을 한 입에 탁 털어 넣었다.

독한 술이 목구멍을 지나 위로 들어갔다. 식도와 위가 뜨끈했다. 술기운이 올라 노켈리스의 얼굴을 벌겋게 달구어놓았다.

노켈리스는 차가운 유리창에 이마를 밀착해서 열기를 식혔다. 그러는 한편으로는 핏발 선 눈알을 위아래로 굴려서 꾸루의 얼굴과 몸매를 더듬었다.

앙증맞게 귀여운 얼굴, 새하얀 목선, 그 아래 봉긋하게 이어지는 가슴융기를 보자 숨이 가빴다.

"염병할! 꼭 갖고 싶은 계집인데 이렇게 포기해야 되나? 무슨 방법이 없을까?"

머리로는 포기했지만 가슴에선 받아들이지 못했다. 노켈리스는 미련이 남아 눈을 뗄 수 없었다.

Chapter 2

때로는 충직한 심복이 화를 부르는 경우도 있었다. 이번 경우도 그러했다. 노켈리스의 심복은 주인의 마음을 넘겨짚고는 몰래 로열석 4층에서 내려왔다.

'내가 블랙 디바를 엮어서 바쳐야겠다.'

심복은 이런 생각으로 일을 꾸몄다. 그는 우선 클럽의 투사들 가운데 말을 잘 듣는 일곱 명을 불러 모았다.

믿음직한 부하들이 한자리에 모였다.

심복은 저 멀리 팔짱끼고 서 있는 바하문트를 손가락으로 가리키며 뭐라고 속닥거렸다.

부하들은 일제히 눈을 돌려 바하문트를 쳐다보았다. 그들 가운데 한 명이 대표로 질문했다.

"저기 저놈을 해치우면 됩니까?"

"그렇다. 너희들, 혹시 방금 전 저놈의 시합을 봤었나?"

심복이 묻자 일곱 명의 투사 가운데 다섯이 고개를 끄덕였다.

심복이 말을 이었다.

"본 사람들은 알겠지만, 저놈은 샤크를 완전히 갖고 놀았다. 만만치 않은 실력자니까 결코 방심해서는 안 돼."

"걱정 마십시오. 저 녀석은 기다란 봉을 무기로 사용합니다. 넓은 장소라면 놈이 펄펄 날겠지만, 로열석으로 올라가는 좁은 계단으로 유인해서 한꺼번에 덮치면 의외로 쉽게 꺾을 수 있습니다."

"그렇습니다. 좁은 계단에서는 기다란 봉을 마음껏 휘두르지 못할 테니까 우리가 충분히 이길 수 있습니다."

투사들의 의견은 그럴 듯했다. 역시 노련한 싸움꾼들다웠다. 심복은 믿음직스럽다는 표정으로 부하들의 어깨를 두드렸다.

"좋아. 나는 너희들만 믿겠다. 놈을 유인해서 해치워라. 다음 일은 내가 책임지마."

"네."

투사들이 입을 모아 답했다.

잠시 후, 네 명의 투사가 바하문트에게 몰려왔다. 그중 가장 험상궂게 생긴 자가 앞에 나서서 바하문트를 불렀다.

"잠깐 우리 좀 봅시다."

바하문트는 고개를 돌려 상대를 똑바로 쳐다보았다.

처음에는 투사도 눈을 피하지 않고 버텼다. 하지만 이내 고개를 숙이며 시선을 내리깔 수밖에 없었다.

바하문트의 눈빛은 무쇠를 녹일 듯 강렬했다. 아니, 그 정도를 넘어서 이건 아예 두개골을 뚫고 뇌 속을 들여다보는 것 같았다. 그러니 피할 수밖에.

눈싸움에서 밀리자 투사는 당황했다. 그 바람에 할 말을 잊었다. 바하문트가 묵묵히 쏘아보자 머릿속은 점점 더 하얗게 지워져갔다. 그래서 아무 말도 못하고 쭈뼛쭈뼛 입술만 달싹거렸다.

그 꼴을 보다 못해 동료 투사가 끼어들었다.

"그러지 말고 잠깐 시간 좀 내주시구려. 클럽의 주인께서

한 번 만나보길 원하시오."

"클럽의 주인이 나를 찾는다고?"

"그렇소."

투사들은 일제히 고개를 끄덕였다.

바하문트는 눈매를 가늘게 좁혔다. 클럽의 주인이 찾는다니, 의외였다.

"그래서, 주인이 어디 있는데?"

바하문트의 질문에 투사들은 로열석 꼭대기를 가리켰다.

"주인께서는 저기 로열석 4층에서 기다리고 계시오."

바하문트는 로열석을 향해 힐끗 눈을 던졌다. 저곳에 한 번 들어가 보고 싶었다. 특히 로열석 2층과 3층에 누가 있는지 궁금했다.

"좋아. 앞장서라."

바하문트가 시원하게 말했다.

"거, 잘 생각했소. 우리를 따라오시오."

투사들은 얼굴을 활짝 피면서 앞장섰다. 하지만 곧 당황하며 걸음을 멈췄다. 바하문트 옆에 꾸루가 달라붙었기 때문이다.

아까 상관에게 신신당부를 받았었다. 반드시 수리부엉이만 유인해서 해치워야 한다고, 여자가 끼어들면 골치 아프니 꼭 떼어놓으라는 당부였다.

헌데 당황스럽게도 꾸루가 동행인으로 나섰다. 이 여자를 어떻게 떼어놓을지 몰라 투사들은 난감한 표정을 지었다.

다행히 바하문트가 문제를 해결해 주었다. 바하문트는 꾸루의 귀에 속삭였다.

"나 혼자 다녀오마. 그새 토르가 나타날지 모르니까 넌 여기를 지키고 있어."

"알았어요."

꾸루는 순순히 고개를 끄덕이고는 자리에 남았다. 험상궂은 투사들이 우르르 몰려왔기에 수상쩍어서 나섰지만, 생각해 보면 바하문트의 걱정을 해 줄 필요는 없었다.

바하문트는 소름끼치게 강했다. 만에 하나 이들 투사들이 바하문트에게 수작을 부린다면, 그건 그들에게 재앙이 될 것이지 바하문트에게는 눈곱만큼의 해도 없을 것이다. 꾸루는 머릿속에서 걱정을 털어 버렸다.

"휴우……."

투사들은 비로소 안도의 한숨을 내쉬었다. 그들은 서로 눈빛을 교환하며 다시 길안내를 시작했다.

로열석으로 가는 길은 미로처럼 복잡했다. 바하문트는 차분히 주위를 살피면서 걸었다. 머릿속으로는 길을 전부 외워놓았다.

그러다 좁은 계단을 만났다. 바하문트는 가만히 생각했다.

'계단이 오른쪽으로 나선을 그리며 올라간다. 이런 곳에서는 오른손에 무기를 들고 싸우면 불리해. 벽에 막혀서 무기를

제대로 휘두를 수 없으니까. 게다가 계단 폭이 상당히 좁다. 기다란 무기는 아예 쓰지 못하겠어.'

이런 생각을 하면서 주위를 훑어보았다.

마침 투사들도 바하문트를 힐끗거리는 중이었다. 바하문트는 그들의 눈에 어린 음모의 기운을 읽었다.

뒤에서도 인기척이 났다. 슬쩍 뒤를 돌아보니 어느새 또 다른 투사 세 명이 달라붙어 퇴로를 막았다.

앞에 네 명, 뒤에 세 명.

총 일곱 명이다. 바하문트는 좁은 장소에서 앞뒤로 포위되었다.

'이것들이 작당을 했구나.'

바하문트는 뭔가 안 좋은 낌새를 눈치챘다. 하지만 일부러 모른 척했다. 모른 척하고 있으면 알아서 본색을 드러낼 터이다.

아니나 다를까, 투사들은 곧 행동에 나섰다. 계단을 중간쯤 올랐을 즈음이었다. 투사 일곱 명이 서로 눈을 맞췄다. 그 직후,

"이얍!"

바하문트의 등 뒤에서 우렁찬 기합이 터졌다. 투사 한 명이 짧은 단검을 꽉 움켜쥐고 달려들었다. 그는 다짜고짜 바하문트의 옆구리를 노렸다.

바하문트는 기다렸다는 듯이 봉을 휘둘렀다. 장소가 좁아서

풀스윙할 수는 없었지만, 봉을 세로로 세워서 단검을 막는 정도는 가능했다.

까아앙—!

단검과 봉이 부딪치자 요란한 소리가 났다. 좁은 계단이어서 소리가 짧게 끊어지지 않고 길게 메아리쳤다.

방어에 성공한 바하문트는 슬쩍 손을 벌려서 봉이 튕겨나가도록 내버려두었다. 얼핏 보기엔 기습공격을 받아서 무기를 놓친 것처럼 보였지만, 실은 전부 계산된 행동이었다.

따당.

바하문트의 손을 떠난 봉은 계단 벽에 비스듬하게 걸쳐서 떨어졌다. 봉 떨어지는 소리가 요란했다.

바하문트는 즉시 다리를 뻗어 발의 바깥 날로 봉의 4분의 1 지점을 밟았다.

와직!

기다란 봉이 뚝 부러졌다.

원래는 2미터짜리 봉이었다. 바하문트가 발로 밟아서 부러뜨리자 150센티미터짜리 긴 파편 하나와 50센티미터 길이의 짧은 파편으로 나뉘었다.

바하문트는 50센티미터짜리 파편을 발등으로 차올렸다. 그런 다음 그것을 손으로 꽉 잡았다.

파편은 무기로 쓰기에 충분할 만큼 끝이 뾰족했다. 바하문트는 이걸 바라고 일부러 발목에 스냅을 줘서 봉을 비틀어 부러뜨렸다.

때마침 다른 투사 한 명이 바하문트에게 달려들었다. 그 투사는 계단 위에서 몸을 날려 바하문트를 덮쳤다. 바하문트가 실수로 무기를 놓친 줄 알고 서둘러 공격한 것이었다. 무기를 다시 잡을 틈을 안 주려고.

허나 오산이었다. 바하문트는 무기를 놓친 것이 아니라 이곳 지형에 맞게 무기를 변형했을 뿐이다.

바하문트는 봉의 파편을 꽉 움켜쥐고는 망설임 없이 휘둘렀다.

푹!

끝이 뾰족한 50센티미터짜리 파편이 덮쳐오던 투사의 눈을 찔렀다. 그것도 무려 20센티미터 깊이로 푹 박혔다.

눈알이 터졌다. 뇌도 곤죽이 되었다.

"으아아아악―!"

투사는 괴성을 내지르며 손을 허우적거렸다.

반면 바하문트는 냉정했다. 피투성이가 된 상대의 머리를 겨드랑이로 낚아채더니, 그대로 계단 아래로 집어던졌다.

투사의 육중한 몸뚱어리가 허공을 부웅 날았다.

아래쪽에서 막 공격해 들어오던 투사 세 명은 위에서 날아온 동료의 몸뚱어리에 부딪쳐 우당탕 굴러 떨어졌다. 좁은 계단이어서 피할 수도 없었다.

그 사이 바하문트는 계단 위쪽으로 몸을 날렸다.

바하문트는 먹이를 덮치는 매였다. 손을 쭉 뻗어서 가장 가까이 있던 투사의 머리채를 잡았다. 그리곤 손을 힘껏 잡아당기면서 그대로 무릎을 찍어올렸다.

콰직!

바하문트의 딱딱한 무릎이 상대방의 얼굴을 정면으로 짓뭉갰다.

얼굴에 타격을 받은 투사는 코에서 피를 뿜으며 고개를 뒤로 젖혔다. 덕분에 투사의 목줄기가 허옇게 드러났다.

바하문트는 그 여린 목에 피범벅이 된 봉의 파편을 꽂았다.

뾰족한 파편이 살을 찢었다.

푸확—

투사의 목에서 피분수가 튀었다. 피는 계단 벽과 바닥을 흠뻑 적셨다.

목을 찔린 투사는 크게 휘청거리다가 엉덩방아를 찧었고, 그 사이 바하문트는 투사의 허리춤에 매달린 단검을 빼앗았다.

단검의 길이는 40센티미터.

바하문트는 허접한 막대기를 들었을 때도 야수였다. 그 야수가 날카로운 진짜 무기를 손에 넣었다.

싸아아—

순식간에 주변 공기가 차갑게 냉각되었다. 바하문트의 눈이 요사하게 빛났다. 그 눈에 노출된 투사들은 심장이 멎는 듯한 오한을 느꼈다.

바하문트는 바닥을 박차고 날아올랐다.

휙 하고 그림자가 어른거린다 싶더니, 바하문트는 어느새 벽을 발로 박차고 점프해서 계단 아래쪽의 세 투사를 공격했다.

시퍼런 단검이 위에서 아래로 비스듬하게 선을 그렸다.

써걱!

살 베는 소리가 났다. 또 한 명의 투사가 목숨을 잃었다. 바하문트가 휘두른 단검은 아주 정확하게 목으로 파고들어 정맥을 끊었다.

그게 끝이 아니었다. 바하문트는 쏟아지는 피분수를 뚫고 재차 팔을 뻗어서 두 번째 투사의 목줄기를 그었다.

이어서 세 번째 투사도 해치웠다.

눈 깜짝할 새에 다섯 명이 죽었다. 스무 개의 계단 안에 다섯 구의 시체가 나뒹굴었다.

시체들은 하나같이 목이나 얼굴에 상처를 입었고, 대량으로 출혈했다. 콸콸 솟구친 피가 계단 저 밑바닥까지 철철 흘러내려갔다.

바하문트는 흐르는 핏물을 밟고 우뚝 섰다. 시뻘건 피를 온몸에 뒤집어 쓴 채, 피바다 위에 오만하게 서서 나머지 먹잇감들을 노려보았다.

"으으으……"

"오, 오지 마!"

남은 두 명의 투사는 공포에 질렸다.

한 명은 엉금엉금 기어서 계단 위로 도망쳤다.

다른 한 명은 엉덩방아를 찧은 채 꼼짝도 못했다. 도망치고 싶어도 다리가 후들거려서 움직이지 않았다.

그저 벽에 등을 비비적거리면서 소리만 지를 뿐이었다. 필사적으로 벽에 등을 문지르는 꼴이, 아마도 벽을 뚫고 도망치고 싶은 듯했다.

물론 벽을 뚫을 재주는 없었다.

바하문트가 저벅저벅 다가왔다. 좁은 계단에 사신의 그림자가 짙게 드리웠다.

"아으으......"

투사는 신음을 흘리며 오줌을 지리고 똥을 쌌다.

바하문트는 벽에 바싹 붙어 뭉그적거리는 투사를 향해 단검을 뿌렸다.

퍼억!

투사의 이마에 단검이 박혔다. 손잡이만 남긴 채 깊숙하게!

투사는 눈을 크게 뜨고 입을 딱 벌린 채 죽었다. 죽은 시체가 옆으로 쓰러지더니 계단 아래로 우당탕탕 굴러 내려갔다.

일곱 명의 투사 가운데 여섯이 죽었다. 이제 한 명만 남았다. 그 한 명은 지금 이 순간에도 열심히 계단을 기어서 도망치는 중이다.

바하문트는 천천히 계단을 걸어 올라갔다. 엉금엉금 도망치는 투사의 뒤를 쫓아서 느긋하게, 아주 느긋하게.

투사가 도착한 곳은 로열석 4층 입구였다.

옥토퍼시 클럽 로열석은 층마다 출입통로가 따로 나 있었는데, 이곳 계단은 로열석 4층으로만 통하도록 설계되었다. 그러니 다른 층으로는 갈 수가 없었다.

탕탕탕!

공포에 질린 투사는 필사적으로 로열석 문을 두드렸다. 바로 뒤에서 바하문트의 발자국소리가 들리자 미칠 것 같았다.

저벅, 저벅, 저벅.

바하문트의 발자국소리는 규칙적이고 음산했다.

탕탕탕탕!

투사는 더욱 필사적으로 문을 후려쳤다.

로열석 안에서 노켈리스가 눈살을 찌푸렸다.

"누구야? 누가 이렇게 문을 쾅쾅 두드려?"

"제가 확인하겠습니다."

노켈리스의 심복인 곰보사내가 몸을 일으켰다. 심복은 바닥의 입구를 열고는 대뜸 꾸짖었다.

"호되게 혼나고 싶으냐? 여기는 주인님의 허락 없이는 올라올 수 없는 곳이다. 그런데 감히 어디서 난동을 부려?"

그 순간, 투사를 뒤쫓아 오던 바하문트가 와락 달려들었다. 바하문트는 심복의 목을 손가락으로 꽉 잡고는 그대로 잡아당

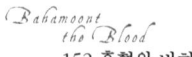

기면서 비틀었다.

"케엑!"

심복은 돼지 멱따는 소리를 내면서 앞으로 고꾸라졌다. 바하문트는 상대의 목뼈를 손날로 후려쳐서 부순 다음, 여기까지 길안내를 해 준 투사의 목을 잡고 비틀어 꺾었다. 우둑 소리가 났다.

잠시 후, 바하문트가 로열석으로 걸어 올라왔다.

"웬 놈이냐?"

노켈리스는 갑작스런 침입자에 깜짝 놀랐다. 자리에서 벌떡 일어나며 검을 뽑아 공격 자세를 취했다.

반면 바하문트는 노켈리스를 쳐다보지도 않았다. 먼저 주위부터 살폈다.

이곳 로열석 4층은 온 사방이 유리창이어서 전망이 탁 트였다. 시설도 아주 화려하고 고급스러웠다.

바하문트는 고개를 끄덕이며 칭찬했다.

"로열석이 이렇게 생겼군. 잘 구경했다."

노켈리스가 재차 물었다.

"넌 누구냐?"

"내가 누구냐고? 이 클럽의 주인이 부른다고 해서 여기까지 왔는데, 그걸 나한테 묻는 거냐? 부하들을 시켜서 나를 공격하고서도 내가 누군지 몰라?"

바하문트는 어이없다는 표정으로 노켈리스를 바라보았다.

노켈리스도 바하문트가 무슨 말을 하는지 몰라서 고개를 갸웃거렸다.

순간, 두 사람의 눈이 정면으로 마주쳤다. 그리곤 두 사람 모두 눈을 휘둥그레 떴다.

"너, 넌! 수리부엉이?"

노켈리스는 바하문트를 알아보고는 비명을 질렀다.

물론 바하문트도 노켈리스의 정체를 알아챘다.

도저히 몰라볼 수가 없었다. 초상화를 보고 또 보면서 단단히 외웠던 얼굴이다. 뼈째 갈아 마셔도 시원치 않을 원수, 토르다.

바하문트는 악귀처럼 얼굴을 일그러뜨렸다. 그의 입에서 분노한 포효가 터졌다.

"이노옴, 토르! 여기 숨어 있었구나!"

Chapter 3

"이노옴, 토르! 쥐새끼처럼 여기 숨어 있었구나!"

바하문트의 입에서 천둥소리가 났다.

"어억!"

토르라는 이름을 듣는 순간, 노켈리스의 심장은 덜컥 내려앉았다.

노켈리스는 바하문트에 대해 정확하게 알지 못했다. 그저 수리부엉이라는 가명만 알 뿐이었다.

수리부엉이가 왜 화를 내는지, 로열석 4층까지는 어떻게 올라왔는지, 그리고 옛날 이름인 토르를 어찌 알고 있는지……. 이 모든 것이 의문이었다.

하지만 짐작 가는 바는 있었다. 과거 노켈리스는 토르라는 이름으로 온갖 나쁜 짓을 다 저지르며 다녔었다. 토르라고 하면 칼을 들고 달려들 사람이 한두 명이 아니었다. 노켈리스는 원수가 많았다.

'이 녀석도 내게 원한을 품은 자들 가운데 한 명인가 보구나.'

노켈리스는 이렇게 짐작했다. 하지만 상대가 얼굴에 검은 마스크를 쓰고 있어서 정확하게 누구인지는 알 수 없었다.

노켈리스가 바하문트의 정체를 궁금히 여기는 동안, 바하문트는 성큼 발을 내디뎠다.

바하문트의 두 눈에서는 불길이 이글거렸다. 배신자 토르의 얼굴을 보자 속이 부글부글 끓었다.

노켈리스는 바하문트의 기세에 눌렸다.

"오지 마. 오지 마!"

그래서 손사래를 치면서 뒤로 물러났다. 들고 있던 검으로 바하문트를 위협도 해 보았다.

하지만 바하문트는 눈썹 하나 까딱하지 않았다. 오히려 더 무서운 고리눈을 한 채 성큼성큼 다가섰다.

마침내 노켈리스는 독하게 눈을 빛냈다. 상대의 정체가 무엇인지는 모르겠지만, 이대로 잡혀줄 생각은 없었다.

"죽어랏, 이 새끼야."

노켈리스가 먼저 공격했다. 검을 날렵하게 휘둘러서 바하문트의 얼굴을 찌르는 척하더니, 갑자기 긴 대롱을 꺼내서 입에 물고는 독침을 쏘았다.

퓨퓨풋—!

가느다란 독침이 바하문트의 심장으로 날아들었다.

침이 워낙 가늘고 속도가 빨라서 눈에 잘 보이지 않았다. 그저 무언가 불빛에 반짝거린 것이 전부였다.

하지만 바하문트의 뛰어난 감각은 미세한 침 하나하나를 전부 분간했다. 하긴, 상상훈련에서 싸웠던 상대에 비하면 노켈리스의 독침은 한없이 느렸다.

바하문트는 물 흐르듯 정면으로 뛰어들었다. 독침이 날아오는 방향을 향해 휘익!

순간, 노켈리스는 얼굴을 활짝 폈다.

'옳거니!'

노켈리스는 상대가 독침을 발견하지 못했다고 여겼다. 그러지 않고서는 이렇게 무모하게 뛰어들 리 없었다.

노켈리스는 상대가 독침을 맞고 나뒹굴 것을 예상하며 속으로 환호를 질렀다. 허나 곧 얼굴이 돌처럼 굳었다. 그의 예상이 빗나간 탓이었다.

독침 가까이 접근한 순간, 바하문트의 몸은 고무처럼 쭈욱 늘어났다. 길게 늘어난 몸이 아래로 쑥 꺼지면서 독침을 비껴갔다. 그리곤 다시 불쑥 떠오르면서 노켈리스 코앞까지 접근했다.

물론 실제로 바하문트의 몸이 늘어난 것은 아니었다. 단지 움직이는 속도가 너무 빨라서 늘어난 것처럼 보였을 뿐이다.

노켈리스가 기겁하는 사이, 바하문트는 상대의 코앞까지 파고들었다. 바하문트의 손바닥이 노켈리스의 뺨을 후려쳤다.

빽!

턱뼈 으스러지는 소리가 났다. 노켈리스는 거의 두 바퀴를 구르며 쭉 뻗었다. 뺨을 한 방 얻어맞았을 뿐인데 두개골까지 윙윙 울렸다. 한쪽 귀가 멍한 것으로 봐서 고막도 터진 듯했다.

하지만 아프다고 울부짖을 새도 없었다. 바하문트는 어느 틈에 다가와서 노켈리스의 머리카락을 움켜잡았다. 그리곤 위로 쭉 당겼다.

노켈리스의 머리가 대롱대롱 딸려왔다. 목이 길게 늘어났고, 머리카락이 뭉텅이로 빠졌다.

그 고통스러운 순간에도 노켈리스는 정신을 잃지 않았다. 노켈리스는 순간적으로 바하문트의 오른쪽 발이 없어졌다고 느꼈다. 정신이 번쩍 났다.

'멀쩡하던 발이 그냥 없어졌을 리 없다. 이건 공격이다!'

노켈리스는 반사적으로 몸을 웅크렸다. 그러면서 한 손으로 얼굴을, 다른 손으로 가슴을 보호했다.

노켈리스의 판단은 정확했다. 바하문트의 무릎이 벼락처럼 날아와 노켈리스의 손과 얼굴을 동시에 강타했다.

콰직!

코뼈가 부러졌다. 코에서 피가 뭉텅이로 쏟아졌다.

그나마 손으로 방어했기에 이 정도였다. 한 발만 늦었으면 바하문트의 오른쪽 무릎에 찍혀서 얼굴 전체가 함몰될 뻔했다.

노켈리스는 기를 쓰고 몸을 뒤틀었다.

'도망쳐야 해. 맞서 싸울 생각 말고 도망쳐야 해.'

코와 귀에서 피를 흘리는 와중에도 노켈리스는 최선의 판단을 내렸다. 그리곤 도망치기 위해서 젖 먹던 힘까지 쥐어짰다.

노켈리스는 들고 있던 검을 바하문트에게 집어던졌다. 그런 다음 뒤도 돌아보지 않고 뛰었다.

물론 바하문트도 가만히 보고 있지 않았다. 바하문트는 바람처럼 몸을 움직여서 노켈리스를 뒤쫓았다. 느긋하게 여유부리다가 이 여우를 놓친다면 억장이 무너질 터, 바하문트는 닭 쫓던 개가 되기는 싫었다.

역시 바하문트는 빨랐다. 노켈리스는 채 다섯 걸음도 떼지 못하고 뒷덜미를 잡혔다.

바하문트는 노켈리스의 뒷덜미를 와락 잡아당기며 주먹을 날렸다.

와직!

노켈리스의 척추 몇 마디가 가루로 으스러졌다.

"크왁!"

노켈리스는 찢어지는 비명을 지르며 주저앉았다.

곧이어 바하문트의 발등이 노켈리스의 뒷덜미를 걷어찼다. 노켈리스는 고꾸라지듯 앞으로 쓰러져 바닥에 얼굴을 처박았다.

그나마 바하문트가 봐줘서 이 정도였다. 힘껏 때렸다면 단방에 죽었다.

바하문트는 노켈리스를 당장 죽일 생각이 없었다. 우선 아버지의 유산을 다 토해 놓게끔 만든 뒤, 차근차근 살을 저밀 생각이었다.

복수를 생각하자 피가 끓었다. 바하문트는 이글거리는 눈으로 노켈리스를 노려보았다.

지금 노켈리스는 바닥에 엎드린 채 벌레처럼 버둥거리는 중이었다. 몸 곳곳이 으스러져서 일어서지도 못했다.

이만하면 불쌍하다는 생각이 들 법도 하건만, 바하문트의 생각은 정반대였다. 바하문트는 노켈리스를 내버려 둔 채 소파로 다가갔다.

소파를 뒤집자 나무다리가 나왔다. 바하문트는 괴력을 발휘해서 다리를 잡아 뽑았다.

소파 다리는 지름 8센티미터 굵기의 원통 나무였다. 굵고 뭉툭해서 망치로 쓰기에 딱 좋았다. 바하문트는 그걸 들고 노켈리스의 등 위에 올라탔다.

"으으읏……."

노켈리스는 소름이 오싹 돋는 것을 느끼고 신음을 흘렸다. 아니나 다를까, 끔찍한 폭언이 들렸다.

"아버지의 재산을 돌려받으려면 네 오른손은 남아 있어야 해. 그래야 서류에 손도장을 찍을 테니까 말이야. 하지만 이 왼손은 쓸모없지."

말을 내뱉기 무섭게 바하문트는 실천에 옮겼다. 노켈리스의 왼손 손목을 잡아 바닥에 꽉 고정한 뒤, 그대로 소파 다리로 내리찍었다.

콰득!

"크아악!"

뼈 으스러지는 소리가 났다. 바로 뒤이어 노켈리스의 비명이 터졌다. 멀쩡한 손이 짓뭉개지는 고통은 말로 표현할 수 없었다. 머리카락이 송두리째 서고, 온몸의 피가 거꾸로 도는 것 같았다.

바하문트가 또 말했다.

"너를 잡아갈 때 내가 질질 끌고 갈 거야. 그러니까 두 발도 필요 없지."

"아으으……. 제발!"

노켈리스는 손사래를 치며 눈물콧물을 흘렸다. 제발 두 발을 부수지 말아달라는 애걸이었다.

하지만 바하문트는 간절한 애걸을 귓등으로 흘렸다. 노켈리스의 발목을 꽉 움켜잡고는 그대로 나무다리를 내리쬐었다.

콰직 소리와 함께 왼발 뼈가 으스러졌다.

"으아악—!"

끔찍한 비명소리가 뒤따랐다.

이어서 콰직 소리와 함께 노켈리스의 오른발 뼈가 부서졌다.

"끄아악—!"

더 끔찍한 비명이 터졌다.

노켈리스는 만신창이가 되었다. 바하문트에게 얻어맞아 한쪽 고막을 잃었고, 코뼈가 주저앉았으며, 척추가 뭉개졌다. 왼손과 두 발도 모두 으스러진 상태였다. 노켈리스는 그 처참한 꼴로 질질 끌려갔다.

바하문트는 노켈리스의 오른손 팔뚝을 움켜쥐고는 질질 잡아끌었다. 이대로 계단 아래로 끌고 내려간 다음, 꾸루에게 뒤처리를 맡길 생각이었다.

이제 노켈리스가 살아날 구멍은 전혀 없는 듯했다. 바하문트는 너무나 철저해서 조금의 여지도 남겨놓지 않았다. 노켈리스의 왼손과 두 발을 부쉈을 뿐 아니라, 놈의 하나 남은 오른손은 제 손으로 꽉 움켜쥐어서 꼼짝 못하게 만들었다. 그러니 노켈리스가 아무리 반격을 하고 싶어도 반격할 수 없었다.

허나, 곧 예기치 못한 일이 발생했다.

노켈리스는 진짜 여우였다. 여우가 아홉 개의 굴을 파서 탈출에 대비하는 것처럼, 노켈리스도 로열석 각 층에 비상 탈출구를 만들어 놓았다.

계단 입구까지 끌려갔을 즈음이었다. 노켈리스는 눈을 번쩍 뜨더니 죽을힘을 다해 팔을 휘둘렀다.

노켈리스의 짓뭉개진 왼손이 계단 옆의 오목한 부분을 눌렀다. 순간, 바닥에 구멍이 활짝 열렸다.

비상 탈출구였다. 로열석 4층에서 3층으로 이어지는 비상 탈출구!

갑자기 바닥이 푹 꺼졌다. 바하문트는 노켈리스의 팔뚝을 붙잡은 채 한 층 아래로 뚝 떨어졌다.

순간 바하문트의 가슴이 철렁했다. 하지만 곧 침착함을 되찾고는 몸의 균형을 잡았다. 한편으로는 노켈리스를 꽉 잡고는 오른팔을 비틀어 꺾어 버렸다. 수상한 수작을 부린 대가였다.

"크악!"

노켈리스는 고통스런 비명을 질렀다. 유일하게 멀쩡했던 오른팔마저 어깨가 탈골되었다. 이젠 오른팔도 못 쓸 형편이다.

하지만 어깨가 꺾인 아픔보다 탈출에 실패한 아픔이 더 컸

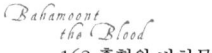

다. 원래 계획대로라면 바하문트를 저 위에 남겨놓고 혼자 탈출했어야 정상인데, 이 악귀 같은 놈이 손을 놓지 않아서 함께 떨어졌다.

'이젠 망했다.'

노켈리스는 두 눈을 질끈 감았다.

한편 바하문트는 신중한 눈길로 주위를 살폈다.

이곳이 어디인지는 뻔했다. 4층에서 떨어졌으니 3층이다.

'로열석 3층에는 무시 못할 강자가 있다.'

바하문트는 바싹 긴장한 채 감각을 곤두세웠다. 그 강자가 어디 있는지 찾기 위해서였다.

찾는데 오래 걸리지 않았다. 로열석 3층엔 두 명의 남자가 있었는데, 그중 한 명은 매부리코 사내였고, 다른 한 명은 피부가 가무잡잡했다.

이 가운데 매부리코 사내는 뒷짐을 지고 서 있었다. 반면 얼굴이 가무잡잡한 사내는 피투성이가 된 채 무릎을 꿇고 있었다.

둘 중 누가 강자인지는 뻔했다. 바하문트는 매부리코 사내에게 온 신경을 집중했다.

매부리코 사내, 메난도 바하문트에게 시선을 고정했다. 메난의 입에서 카랑카랑한 목소리가 흘러나왔다.

"이거 참 놀랍군. 뒷조사를 하고 싶은 상대가 하늘에서 뚝 떨어지다니, 이걸 우연이라고 해야 하나, 아니면 하늘이 무슨 요망한 수작을 부리는 것인가?"

바하문트는 입을 꾹 다문 채 상대를 훑어보았다.

매부리코 사내는 보통 인물이 아니었다. 마치 잘 벼린 검을 보는 것처럼 섬뜩한 기세를 풍겼다.

바하문트는 한 발 뒤로 물러섰다. 현재 바하문트의 목표는 어디까지나 토르, 즉 노켈리스였다. 이 수상한 강자와 부딪칠 이유는 없었다. 만약 상대가 곱게 보내준다면 고맙게 물러날 생각이었다.

허나 메난의 생각은 달랐다. 메난은 발을 쭉 미끄러뜨리며 40센티미터쯤 전진했다. 바하문트가 물러난 거리만큼 똑같이 쫓아왔다.

바하문트는 얼른 손바닥을 내보이며 싸울 의사가 없다고 표시했다.

"난 싸우려고 온 것이 아니오. 갑자기 탈출구가 열리는 바람에 여기 떨어졌을 뿐이오. 그냥 보내주시오."

메난은 검자루를 툭툭 치면서 웃었다.

"글쎄? 나는 보내주고 싶지만 내 검이 싫다고 하는데, 이걸 어쩌나?"

"나는 지금 무기도 없소. 이러지 말고 그냥 보내주시오."

바하문트는 좀 더 강력하게 요청했다.

하지만 메난은 놓아 줄 생각이 없었다. 상대는 수리부엉이. 메난은 수리부엉이가 셰로키 가문이 키워낸 차세대 플루토나이트라고 여겼다. 만약 그게 사실이라면 이 자리에서 해치우는 것이 속편했다.

'싹은 크기 전에 잘라야지, 무성하게 크고 나면 골치 아파.'

메난은 바하문트를 죽이기로 마음먹었다. 쭉 찢어진 메난의 눈가에 진득한 살기가 맺혔다.

바하문트는 한 발 더 뒤로 물러섰다. 상대가 풍기는 기세는 가슴이 먹먹할 만큼 살벌했다. 지금 저런 강자와 싸울 이유는 없었다.

바하문트가 물러나자 메난이 또 따라붙었다.

"그냥 가면 섭섭하지. 무례하게 방문을 했으니 적어도 인사는 하고 가야지."

말이 끝나기도 전에 메난의 검이 꿈틀거렸다. 검집에서 검신이 쭉 뽑혔다.

눈부시게 새하얀 검신!

바하문트는 눈을 부릅떴다.

검 때문에 놀란 것이 아니었다. 검신 맨 아래에 박힌 영롱한 마정석 때문에 기겁했다. 마정석은 보라색 기운을 뭉텅뭉텅 내뿜고 있었다.

'플루토나이트다!'

상대의 정체를 깨달은 순간, 바하문트의 심장은 두근두근 뛰었다.

Chapter 4

플루토나이트다! 악마의 병기, 플루토의 주인이 나타났다!

바하문트는 숨이 막혔다. 매부리코 사내가 보기 드문 강자인 줄은 알았지만, 설마 플루토나이트일 줄은 몰랐다.

'이자와 싸워선 안 된다. 나는 플루토를 소환할 수 없어.'

바하문트의 플루토 다섯 기는 모두 봉인된 상태였다. 네스토가 준 약물을 발라서 마정석이 돌로 변했다. 그러니 상대를 이길 재간이 없었다.

플루토 없이 플루토나이트와 어떻게 싸운단 말인가. 플루토를 상대할 길은 오로지 플루토뿐이다.

바하문트는 메난을 마주 공격하지 못하고 백스텝을 밟았다.

하지만 피하는 것도 쉽지 않았다. 메난의 검이 워낙 빠르게 짓쳐들어오는데다, 노켈리스까지 매달고 도망치려니 힘들었다.

더구나 퇴로는 이미 막힌 상태였다. 피에타의 가주 직할대장인 마르첼이 어느새 계단 입구를 봉쇄했다.

뭐, 바하문트의 실력이라면 마르첼쯤은 쉽게 꺾을 수 있다. 하지만 마르첼과 검을 섞는 사이 메난이 따라붙을 테니 문제였다.

이런저런 생각을 하는 동안 메난이 바싹 따라붙었다.

슈왁—!

메난의 검은 바하문트를 노리고 허공에서 직각으로 꺾였다.

바하문트는 깜짝 놀라 필사적으로 머리를 숙였다.

시퍼런 검이 머리 바로 위를 스치고 지나갔다. 바하문트의 머리카락이 뭉텅 잘려나갔다.

공격을 당하자 화가 났다. 바하문트는 버럭 소리쳤다.

"그만 하시오. 난 싸울 의사가 없다고 밝혔소."

메난이 입매를 비틀며 깐죽거렸다.

"넌 싸울 의사가 없겠지만 난 싸우길 원한다. 그렇게 놀란 토끼마냥 도망치지 말고 제대로 덤벼봐라. 이 셰로키의 애송이야."

"웃!"

순간, 바하문트의 표정이 딱딱하게 굳었다. '셰로키의 애송이'라는 말을 듣자 피가 싸늘하게 식었다.

'이 매부리코 사내는 내 정체를 꿰뚫고 있다. 누구지? 설마 우고트 왕국이 파견한 플루토나이트일까?'

바하문트는 더 이상 도망치지 않았다. 상대가 우고트의 플루토나이트라면 도망쳐서 해결될 일이 아니었다. 오히려 이 자리에서 처리하는 편이 나았다.

바하문트가 공격 의사를 보이자 메난은 씩 웃었다.

'역시 셰로키 성의 비밀병기가 맞는군. 정곡을 찔렀더니 놈의 태도가 돌변했어.'

메난은 바하문트를 셰로키의 플루토나이트라고 오해했다.

한편 바하문트는 메난을 우고트 왕국이 파견한 플루토나이트라고 오해했다.

두 사람은 서로를 노려본 채 눈빛을 이글이글 불태웠다.

메난은 신중하게 검을 곤추세웠고, 바하문트는 상대의 검끝에 시선을 고정한 채 두 팔을 벌렸다.

노켈리스는 진즉에 팽개쳐놓았다. 플루토나이트와 대적하는데 혹 덩어리를 매달고 싸울 수는 없었다.

바하문트는 머릿속에서 노켈리스를 지웠다. 그리곤 온 신경을 메난에게 집중했다. 한편으로는 머리를 굴려서 힘의 우열을 판단했다.

'이건 여러모로 내가 불리한 싸움이다. 상대는 무기를 들었고, 나는 빈손이다. 상대는 여차하면 플루토를 소환할 수 있지만, 나는 불가능하다. 어떻게 해야 이 위기를 벗어날 수 있을까?'

바하문트의 이마에 식은땀이 흘렀다. 땀방울은 또르륵 굴러 떨어져서 바하문트의 왼쪽 눈동자 앞을 스치고 지나갔다.

순간, 메난의 검이 빛을 토했다.

슈가악—!

공기를 모로 쪼개며 파고든 검은 허공에서 한 번 방향을 비틀면서 바하문트의 왼쪽 가슴을 노렸다.

과연 메난의 검은 무서웠다. 땀방울이 바하문트의 왼쪽 눈을 가린 찰나를 노려, 보이지 않는 사각지대를 정확하게 찔렀

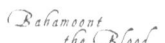

다.

 물론 바하문트의 반응도 신속했다. 메난의 검이 소름끼치게 빠르기는 하지만, 이 정도 속도는 상상훈련을 통해 이미 숙달해 놓았다.

 바하문트는 최소한으로 몸을 틀어서 적의 검을 피했다. 그런 다음 두 손을 쫙 벌린 채 벼락처럼 달려들었다.

 그 속도가 어찌나 빨랐던지, 바하문트의 몸뚱어리가 허공에서 팍 사라진 것처럼 보였다.

 메난은 흠칫 놀랐다. 순간, 옆구리가 저릿했다. 무언가 위험하다는 느낌이 왔다.

 메난은 제 육감을 믿었다. 옆구리를 보호하기 위해서 얼른 검을 끌어당겼다.

 파앙!

 바하문트의 손바닥이 메난의 검날을 후려치고 빠졌다. 메난의 검이 크게 휘청거렸고, 작은 핏방울이 허공에 동심원을 그리며 퍼져 나갔다.

 바하문트의 피였다. 메난의 검과 부딪치면서 손을 살짝 베였다.

 바하문트는 제 피를 입으로 빨면서 아쉬운 듯 입맛을 다셨다. 상대가 조금만 늦게 방어했어도 옆구리를 부술 수 있었는데, 좋은 기회를 놓친 것 같아 안타까웠다.

 한편 메난은 정신이 번쩍 들었다. 까딱하면 큰일 날 뻔했다.

'빠르고 강하다! 결코 만만히 볼 애송이가 아니야.'

메난은 자세를 바로 했다. 검자루도 다시 고쳐 잡았다. 그리곤 바하문트를 신중하게 대했다.

바하문트와 메난은 서로를 노려본 채 잠시 탐색전에 돌입했다.

이번에도 메난이 먼저 침묵을 깼다. 그는 바하문트의 다리를 노리고 검을 쭉 뻗었다.

번쩍!

시퍼런 검이 허공에서 직각으로 두 번 꺾이면서 파고들었다. 그 모습이 마치 지상에서 번개가 치는 듯했다.

바하문트는 풀쩍 뛰어올라 상대의 검을 피했다.

찰나, 메난은 눈을 번쩍 빛냈다.

'걸렸다!'

싸울 때 위로 피하는 것은 금물이다. 위로 점프해서 피하면 언젠가는 땅에 떨어질 테고, 그때 공격을 받으면 허무하게 무너지기 일쑤였다.

메난은 바하문트가 아직 어려서 실수를 했다고 여겼다. 그래서 곧장 검을 옆으로 빼고는 바하문트가 다시 떨어지기만을 기다렸다. 그 찰나를 노려 발목을 벨 요량이었다.

허나 바하문트는 메난의 뜻대로 움직여주지 않았다. 허공에 점프를 하자마자 몸을 괴상하게 뒤틀었다.

긴 체공시간과 놀라운 근육의 힘이 바하문트의 몸을 이단 점프하게 만들었다. 바하문트는 허공에서 앞으로 한 번 더 뛰어오른 뒤, 메난의 머리 위로 쏜살같이 떨어져 내렸다.

"이런!"

메난은 깜짝 놀라 검을 다시 회수했다.

하지만 검으로 막기엔 너무 늦었다. 메난은 어쩔 수 없이 허리를 뒤로 90도가량 젖히면서 바하문트의 공격을 피했다.

헌데 그것마저 늦었다. 바하문트의 공격은 메난의 예상보다 두 단계는 더 빨랐다. 손이 쭉 늘어나는 듯싶더니 어느새 메난의 머리채를 휘감았다.

'아뿔싸!'

메난은 심장이 덜컥 내려앉았다.

반면 바하문트는 눈을 번쩍 빛냈다.

'걸렸다!'

바하문트는 메난의 머리카락을 힘껏 잡아당기며 다른 손으로 메난의 이마를 내리쳤다.

콰앙!

메난의 두개골이 살짝 벌어졌다가 다시 닫혔다. 뇌가 뒤흔들리고 하늘과 땅이 핑핑 돌았다.

그 와중에도 메난은 정신을 놓지 않았다. 앞이 캄캄하고 귀가 윙윙 울리는 와중에도 정확하게 바하문트가 있는 방향을 노려서 검을 휘둘렀다.

검끝이 8자를 그리면서 공간을 써걱써걱 베었다.

바하문트는 무섭게 뻗어 오는 메난의 발악을 피해 두어 걸음 물러설 수밖에 없었다.

그러는 동안 메난은 정신을 차렸다. 메난은 머리를 흔들어서 충격을 털어내고는 입술을 꽉 깨물었다.

치욕스러웠다. 망신스러웠다. 위대한 피에타 가문의 플루토 나이트가 셰로키의 애송이에게 이렇게 몰릴 줄은 몰랐다.

메난은 한층 진한 살기를 뿌리며 바하문트에게 검을 겨눴다. 속으로는 무럭무럭 살심을 키웠다.

'무서운 놈이다. 여기서 이놈을 죽이지 못하면 앞으로 큰 걱정덩어리가 될 게다. 여차하면 플루토를 소환해서라도 짓뭉개 버려야 해.'

메난의 눈빛이 짙은 푸른색으로 물들었다.

바하문트는 순간적으로 섬뜩한 느낌을 받았다.

'이자, 최악의 수단을 생각하고 있다. 여차하면 플루토를 불러낼 셈이야.'

만약 적이 플루토를 소환한다면 끝장이다. 현재의 바하문트로써는 도저히 막을 수 없다.

바하문트는 메난을 노려보면서 열심히 머리를 굴렸다. 이대로 불리한 싸움을 계속할 수는 없었다.

그 와중에 마르첼이 보였다. 마르첼은 로열석 출입구를 막은 채 바하문트의 퇴로를 차단했다.

바하문트의 눈길은 마르첼을 한 번 훑은 다음, 그 옆 계단으로 향했다.

찰나, 바하문트의 눈이 번쩍 빛났다.

'혹시 여기에도 비상 탈출구가 있지 않을까?'

아까 노켈리스는 계단 옆 오목한 곳을 눌러서 비상 탈출구를 열었다. 그랬더니 갑자기 바닥이 푹 꺼졌었다.

만약 노켈리스가 4층에 그런 장치를 만들어 놓았다면, 이곳 3층에도 똑같은 장치가 있을지 몰랐다.

바하문트는 망설이지 않았다. 아무래도 조만간 메난이 플루토를 불러낼 것 같았기 때문에 마음이 급했다.

바하문트의 몸뚱어리가 갑자기 팍 꺼졌다.

메난은 흠칫 놀랐다. 상대가 이렇게 팍 사라지면 곧 무서운 공격이 이어지곤 했다. 메난은 머리나 심장 등의 급소를 방어하는데 집중하는 한편, 바하문트가 어느 곳으로 파고들지 찾느라 정신없었다.

헌데 바하문트는 어느 곳으로도 파고들지 않았다. 메난은 어리둥절했다.

그 순간이었다.

"으악!"

멀쩡히 서 있던 마르첼이 갑자기 비명을 질렀다.

바하문트는 메난을 노리지 않았다. 메난에게 공격을 퍼부을 것처럼 위장하고는, 방향을 틀어서 갑자기 마르첼을 덮쳤다.

메난에 비하면 마르첼은 어린애였다. 바하문트의 손이 목덜미를 잡아챌 때까지 눈치채지 못했을 뿐더러, 와락 딸려가서 상대의 무릎에 얼굴을 찍힐 때까지도 무방비 상태였다.

바하문트는 마르첼의 얼굴을 무릎으로 찍어올렸다.

마르첼은 눈앞이 캄캄했다. 안면을 해머로 두들겨 맞은 듯 통증이 왔고, 코뼈가 으스러지고 앞니가 부러진 충격에 정신 차릴 수가 없었다.

바하문트는 마르첼의 정신을 쏙 빼놓은 다음, 재빨리 검을 빼앗았다. 그리곤 뒤로 돌아가서 마르첼의 등줄기를 검으로 베어버렸다.

동시에 손을 뻗어 노켈리스를 낚아챘다. 마지막으로 오른발을 휘저어 계단 옆 오목한 부분을 힘껏 눌렀다.

이 모든 복잡한 동작이 거의 한순간에 이루어졌다.

메난은 눈을 크게 치떴다.

마르첼이 비명을 지르고, 그의 얼굴이 부서지고, 검을 빼앗기고, 등이 베인 것이 거의 0.1초도 안 되는 시간에 일어났다. 메난의 뇌는 갑자기 쏟아진 많은 정보를 분석하지 못해 멈칫거렸다.

'대체 무슨 일이 벌어진 거야?'

메난이 이런 생각을 하는 동안 바닥에서 콰릉 소리가 났다. 멀쩡하던 바닥이 갑자기 푹 꺼져 버렸다.

"아차!"

메난은 그제야 퍼뜩 정신을 차렸다.

바하문트는 어느새 노켈리스를 낚아채서 꺼진 구멍 속으로 뚝 떨어지는 중이었다.

"이노옴!"

메난은 바하문트를 뒤쫓아 몸을 날렸다.

이제 로열석 3층에서의 전투는 끝났다. 4층과 3층을 지나 이제 2층에서 다시 부딪칠 차례였다.

Chapter 5

이튼은 플루토나이트였다. 당연히 감각이 극도로 예민했다.

천장에 구멍이 뻥 뚫렸을 때, 이튼은 이미 창을 움켜잡고 있었다. 바하문트가 위에서 뚝 떨어졌을 때, 이튼의 창은 바하문트의 목을 겨누고 날아들었다.

'이자가 바로 로열석 2층의 강자다!'

바하문트는 눈을 빛냈다.

로열석 3층에도 강자가 있었지만, 2층에도 만만치 않은 강자가 머무르고 있었다. 바하문트는 이런 공격을 받을 줄 미리 짐작하고 있었기에, 갑자기 창이 날아들어도 당황하지 않았다.

까앙!

불똥이 튀었다. 바하문트는 마르첼에게 빼앗은 검으로 이튼의 창대를 쳐냈다.

"응?"

이튼은 의외라는 듯 이맛살을 찌푸렸다. 비록 창을 힘주어 내지른 것은 아니지만, 그렇다고 상대가 이리 쉽게 튕겨낼 줄은 몰랐다. 이튼은 튕겨오른 창을 뒤로 회수했다가 다시금 앞으로 뻗으면서 공격 자세를 취했다.

한편 바하문트는 살짝 긴장했다. 혹시 로열석 2층의 강자가 3층의 매부리코 플루토나이트와 동료일까봐 우려한 것이다. 만약 둘이 한패거리라면 바하문트는 섶을 지고 불 속에 뛰어든 셈이었다.

'제발!'

바하문트는 도박하는 심정으로 두 강자가 동료가 아니기를 빌었다.

다행히 바하문트의 도박은 성공했다. 뒤이어 메난이 뚝 떨어지자 이튼은 크게 소리쳤다.

"메난 피에타! 당신이 어떻게 여기에……?"

메난도 흠칫 놀랐다. 세로키의 비밀병기(?)를 추격 중인데, 누가 갑자기 이름을 부르니 놀랄 수밖에 없었다.

메난은 눈매를 가늘게 좁히며 이튼을 살폈다.

익히 아는 얼굴이었다. 메난도 신음하듯 외쳤다.

"이튼 로롤스! 로롤스 가문의 플루토나이트!"

메난과 이튼은 서로의 얼굴을 잘 알았다. 직접 대면한 것은 이번이 처음이지만, 초상화를 통해 상대방의 얼굴이나 주무기, 특성과 성격 등의 정보를 외워놓았다.

두 사람은 서로의 정체를 확인하자마자 곧 적대감에 불타올랐다. 피에타 가문과 로롤스 가문은 옛날부터 앙숙이었다.

이튼은 다짜고짜 메난에게 창을 겨눴다.

메난도 검끝을 이튼에게 돌렸다. 그런 다음 난처한 얼굴로 이튼과 바하문트를 번갈아가며 살폈다.

'로롤스 가문과 셰로키 가문은 친구라지? 두 플루토나이트가 힘을 합치면 내가 패한다. 이거 완전히 잘못 걸렸는걸!'

메난은 바하문트를 셰로키의 플루토나이트라고 단단히 오해했다. 그래서 혹시 함정에 빠진 것이 아닐까 걱정했다.

한편 바하문트도 골똘히 머리를 굴렸다.

'저 매부리코가 메난 피에타라고? 그럼 피에타 가문의 플루토나이트잖아.'

일단 상대가 우고트 왕국의 추적자가 아니어서 다행이었다. 바하문트는 안도의 한숨을 내쉬면서 이튼을 곁눈질했다.

'그리고 이 사내가 바로 이튼 로롤스란 말이지? 필리아의 형부이자 로롤스 가문의 큰아들……'

그러던 한순간, 바하문트의 눈이 휘둥그레졌다. 이튼의 등 뒤에서 필리아가 빼꼼 얼굴을 내밀었기 때문이다.

'아니, 이 여자가 왜 여기서 나와?'

바하문트는 간이 철렁했다. 필리아가 그의 정체를 폭로할까

봐 심장이 벌렁벌렁 뛰었다.

필리아의 눈도 왕방울만큼 커졌다. 필리아는 바하문트를 손가락으로 가리키며 외쳤다.

"어라? 이게 누구야? 다, 당신은 바로……."

'이런 빌어먹을!'

바하문트는 눈을 질끈 감았다. 여기서 정체가 탄로나고 일이 꼬일 줄은 몰랐는데, 완전 똥 밟은 기분이었다.

허나 이어지는 필리아의 말이 바하문트를 살렸다.

"당신은 바로…… 수리부엉이잖아?"

필리아는 반가운 목소리로 바하문트의 가명을 불렀다.

"후아!"

바하문트는 저도 모르게 맥이 탁 풀렸다. 그러면서 폐에 쌓였던 공기가 쑥 빠져 나왔다.

곧이어 바하문트는 손으로 제 뺨을 더듬었다. 현재 그는 얼굴에 시커먼 마스크를 썼다. 옷깃도 바짝 세워서 뺨을 가렸다. 그러니까 눈과 이마만 드러낸 상태였다.

필리아가 얼굴을 알아보지 못하는 것이 당연했다. 그런데 괜히 가슴을 졸였다고 생각하니 허탈한 웃음이 나왔다.

수리부엉이라는 말에 이튼이 고개를 돌렸다. 이튼은 바하문트를 위아래로 훑어보다가 말을 걸었다.

"수리부엉이. 조금 전의 시합은 잘 구경했다. 그런데 무슨 목적으로 이곳 로열석에 뛰어 들어왔지? 그것도 손에 무기를 든 채?"

바하문트는 턱을 바싹 당겨 성대를 짓눌렀다. 그리곤 탁한 가성으로 대답했다.

"저 매부리코 사내에게 쫓겨서 도망치게 되었소. 휴식을 방해해서 미안하오."

목소리를 바꾼 것은 필리아 때문이었다. 혹시라도 필리아가 목소리를 알아차릴까봐 걱정스러워서 가성을 내었다.

다행히 필리아는 눈치채지 못했다.

이튼과 필리아는 동시에 메난에게 고개를 돌렸다. 이튼이 앞에 나서서 물었다.

"메난 피에타. 수리부엉이의 말이 맞소?"

메난은 잠시 망설이다가 고개를 끄덕였다.

"그렇다. 저놈이 나랑 싸우다가 이곳으로 도망쳤다. 그러니 이튼, 너는 이 싸움이 끼어들지 마라."

이튼은 기사도를 숭배하는 사람이었다. 남과 싸우다가 도망치는 부류를 경멸했다.

'진짜 기사라면 죽는 한이 있더라도 등을 보여서는 안 된다. 수리부엉이, 괜찮은 투사인줄 알았는데 이거 실망인걸.'

바하문트를 바라보는 이튼의 눈빛이 변했다.

바하문트도 그걸 느꼈다. 현재 이튼이 무슨 생각을 하고 있는지 훤히 보였다.

옆에서 메난이 말을 덧붙였다.

"이튼. 이것은 사내 대 사내의 투쟁이고, 기사 대 기사의 결투다. 나와 수리부엉이가 결투를 끝낼 수 있도록 너는 빠져다오."

기사 대 기사의 결투라고 못을 박으니 이튼도 끼어들 수 없었다. 이튼은 어깨를 으쓱하면서 바하문트에게 물었다.

"메난 피에타의 말이 사실인가?"

"사실이오."

바하문트는 입술을 지그시 깨물고는 고개를 끄덕였다.

그러자 이튼의 얼굴이 어둡게 변했다. 앙숙 피에타 가문의 플루토나이트가 설치는 꼴을 참으려니 속이 다 뒤집혔다.

반면 메난은 빙그레 웃었다. 2대 1로 싸우게 될까봐 걱정했는데, 이젠 한시름 덜었다. 메난은 편한 마음으로 싸움을 걸었다.

"자, 수리부엉이. 그럼 우리의 결투를 마무리해 볼까? 이젠 쥐새끼처럼 도망치지 말고 제대로 싸워보자고."

바하문트는 메난을 싸늘하게 노려보다가 갑자기 이튼에게 고개를 돌렸다. 그리곤 한 가지 부탁을 청했다.

"이튼, 부탁이 있소."

"말해 보게."

"당신이 유명한 플루토나이트이기에 부탁하는데, 나와 메난 피에타 사이에 벌어질 결투에 입회인이 되어 주시오."

"으잉?"

이튼은 놀랐다.

이튼뿐 아니라 필리아도 놀랐고, 올리비아도 놀랐고, 메난도 놀랐다.

입회인이라면, 결투가 정당했는지 심판을 봐주는 사람을 뜻한다. 헌데 생판 처음 보는 수리부엉이가 이런 부탁을 할 줄은 몰랐다.

이튼이 답이 없자 바하문트는 한 번 더 요청했다.

"기사끼리 정정당당하게 겨루려면 신뢰할 수 있는 입회인이 있어야 마땅하지 않소? 이 자리에서 입회인이 될 자격이 있는 사람은 이튼, 당신밖에 없다고 생각하오."

바하문트의 요청은 생뚱맞았지만, 그렇다고 이치에 어긋나지는 않았다.

메난은 이름난 플루토나이트였다. 그의 결투에 입회인이 될 사람은 최소한 같은 급의 플루토나이트여야 했다.

그러니 이튼만이 입회인이 될 자격을 갖췄다. 게다가 기사의 결투에 입회인이 있어야 한다는 지적도 그르지 않았다.

이튼이 메난에게 물었다.

"내가 입회인을 해도 되겠소? 당신 말처럼 이 싸움이 기사 대 기사의 정당한 결투라면 마땅히 입회인을 두어야 할 것 같은데, 어찌 생각하시오?"

"그건……."

메난은 뭐라고 대꾸할 말이 없었다. 앙숙인 이튼에게 입회인을 맡기기는 꺼림칙하지만, 그렇다고 딱히 거절할 명분도 없었다. 아까 기사 대 기사의 결투라고 못을 박은 탓이었다. 기사 대 기사의 결투라면 마땅히 정당한 절차와 격식을 갖추어야 했다.

마침내 메난이 수긍했다.

"좋다. 나 메난 피에타는 플루토나이트의 명예를 걸고 이튼 로롤스에게 입회인의 자격을 맡기겠다."

그리곤 곧 단서를 하나 붙였다.

"단, 입회인이 되겠다고 선언한 순간부터 이튼 로롤스는 이 결투에 간섭해서는 안 된다. 절대로!"

메난이 이런 단서를 붙인 이유는, 혹시 수리부엉이가 정체를 밝힐까 걱정해서였다.

만약 수리부엉이가 세로키의 플루토나이트라고 정체를 밝히면 이튼이 싸움에 끼어들 가능성이 높았다. 로롤스 가문과 세로키는 서로 동맹을 맺은 사이니까.

메난은 그 가능성을 미리 차단해 놓고 싶었다.

다행히 이튼은 단서를 받아들였다.

"알았소. 나, 이튼 로롤스는 이번 결투를 공증할 공평한 입회인이 되겠소. 그리고 절대 이 결투에 끼어들지 않겠소. 플루토나이트의 명예를 걸고 맹세하오."

메난과 이튼이 서로 말을 주고받는 동안, 필리아는 몽롱한 눈빛으로 가슴에 손을 모았다. 여기사를 꿈꾸는 이 말괄량이

아가씨는 '플루토나이트의 명예를 건다.'는 문장을 아주 황홀하게 받아들였다.

반면 바하문트는 속으로 비웃음을 흘렸다.

'플루토나이트의 명예? 고깝다, 고까워. 그 따위 것은 개에게나 주라지.'

지난 세월 바하문트는 삶과 죽음의 고비를 넘나들면서 혹독하게 살아왔다. 물론 현재도 처지가 위태위태했다.

그런 바하문트에게 메난과 이튼이 주고받는 말들은 애들 장난 같았다. 너무나 사치스럽고 가증스러웠다.

허나 바하문트는 이런 속내를 내비치지 않았다.

Chapter 6

"나, 이튼 로롤스는 이번 결투를 공증할 공평한 입회인이 되겠소. 그리고 절대 이 결투에 끼어들지 않겠소. 플루토나이트의 명예를 걸고 맹세하오."

이튼의 선언이 끝났다.

바하문트와 메난은 서로를 마주보고 섰다.

이튼이 두 사람 사이에 위치했다.

"메난 피에타와 수리부엉이. 지금부터 결투를 시작하겠소. 두 사람 모두 기사답게 정정당당히 싸워주시오."

이튼의 선포가 끝나자마자 메난은 검을 치켜들었다.

그때, 바하문트가 제동을 걸었다.

"잠깐."

"뭐냐?"

메난이 눈을 부라렸다.

이튼도 못마땅한 시선으로 바하문트를 쳐다보았다. 결투가 시작되었는데 이렇게 김을 빼는 것은 올바른 기사의 자세는 아니었다.

허나 바하문트는 개의치 않고 할 말을 다했다.

"이 결투가 정정당당하려면 분명히 짚고 넘어갈 점이 있소."

"그게 뭔가?"

이튼이 묻자 바하문트가 답했다.

"알다시피 메난 피에타는 유명한 플루토나이트요. 그리고 나는 일개 평범한 투사에 불과하오."

"그래도 공평하게 싸우는 데는 지장이 없을 텐데. 신분이 무술실력을 말해 주는 것은 아니니까."

"아니지. 아직 불공평한 요소가 남아 있소. 생각해 보시오. 결투를 하는 중에 혹시라도 내가 유리할 경우가 있지 않겠소? 그때 메난이 홧김에 플루토를 소환하면 어떻게 하겠소? 나는 플루토가 없으니 절대 그를 이길 수 없소. 그저 개죽음을 당할 뿐이오. 이런 것이 어떻게 공평하고 정정당당한 결투겠소?"

바하문트의 항의는 일리가 있었다. 이튼은 걱정 말라는 듯 다짐했다.

"그건 걱정 말게. 일반인을 플루토로 공격하는 것은 전쟁터에서나 할 일이지 격투에서 할 일은 아닐세. 메난 피에타는 명성이 자자한 플루토나이트인데, 기사 대 기사의 결투에서 그런 짓을 할 리 없네. 만약 그런 비겁한 짓을 한다면 그건 플루토나이트의 명예를 진흙탕에 내던지는 셈이지."

"이튼, 당신이 보장할 수 있소?"

바하문트는 확답을 요구했다.

이튼이 받아들였다.

"내가 보장하지. 만약 결투 도중에 메난 피에타가 플루토를 소환한다면, 나도 플루토를 불러서 그와 맞서 싸움세."

한 발 더 나가서 이튼은 메난에게도 맹세를 요구했다.

"메난 피에타. 한 번 말해 보시오. 정당한 결투 중에 플루토를 소환할 거요? 설마 위풍당당한 피에타 가문의 플루토나이트가 그런 치졸한 짓을 하지는 않겠지?"

메난은 얼굴을 구겼다. 솔직히 말해서 플루토를 소환할 생각도 품었다. 어떻게든 셰로키의 비밀병기를 죽이고 싶었기 때문이다.

하지만 일이 이렇게 된 이상 어쩔 수 없었다. 제 입으로 기사 대 기사의 결투라고 말했는데, 그걸 깰 수는 없었다. 더구나 피에타 가문의 명예도 걸려 있어서 빠져 나갈 방도가 없었다. 결국 메난은 명예를 걸고 맹세했다.

"나 메난 피에타는 플루토나이트의 명예를 걸고 약속한다. 이번 결투에서 절대 플루토를 소환하지 않겠다."

메난의 맹세가 끝나자 이튼이 결투의 시작을 알렸다.

"좋소. 그럼 결투를 시작하시오."

"바라던 바다."

메난은 눈을 빛내며 바하문트에게 검을 겨눴다.

바하문트도 메난을 노려보았다. 헌데 아까와는 기세가 달랐다. 아까는 도망칠 궁리만 하더니 이제는 살기를 풀풀 내뿜었다. 그뿐만 아니라 턱을 오만하게 들고 메난을 눈 아래로 굽어보기까지 했다.

메난은 바짝 신경질이 났다.

"이 건방진 놈! 어디서 그 따위 건방진 태도를 보이느냐? 아주 박살을 내주마."

그 말이 떨어지기 무섭게 바하문트가 맞받아쳤다.

"그 실력에?"

"뭐라고?"

순간, 메난은 제 귀가 잘못된 줄 알았다. 바하문트의 태도가 갑자기 이렇게 불손하게 돌변할 줄은 몰라서였다.

이튼과 필리아도 당황한 표정으로 바하문트를 바라보았다.

하지만 바하문트는 오만한 태도를 바꾸지 않았다. 바꾸기는커녕 오히려 눈을 번들번들 빛내며 메난에게 다가섰다.

"늙은이, 잊었나 보네? 아까 내가 늙은이와 맨손으로 싸웠다는 사실을 말이야. 그때 늙은이는 검을 들고 있었잖아. 그래도 나를 이기지 못했었잖아. 그런데 이걸 어쩌지? 지금 내 손엔 검이 들렸거든."

검을 쥔 바하문트의 자세는 아주 차갑고 섬뜩했다. 메난은 갑자기 뒷골이 쑤셨다.

바하문트가 한 걸음 더 다가들며 뇌까렸다.

"아까 내가 도망을 쳤었지? 그건 늙은이의 플루토가 두려워서였지, 늙은이의 검이 무서웠던 것은 아니야. 그 느리고 허약한 검을 누가 두려워하겠어?"

바하문트는 천하의 메난을 슬슬 가지고 놀았다.

메난은 머리꼭대기까지 화가 났다. 하지만 상대가 풍기는 요사한 기운에 짓눌려 뭐라 반박하지 못했다.

사실 바하문트의 말이 틀리지는 않았다. 아까 바하문트는 맨손으로 메난을 상대했었다. 그러고도 밀리지 않았다. 오죽했으면 메난이 플루토를 소환할 마음을 먹었을까.

하지만 이제는 플루토를 소환할 수도 없었다. 플루토나이트의 명예를 걸고 맹세했으니 절대 안 될 일이었다.

메난은 명예를 소중히 여기는 플루토나이트여서 맹세를 깰 생각은 절대 못했다.

스윽—

바하문트가 한 걸음 더 다가섰다.

"매부리코 늙은이, 한 번 말해 봐. 플루토 없이 나를 이길 수 있겠어? 아까 내 주먹에 이마를 얻어맞았었지? 그게 주먹이 아니라 이 검이었으면 어땠을까? 아마 늙은이의 두개골을 뚫고 뇌를 썽둥썽둥 썰어주지 않았을까?"

바하문트의 기세는 점점 더 강렬하게 불타올랐다.

반면 메난은 심리적으로 위축되었다.

바하문트의 말과 눈빛에는 묘한 마력이 실려 있어서, 듣고 있노라면 그게 사실처럼 느껴졌다.

메난은 저도 모르게 손으로 이마를 가렸다. 금방이라도 바하문트의 검이 이마를 뚫고 쑥 들어올 것만 같아서였다.

마침내 메난은 한 발 뒤로 물러섰다. 일 대 일 싸움에서 뒤로 물러나보긴 처음이었다.

그 사실을 깨달은 메난은 흠칫 놀랐다. 한 번 뒷걸음질을 치기 시작하자 심리적인 위축이 더욱 심했다. 굳건하던 마음이 흔들렸고 눈동자가 떨렸다.

바하문트는 검을 쥔 손을 건들건들 흔들면서 한 발, 한 발 다가들었다.

"플루토만 없으면 너는 허수아비에 불과해. 네 실력으로는 절대 나를 이길 수 없어. 늙은이, 마침 잘 되었다. 이 기회에 늙은이의 두 팔을 자르고 배를 갈라서 창자를 뽑아주지. 두 발도 매끈하게 잘라줄 거야. 그러면 늙은이는 플루토나이트도 아니고 아무것도 아니야."

주문을 걸 듯 말하면서 바하문트는 검날을 혀로 싹 핥았다.

섬뜩한 동작이다!

일순간 메난은 바하문트의 등 뒤에서 하얗게 웃고 있는 마왕의 형상을 보았다.

마왕은 긴 혓바닥으로 차가운 검날을 쓱쓱 핥고 있었다. 그 모습을 보자 메난의 손이 덜덜 떨렸다. 다리가 와들와들 흔들렸다.

플루토만 소환할 수 있으면 문제없을 텐데, 그 중요한 무기를 쓸 수 없으니 답답했다. 메난은 무기를 잃고 어둠에 갇힌 어린애처럼 겁을 내었다.

공포라는 감정은 참 희한했다.

조금씩 스며들 때는 모르는데, 잠깐 한눈을 팔면 어느새 턱 끝까지 차올라 찰랑거렸다. 여기서 조금만 더 깊이 빠지면 공포라는 늪에 푹 잠겨서 이성을 잃을 듯했다.

메난은 머리를 흔들며 정신 차리려고 애썼다.

하지만 바하문트가 놓아 주지 않았다. 점점 더 빠르게 다가서면서 점점 더 강하게 압박했다.

"늙은이는 겁쟁이야."

메난이 찔끔 놀라 뒤로 물러섰다.

바하문트가 그만큼 다가왔다.

"늙은이는 겁쟁이야. 플루토가 없으면 엉엉 우는 울보 겁쟁이! 그 본성을 거부하지 마. 그게 바로 늙은이의 정체니까."

쾅!

말이 끝나기 무섭게 바하문트는 발을 세차게 굴렸다.

메난은 깜짝 놀라 몸서리를 쳤다.

바하문트가 씩 웃었다.

"그것 봐. 겁쟁이가 맞지? 발을 한 번 굴렀을 뿐인데 몸서리를 치잖아. 이러다 하늘에서 벼락이라도 치면 오줌을 싸는 것 아냐?"

바하문트의 말이 송곳이 되어 메난의 가슴을 후볐다.

메난은 세차게 도리질했다.

"아니야! 아니야! 아니야! 절대 그렇지 않다. 난 겁쟁이가 아니다. 나, 메난은 위대한 피에타 가문의……."

정신없이 소리치느라 메난은 바하문트를 놓쳤다.

순간, 바하문트의 몸이 파악 사라졌다.

'아차!'

메난이 실수했다고 깨달았을 때는 이미 늦었다. 바하문트는 어느 틈에 메난의 옆구리까지 파고들면서 하얗게 웃었다.

그 웃음이 무섭다고 느낀 순간,

써걱!

고기 잘리는 소리가 났다. 그 한 번의 소리에 메난의 팔뚝 두 개가 동시에 떨어졌다.

"으아악—!"

메난은 찢어지는 비명을 질렀다.

어깨 바로 아래서 두 팔이 잘려 뚝 떨어졌으니 그 충격과 공포가 얼마나 크랴!

하지만 메난의 비명은 그리 오래가지 못했다. 바하문트는 커다란 손으로 메난의 입과 턱을 한꺼번에 감싸쥐고는 유리창까지 와락 밀어붙였다.

쾅!

메난의 뒤통수가 유리창에 부딪쳐서 소리가 났다.

바하문트는 키가 컸다. 그의 팔에 붙잡힌 메난은 유리창에 등을 붙인 채 개구리처럼 대롱대롱 매달렸다. 발은 땅에서 10센티미터 가량 떨어진 상태였다.

곧이어 바하문트의 검이 메난의 배로 쑥 파고들었다. 잘 벼린 검날은 배를 지나 등을 뚫고 유리창까지 매끈하게 관통했다.

배에 검이 꽂힌 감촉이란!

이루 말할 수 없이 화끈했다. 그리고 끔찍했다. 메난은 입을 딱 벌렸다.

바하문트가 메난의 턱에서 손을 떼었다.

그래도 메난은 땅에 내려설 수 없었다. 몸을 관통한 검이 유리창에 꽉 박혀 있기 때문이다. 메난은 훅훅 소리를 내면서 숨을 몰아쉬었다.

바하문트는 그런 메난의 귀에 입을 바싹 대고는 속삭였다.

"내가 말했었지. 늙은이의 두 팔을 자르고 창자를 꺼내주겠다고. 난 약속을 꼭 지키는 사람이야."

메난은 아무런 대꾸도 못했다. 그저 피눈물이 고인 눈으로 바하문트를 올려다보았을 뿐이었다.

바하문트는 그런 메난을 향해 살짝 윙크했다.

악마의 윙크!

메난의 망막에 맺힌 마지막 영상은 세상에서 가장 무서운 윙크였다. 그 윙크를 본 것을 끝으로 메난은 고개를 떨궜다.

피에타 가문의 플루토나이트가 셋에서 둘로 줄었다.

Chapter 7

"이럴 수가!"

이튼은 깜짝 놀라 몸서리를 쳤다. 바하문트의 공격 방식은 이튼이 기겁할 만큼 난폭하고 압도적이었다.

'이건 제대로 된 결투가 아니야. 메난 피에타는 뛰어난 검수이자 플루토나이트인데, 수리부엉이의 기세에 억눌려서 제 실력의 10분의 1도 발휘하지 못했어.'

이튼은 바하문트에게 무슨 말인가 하고 싶었다. 하지만 할 말이 없었다. 결투가 이상하게 꼬이긴 했지만, 그렇다고 바하문트를 트집잡을 일은 아니었다.

바하문트는 비겁하게 독침을 사용한 것도 아니고, 매복을 한 것도 아니고, 제삼자를 결투에 끌어들여서 상대를 암습한 것도 아니었다. 그저 메난을 말로 위협하면서 다가들다가 순식간에 팔을 자른 것이 전부였다.

처음부터 다시 되새겨 보면, 이번 결투는 공정했다. 그럼에도 이튼의 마음 한구석은 찜찜했다.

이튼이 말을 잊은 사이, 바하문트는 주섬주섬 제 몫을 챙겼다.

바하문트는 가장 먼저 메난의 검과 검집을 주워서 등에 메었다. 이 검은 플루토가 봉인된 귀중한 보물인 만큼 꼭 챙겨야 했다.

바하문트가 검을 잡는 순간, 검신에 박힌 보랏빛 마정석이 우르릉 우렛소리를 내었다.

바하문트는 꿈틀거리는 플루토 검을 꽉 움켜쥐며 희미하게 미소 지었다. 이어서 바닥에 축 늘어진 노켈리스를 번쩍 들어서 옆구리에 끼웠다. 노켈리스도 놓아 줄 수 없었다.

"잠깐."

이튼이 바하문트를 붙잡았다.

바하문트는 왜 그러냐는 듯 빤히 바라보았다.

이튼은 무겁게 고개를 내저으며 메난의 검과 노켈리스를 가리켰다.

"그 검과 사람은 놓아두고 가게. 그건 자네 몫이 아니야."

"나는 둘 다 내 몫이라고 생각하고 있는데, 무슨 문제라도 있소?"

"그게 왜 자네 몫인가? 대체 그 검이 어떤 물건인 줄 알고서 하는 행동인가?"

이튼은 짐짓 역정을 내었다. 단지 역정으로 끝나지 않으려는 듯 창을 번쩍 들어서 바하문트에게 겨누었다.

바하문트는 피식 웃었다.

"이 검이 어떤 물건인지 아느냐고? 당연히 알고말고. 메난 피에타의 검에는 악마의 병기 플루토가 담겨 있지 않소. 왜, 당신도 이 플루토 검이 탐나시오?"

정곡을 찔린 이튼은 얼굴을 붉게 물들였다. 솔직히, 이튼은 메난의 검을 로롤스 가문으로 가져가고 싶었다. 그래서 상대를 붙잡았었다.

이튼이 대답을 못하자 바하문트가 말을 이었다.

"미안하지만 나도 이 검을 양보할 수 없소. 이 플루토 검은 이제 메난의 것이 아니라 내 것이오. 기사끼리 싸워서 이기면 전리품은 당연히 승자의 몫! 입회인인 당신이 권리를 주장할 수는 없지."

이튼은 더더욱 할 말이 없어서 입술을 꾹 다물었다. 바하문트가 플루토 검에 대해 이렇게 잘 알고 있을 줄은 몰랐다.

결투의 뒤처리 방법에 대해서 훤히 꿰뚫고 있을 줄도 몰랐다. 괜히 검을 탐냈다가 망신만 당한 것 같았다.

하지만 귀하디귀한 플루토 검을 이대로 내줄 수는 없었다.

이튼은 열심히 바하문트를 설득했다.

"자네 말이 맞아. 나는 플루토 검을 달라고 할 염치가 없네. 그리고 그 검을 강제로 빼앗지도 않을 거야. 하지만 다시 한 번 잘 생각해 보게. 그 검은 피를 부르는 악마의 병기야. 그 검을 지니고 있으면 자네 목숨이 위험하다고. 피에타 가문은 죽을 때까지 자네를 추적할 테고, 세상 어디를 가도 그 추적을 피할 수 없어. 왜냐하면 피에타 가문에서는 그 검을 추적할 방법이 있거든."

"추적할 방법이라면, 아르곤 말이오?"

"헛! 아르곤도 알고 있나?"

바하문트가 아르곤을 입에 담자 이튼은 헛바람을 집어삼켰다. 플루토에 대해 이렇게 속속들이 알고 있을 줄은 몰랐는데, 바하문트는 보면 볼수록 신비했다. 이튼은 갑자기 바하문트의 정체가 궁금했다.

"자네, 나를 속였나?"

"속인 적 없소."

"아니, 속인 것이 있을 거야. 자네, 혹시 플루토나이트가 아닌가?"

이튼은 날카롭게 추궁했다.

바하문트는 담담히 고개를 흔들어서 부인했다.

"틀렸소. 나는 플루토나이트가 아니오. 혹시 아르곤을 가지고 있거든 한 번 내 몸을 탐색해 보시구려. 메난의 검 말고,

내게 또 다른 플루토를 있는지 없는지."

상대가 자신 있게 나오자 이튼은 말문이 막혔다. 그렇다고 정정당당한 이튼의 성격에 바하문트를 협박해서 검을 빼앗을 수도 없었다. 물론 바하문트가 협박에 넘어갈 사람도 아니지만.

결국 이튼은 쓴웃음을 지으면서 화제를 돌렸다.

"검은 그렇다고 치고, 옆구리에 낀 그 부상자는 누구인가?"

"개인적으로 원한이 있는 사람이오."

바하문트는 솔직하게 대답했다.

이튼은 고개를 갸웃거렸다.

"개인적인 원한이라고? 혹시 피에타 가문의 사람을 인질로 잡은 것은 아니겠지? 그건 비겁한 행동이야."

"인질? 나는 피에타 가문의 플루토나이트를 죽이고 플루토 검을 빼앗았소. 그런데 고작 인질 따위를 잡아서 무엇 하겠소? 설마 인질을 잡고 있다고 피에타 가문이 나에 대한 추적을 포기할까? 어림없는 일이지."

딴은 그랬다. 바하문트는 메난을 죽이고 그 검을 탈취했다.

피에타 가문은 이제 죽을힘을 다해 바하문트의 뒤를 쫓을 것이다. 설사 바하문트가 피에타 가주의 친아들을 인질로 잡고 있다고 하더라도, 절대 추적을 포기할 리 없었다. 플루토 검은 가주의 친아들보다 더 소중한 존재였다.

이튼은 더 이상 바하문트를 붙잡을 명분이 없었다. 그저 마

지막 지푸라기라도 잡으려는 듯 질문을 던졌다.

"개인적인 원한이 무엇인지 물어봐도 되겠나?"

바하문트는 딱딱한 눈빛으로 이튼을 쳐다보았다.

이튼의 질문에 꼭 답을 해 줄 이유는 없었다. 하지만 아까 이튼은 선뜻 입회인이 되어 주었다. 고마운 일이었다. 게다가 이튼은 필리아의 형부기도 했다.

바하문트는 잠시 망설이다가 사실을 말해 주었다.

"그렇게 궁금하면 대답해 주리다. 이놈은 내 선친의 재산을 몽땅 횡령하고 그분의 꿈을 짓밟았소. 나는 이놈을 끌고 가서 그 죄를 물을 거요. 반드시!"

바하문트의 말에선 잔혹한 악의가 진동했다. 하지만 거짓은 없어 보였다.

이튼은 바하문트에게 겨눴던 창끝을 가만히 내렸다. 그만 가 봐도 좋다는 표시였다.

바하문트가 등을 돌렸다.

그 사이 이튼은 손으로 이마를 짚었다. 머리가 복잡했다.

'메난이 죽었다. 피에타 가문이 발칵 뒤집힐 거야. 그 여파가 우리 로롤스 시에도 미치겠지? 이 상황에서 나는 어떻게 해야 하나? 기사도를 지키는 것이 옳은가, 아니면 기사도를 어기더라도 가문을 위해서 수리부엉이를 잡아야 하나?'

이튼이 갈팡질팡하는 동안, 바하문트는 비상 탈출구로 뛰어 올라 로열석 4층까지 다시 올라갔다. 그런 다음 왔던 길을 거꾸로 더듬어가면서 다시 격투장으로 돌아왔다.

저 멀리 꾸루가 보였다.

휘익!

바하문트는 휘파람을 불어서 꾸루를 불렀다. 그리곤 건물 밖을 향해 손짓했다.

눈치 빠른 꾸루는 얼른 바하문트를 쫓아서 밖으로 나왔다.

"온몸이 피로 흠뻑 젖었네요? 대체 무슨 일이 있었어요?"

"배신자를 잡았다. 그 와중에 다툼이 좀 있었어."

바하문트는 아무렇지도 않게 말을 둘러댄 뒤, 꾸루에게 노켈리스를 보여주었다.

꾸루는 축 늘어진 노켈리스를 내려다보며 물었다.

"이자가 토르에요?"

"그래. 토르다. 목적을 달성했으니 서둘러 성으로 돌아가자. 이러다 날이 밝으면 곤란해져."

바하문트는 귀가를 재촉했다.

꾸루는 공터까지 되돌아와서 그리핀을 불렀다.

로베르토 시 상공을 배회하던 그리핀 두 마리는 꾸루의 부름을 알아듣고는 쏜살같이 내려왔다.

바하문트와 꾸루는 그리핀의 등에 올라탄 뒤, 힘차게 박차를 가했다.

"가자!"

끼아악!

시원한 새벽 공기를 뚫고 두 마리 날짐승이 날아올랐다. 그리핀의 상승속도는 아찔하게 빨랐다.

하늘의 별빛이 바하문트의 품으로 확 다가왔다. 화려한 도시의 불빛은 저 까마득한 아래로 멀어졌다.

"후우읍—!"

바하문트는 그리핀의 등 위에서 숨을 크게 들이켰다. 속이 후련하기도 하고, 두근거리기도 하고, 여하튼 기분이 묘했다.

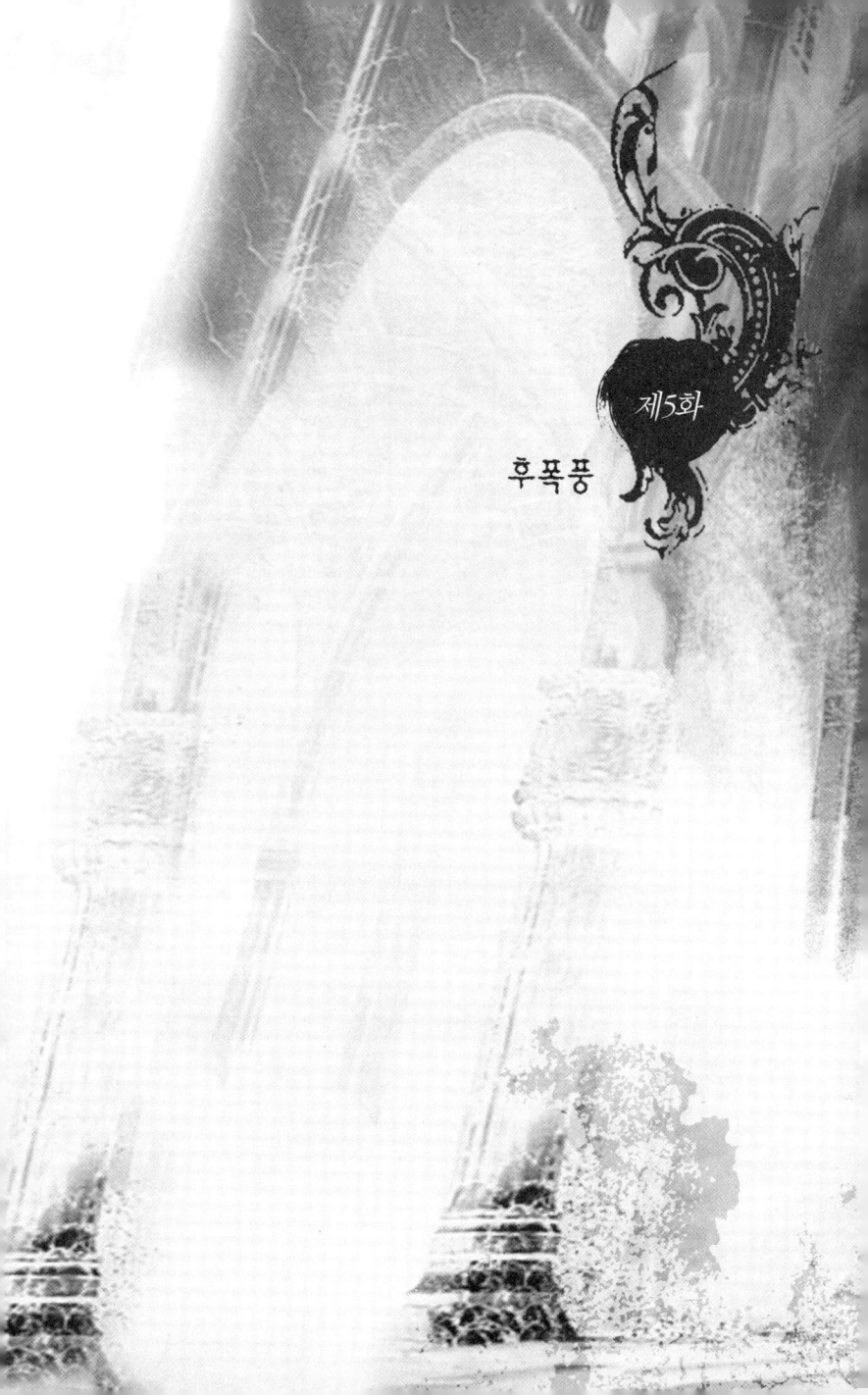

제5화

후폭풍

Chapter 1

"삶은 생명이 다하는 날까지 끝없이 이어지는 법이다. 이 도도한 흐름을 중간에 멈출 수는 없다. 비록 장애물을 만나 굴곡이 지더라도, 다음 날에는 다시 평범한 일상으로 돌아가야 한다."

바하문트는 스스로를 향해 이렇게 되뇌었다. 그런 다음 로베르토 시에서 벌어졌던 극적인 사건들을 마음에서 지웠다.

그리핀을 타고 하늘을 날고, 격투시합에 참여하고, 노켈리스를 납치하고, 두 명의 플루토나이트를 만나고, 그중 메난을 꺾고 플루토 검을 빼앗았던 이 모든 일들은 어쩌다 찾아오는 특이한 사건이었을 뿐, 바하문트의 평상시 생활은 아니었다.

세로키 성에 복귀한 뒤, 바하문트는 애써 지루한 일상에 순응했다.

물론 그 전에 모든 증거와 흔적들을 없앴다.

바하문트는 세로키 성에 복귀하자마자 플루토 검부터 처리했다.

네스토에게 받은 약품이 아직 남아 있었는데, 그것을 검에 박힌 보라색 마정석에 골고루 칠했다. 그러자 보랏빛 광채가 사그라지면서 마정석이 평범한 돌로 변했다.

'마정석의 마나 통로가 꽉 막혔으니 앞으로 4년 동안은 플루토를 소환할 수 없다. 이 검은 당분간 평범한 쇳덩이에 지나지 않아.'

이제 메난의 검은 평범하게 변했다. 그러니 세상 그 어떤 아르곤을 동원하더라도 이 검의 위치를 추적하지 못한다.

'역시 네스토는 대단해. 이런 신비한 약품을 만들다니 말이야.'

바하문트는 약품 통을 내려다보면서 네스토를 떠올렸다. 네스토를 생각하자 이어서 모달이 떠올랐다.

'모달, 그 녀석은 잘 지내고 있을까? 지금쯤 네스토의 마법을 많이 배웠겠지?'

친구를 그리는 것만으로도 가슴이 뭉클했다.

허나 바하문트는 곧 정신을 차렸다. 지금은 한가하게 감상에 젖을 때가 아니었다. 당장 해야 할 일들이 넘쳤다.

바하문트는 메난의 검을 검집에 넣고 양가죽으로 둘둘 말아 감싼 뒤, 책장 뒤 비밀장소에 숨겼다.

이어서 옷과 마스크, 신발 등을 모아서 깡통에 넣고 불태웠다. 피에 절은 복장을 모두 없애야 안심할 수 있었다.

증거물과 흔적을 모두 지운 뒤, 알리바이를 만들었다.

바하문트가 셰로키 성에 되돌아온 시간은 새벽 3시 15분이었다. 메난의 검을 처리하고 증거물들을 불태우고 나자 어느새 3시 45분이 되었다.

바하문트는 서둘러 복장을 갖춘 뒤, 원로회장으로 갔다.

나이 든 원로들은 잠이 없었다. 새벽 4시면 원로회장에 모여서 아침운동도 하고, 정치도 논하고, 잡다한 수다를 떨었다.

바하문트는 원로들이 모인 곳으로 곧장 접근했다.

바하문트를 발견한 원로들은 의외라는 듯 고개를 갸웃거렸다. 그들 중 뚱보 원로 한 명이 앞에 나서서 바하문트를 맞았다.

"아니, 누마하! 이 이른 시간에 여기까지 어쩐 일인가?"

"잠이 안 와서 산책을 나왔다가 가문의 어르신들을 뵈러 들렀습니다."

바하문트는 공손하게, 그러면서도 짐짓 움츠러든 기색으로 대답했다.

일부러 시선을 아래로 내리깔고 눈을 힐끗거리자 사람이 옹색하고 못나 보였다. 로베르토 시에서 보여주었던 카리스마는 전혀 내비치지 않았다.

뚱보 원로는 사람 좋게 웃으며 바하문트의 등을 두드렸다.

"허허, 젊은 사람이 잠을 설치면 쓰나? 우리처럼 죽을 날이 가까운 늙은이들이야 잠자는 시간이 아까워서 이렇게 새벽부터 노닥거리지만, 자네는 앞으로 남백이 되어 큰일을 할 사람 아닌가. 잘 먹고 잠을 푹 자둬야지."

주변에 모여든 원로들도 한 마디씩 거들었다.

"암, 그렇고말고. 장차 셰로키를 이끌어 갈 사람이 잠을 설쳐서 피곤하면 곤란하지."

"잠도 잠이지만…… 누마하, 제발 그 구부정한 어깨 좀 펴게. 사내답게 가슴을 쫙 펴고 숨을 들이켜 보라고. 모처럼 새벽에 일어났으면 상쾌한 새벽 공기를 들이켜야지, 그렇게 구부정히 있으면 되겠는가."

어떤 원로는 건강을 걱정해 주었고, 또 다른 원로는 충고를 건넸다. 겉으로 보기엔 다들 바하문트를 반기는 듯했다.

하긴, 이제 누마하(바하문트)가 남백이 되는 것은 시간문제였다. 그러니 구렁이 같은 원로들이 미래의 남백을 홀대할 리 없었다.

하지만 속은 달랐다. 앞에서는 누마하의 건강을 걱정해 주는 척 목청을 높이지만, 뒤로는 누마하를 겁쟁이라고 손가락질하고 무시했다.

누마하, 즉 바하문트도 원로들의 이중적인 속마음을 꿰뚫어

206 흡혈왕 바하문트

보았다. 허나 굳이 내색하지 않았다. 원로들의 잔소리에 순순히 맞장구를 치면서 한 명 한 명 눈도장을 받았다.

바하문트를 호위 중이던 꾸루도 덩달아 원로들의 눈도장을 받았다.

이로써 바하문트와 꾸루에게는 확실한 알리바이가 생겼다.

3월 24일 새벽 2시 무렵, 로베르토 시에서 메난이 죽었다.

같은 날 새벽 4시 13분, 바하문트와 꾸루는 셰로키 성의 원로회장을 방문해서 여러 원로들을 만났다.

이 두 가지 사건 사이에는 2시간 13분이라는 시간 차이가 존재했다.

문제는 거리였다. 로베르토 시와 셰로키 성은 무려 300킬로미터나 떨어진 곳에 위치했다.

하늘을 나는 새가 아니고서야, 그 먼 거리를 2시간 만에 주파하기란 불가능하다. 바하문트는 비로소 마음을 놓았다.

확고한 알라바이를 만든 뒤, 바하문트는 원로들에게 깍듯이 인사를 올리고는 원로회장을 떠났다.

방으로 되돌아온 바하문트는 여타 호위무사들을 모두 물리고 꾸루만 남겼다. 그리곤 꾸루에게 노켈리스의 뒤처리를 확인했다.

"노켈리스, 아니 토르는 잘 처리했지?"

꾸루는 조심스레 고개를 주억거렸다.

"성 밖 은밀한 장소에 단단히 가둬놓았어요. 감시도 다섯 명이나 붙였고요."

"그 다섯 명 모두 믿음직한 자들이겠지?"

"물론이죠. 전부 제 권속들이에요."

"잘했다, 꾸루."

바하문트는 싱긋 웃으면서 꾸루의 어깨를 두드려주었다.

바하문트의 칭찬을 받자 꾸루는 이상하게 기분이 좋았다. 그래서 헤죽헤죽 웃었고, 웃다 보니 배가 고팠다. 꾸루는 아침식사로 화제를 돌렸다.

"참, 배고프지 않아요? 아침식사는 어떻게 할래요? 지금 식사할 거면 방으로 가져오라고 시킬게요."

"그래. 먼 곳에 여행을 다녀왔더니 배가 출출하군."

바하문트는 손바닥으로 배를 쓸었다.

꾸루가 명랑하게 종알거렸다.

"그럼 조금만 기다려요. 하녀들을 깨워서 식사를 준비시킬게요."

꾸루가 막 밖으로 나가려고 하는데 바하문트가 말을 덧붙였다.

"꾸루, 하녀들에게 2인분을 차리라고 해라. 너도 배고플 텐데 같이 먹자."

그 말이 꾸루를 기쁘게 만들었다.

"알았어요."

꾸루는 눈을 찡긋거리더니 폴짝폴짝 뛰어서 밖으로 나갔다.

방문 밖에서 희미하게 콧노래가 들렸다.

홀로 남은 바하문트는 의자에 앉아 가만히 눈을 감았다. 2시간 전에 벌였던 혈투가 생생하게 떠올랐다.

허공에서 직각으로 팍팍 꺾이던 메난의 검!

피에타의 검술은 번개처럼 빨랐다. 변화도 극심했다. 바하문트가 익힌 나이드 왕국의 검술이나 셰로키의 마카이라 검술과는 뿌리가 달랐다.

바하문트는 피에타의 검술에 온 정신을 쏟았다. 메난처럼 검을 직각으로 팍 꺾으려면 어느 근육을 써야 할지 고민했고, 검을 쓸 때 발동작은 어떤지, 어떤 스텝을 밟으면서 공격하는지도 분석했다.

더불어 검을 뽑는 발검동작도 되새김질했다. 메난이 검을 뽑는 속도는 탄성이 나올 만큼 빨랐었다. 바하문트는 그런 장점들을 배우고 싶었다.

잠시 후, 바하문트는 모든 분석을 끝냈다. 피에타 가문의 기사와 다시 부딪친다면 좀 더 쉽게 이길 자신이 생겼다.

하지만 여기서 만족할 수는 없었다.

'단지 분석하는 것으로 그칠 수는 없지. 내 것으로 만들어야 해.'

바하문트는 즉각 상상훈련을 시작했다. 머리로 분석한 것을 몸에 새겨놓기 위해서였다.

상상훈련에 등장한 적은 메난이었다. 죽은 메난이 바하문트의 뇌 속에서 되살아났다.

그것도 한 명이 아니었다. 무려 세 명의 메난이 한꺼번에 나타나 바하문트를 빙 둘러쌌다. 셋은 손발을 척척 맞춰가며 바하문트를 공격했다.

바하문트는 입술을 질끈 깨물며 세 명의 메난과 맞싸웠다.

검이 날아다녔다. 번개가 치고 피가 튀었다.

눈을 감고 상상훈련을 하는 도중, 바하문트의 근육이 움찔움찔 떨었다. 통증을 느끼는지 가끔은 입술을 꽉 깨물었다.

남들이 보기에는 바하문트가 의자에 앉아 꾸벅꾸벅 졸면서 악몽을 꾸는 것 같겠지만, 실제로 바하문트는 무서운 싸움을 진행 중이었다. 그 치열한 싸움을 통해 피에타의 검술을 제 것으로 만들어갔다.

치열한 상상훈련이 끝날 즈음이었다.

똑똑.

문 두드리는 소리가 났다.

바하문트는 상상훈련을 접고 눈을 떴다. 시퍼런 검을 쏟아내던 세 명의 메난은 모래가 허물어지듯 사라졌다. 대신 하녀 세 명이 커다란 쟁반을 들고 들어왔다.

하녀 한 명은 테이블을 정리한 뒤 접시를 늘어놓았다. 다른 두 명이 세팅된 접시 위에 요리를 얹었다.

바하문트는 아침식사를 가볍게 먹는 편이었다. 그렇다고 대충 때운다는 뜻은 아니었다. 토마토와 깻잎을 위주로 싱싱한

야채 한 접시를 섭취한 다음, 호밀빵에 치즈와 양고기를 끼워서 약간, 오트밀 몇 숟가락, 그리고 삶은 계란 반 개를 먹었다. 후식으로는 꿀에 살짝 재운 사과 한 조각과 갓 짠 양젖 한 컵을 마셨다.

얼핏 보기에는 간단한 식단인 듯했다. 하지만 사실은 꽤나 사치스러웠다.

지금은 3월 말이었다. 이 이른 봄날에 토마토와 사과를 식탁에 올리려면 이만저만 손이 가는 것이 아니었다. 땅굴을 깊게 파고 그 속에 얼음을 가득 채워서 과일을 보관하지 않고서는 불가능했다.

하지만 셰로키 성의 후계자라면 이 정도 호사를 누릴 만했다. 하녀들은 바하문트의 식습관에 맞춰서 아침식사를 준비했다.

꾸루는 테이블 세팅이 끝날 때까지 기다렸다가 음식을 조금씩 덜어서 시식했다. 혹시라도 독이 들었는지 검사하는 과정이었다.

꾸루가 검사를 하는 동안, 하녀들은 불안한 표정으로 앞치마를 쥐락펴락 했다.

혹시라도 음식에 문제가 있으면 심한 문책을 당하기 때문이다. 경우에 따라서는 목이 잘릴 수도 있다.

다행히 음식은 멀쩡했다.

"휴우……."

세 하녀는 가슴에 손을 얹고 안도의 한숨을 내쉬었다. 그리고는 식사 시중을 들 준비를 했다.

한 명은 뜨겁게 삶은 수건을 대령했고, 다른 한 명은 금빛 대야에 손 씻을 물을 준비해 왔고, 나머지 한 명은 빵과 고기를 적당한 크기로 썰었다.

그때 꾸루가 나섰다.

"이제 되었다. 너희들은 그만 나가봐라. 오늘 아침식사 시중은 내가 직접 들겠다."

"네에."

하녀들은 바하문트를 향해 공손히 고개를 숙인 다음, 뒷걸음질로 물러났다.

방에는 바하문트와 꾸루만 남았다. 꾸루가 슬쩍 떠봤다.

"식사 시중이 필요해요? 필요하면 하녀들 대신 내가 해 줄게요."

농담처럼 말했지만 사실 반쯤은 진담이었다. 꾸루는 진짜로 바하문트의 시중을 들어줄 마음도 있었다. 바하문트가 원하기만 한다면.

허나 아쉽게도 바하문트는 꾸루의 제안을 농담으로 받아들였다. 꾸루는 뱀파이어였다.

그것도 보기 드문 진혈의 뱀파이어였다. 우월의식이 강하고 자존심 센 뱀파이어가 다른 사람의 식사 시중을 들어준다는 것이 영 어색했다. 그래서 대뜸 사양했다.

"새삼스럽게 시중은 무슨 시중이야. 괜히 마음에도 없는 이야기하지 말고, 그쪽에 앉아라. 같이 식사나 하자."

"알았어요."

꾸루는 아쉬운 마음을 속으로 달래며 바하문트 맞은편에 앉았다.

따뜻하게 데운 물에 손을 씻은 뒤, 바하문트는 가까이 있는 접시를 당겨 식사를 시작했다. 맞은편의 꾸루도 제 몫을 챙겼다.

야채는 둘이 똑같이 나눠먹었다. 호밀빵과 오트밀, 계란도 같이 먹었다.

하지만 후식 음료는 서로 달랐다. 바하문트는 양젖을 마셨지만, 꾸루는 양젖을 버리고 진홍빛 선명한 액체를 컵에 따랐다.

진홍빛 액체로부터 희미하게 비린내가 풍겼다. 바하문트는 쓴웃음을 지으며 물었다.

"그거, 설마 사람 피는 아니겠지?"

"당연히 아니죠. 뭐, 사람의 피가 가장 좋긴 하지만요, 어디 그 귀한 음료를 쉽게 구할 수 있나요. 이건 양의 피라고요."

꾸루는 핏물 가득한 컵을 살짝 내밀면서 대답했다. 그리곤 바하문트에게 짓궂은 농담을 건넸다.

"이거, 한 번 마셔볼래요? 밍밍한 양젖보다 더 맛있을걸요."

"싫다. 나는 피를 탐하는 뱀파이어가 아니야."

바하문트는 정색을 하고 거절했다.

꾸루가 피식 웃었다.

"농담이니까 그렇게 민감하게 반응하지 말아요. 그리고 사실 말이 나왔으니까 하는 말인데요, 그거 알아요? 나보다는 당신이 더 뱀파이어 같아요. 당신이 한 번 살기를 뿜어내면 등골을 타고 오싹 소름이 돋는다고요."

꾸루는 몸을 움츠리며 실감나게 이야기했다.

바하문트는 뭐라 대답하지 않고 양젖을 쭉 들이켰다.

둘 사이에 더 이상 대화는 없었다. 바하문트는 말없이 식사를 계속했고, 꾸루는 턱에 손을 괸 채 바하문트를 물끄러미 바라보았다.

Chapter 2

아침이 되었다. 지난 밤 로베르토 시에서 여러 명이 죽어나간 것과 무관하게 세상은 여전히 고요했다.

하지만 표면만 잠잠할 뿐이었다. 그 밑바닥에서는 거센 격랑이 휘몰아쳤다.

어젯밤 발생한 메난의 죽음은 여기저기에 소용돌이를 일으키더니 곧이어 엄청난 후폭풍을 몰고 왔다.

폭풍이 부는 것이 당연했다. 메난은 플루토나이트였다. 그것도 보통 플루토나이트가 아니라, 피에타 가문 전력의 3분의 1을 혼자서 책임졌었던 강자였다.

그런 강자가 죽었으니 어찌 세상이 고요하길 바라랴!

벽에 커다란 그림이 걸린 방이다. 하늘을 향해 울부짖는 코요테 그림은 금방이라도 천을 뚫고 튀어나올 듯 생생했다.

코요테 그림 앞에는 두 명의 사내가 머리를 맞대고 회의 중이었다.

둘 중 머리가 희끗희끗한 노인은 로베르토 가문의 가주인 미로 로베르토였다. 그리고 가주 맞은편에 팔짱을 끼고 앉아 있는 구릿빛 얼굴의 사내가 바로 초특급용병 호세였다.

미로는 오늘 아침 해가 뜨기 무섭게 호세를 불렀다. 그리곤 옥토퍼시 클럽에서 발생한 엄청난 사건을 알렸다.

미로의 말을 듣자 호세의 얼굴도 심각하게 변했다.

피에타 가문의 플루토나이트가 로베르토 시의 한 격투클럽에서 살해당했다니! 이건 보통 심각한 문제가 아니었다.

호세는 즉각 현장으로 뛰어갔다.

옥토퍼시 클럽에는 이미 로베르토 가문의 용병들이 쫙 깔려서 철통처럼 지키고 서 있었다.

호세는 발로 현장을 누비며 철저하게 조사했다. 그런 다음 아침 9시 무렵에 가문으로 되돌아왔다.

호세는 곧바로 가주를 찾았다. 그 뒤부터 미로와 호세, 두 사람은 끼니도 거른 채 오후 2시까지 회의를 계속했다.

허나 아무리 의논하고 토론해도 뚜렷한 그림이 그려지지 않았다. 누가, 무슨 목적으로 범행을 저질렀는지 알 수 없었다.

꽉 막힌 머리를 식힐 겸, 호세는 사건 전체를 시간 순서로 정리했다.

"가주님, 제가 처음부터 다시 한 번 정리해 보겠습니다. 오늘 새벽 1시 경에 옥토퍼시 클럽 로열석에서 싸움이 벌어졌습니다. 현장에 남은 흔적으로 보건대, 싸움은 로열석 4층에서 시작된 듯합니다."

"그렇지."

미로는 허연 머리카락을 손으로 빗어 넘기며 고개를 끄덕였다.

호세가 말을 이었다.

"4층에서 시작된 싸움은 3층으로 이어졌고, 급기야 2층까지 내려왔습니다. 결국 메난 피에타는 배에 검이 꽂힌 채 로열석 2층 유리창에 매달려서 죽었습니다. 그리고 메난이 소유했던 플루토 검은 감쪽같이 사라졌습니다. 이것이 오늘 새벽 1시에서 2시 사이에 벌어진 일입니다."

"맞아. 현장을 아무리 뒤져도 플루토 검은 나오지 않았어. 아마도 메난을 죽인 범인이 가져갔을 게야."

미로는 아쉬운 표정으로 입맛을 다셨다. 메난이 살해당했다는 보고를 받았을 때, 미로는 은근히 플루토 검에 욕심을 냈었다. 그 검만 있으면 로베르토 가문도 플루토 보유 가문이 될 수 있기에!

허나 사건 현장을 샅샅이 뒤져도 플루토 검은 나오지 않았다. 탐색범위를 옥토퍼시 클럽 주변 5킬로미터까지 넓혀도 플루토 검을 찾지 못했다.

급기야 미로는 초특급용병 호세까지 동원했다. 하지만 호세도 플루토 검을 찾지는 못했다. 미로는 그 점이 못내 아쉬웠다.

미로가 플루토 검에 대한 아쉬움을 달래는 동안, 호세는 생각을 정리했다. 그런 다음 조곤조곤 말을 이었다.

"이번 사건의 희생자는 메난 피에타 한 명만이 아닙니다. 로열석 4층으로 올라가는 계단에서 투사 여섯 명의 시체가 발견되었습니다. 피가 굳은 정도로 판단하건대, 메난보다는 그들이 먼저 죽은 것 같습니다."

미로가 호세의 말을 받았다.

"계단의 시체에 관해서는 나도 보고를 받았네. 여섯 구의 시체 가운데 넷은 검에 당했다고 하더군. 그리고 나머지 둘은 봉의 파편에 찔려서 죽었다고 하더라고."

"어쩌면 범인은 두 명 이상일지도 모르겠습니다. 한 사람이 봉과 검에 고루 능하기는 힘드니까요."

"그렇지. 범행에 사용된 무기가 둘이니까 범인도 두 명 이상일 확률이 높겠지."

"한편 로열석 4층 입구에도 두 구의 시체가 남아있었습니다. 클럽 투사들을 취조해 본 결과, 둘 중 한 명은 옥토퍼시 클럽의 투사였고, 다른 한 명은 클럽 주인의 심복이라고 합니다. 두 명 모두 목에 상처를 입고 죽었습니다."

"나도 알아."

미로는 딱딱한 얼굴로 고개를 끄덕였다.

호세가 계속 말했다.

"그리고 로열석 3층에도 시체가 한 구 나뒹굴고 있었습니다. 3층 시체의 정체는 아직 밝히지 못했습니다."

"그 시체는 메난의 부하인 듯해. 죽은 자의 품에서 나온 금화가 바로 피에타 가문에서 발행한 것이더라고."

미로는 정보에 밝았다. 호세처럼 직접 발로 뛰어다니지 않더라도 로베르토 시에서 벌어진 일이라면 모르는 것이 없었다.

호세는 가주의 정보력에 감탄한 듯 고개를 끄덕이더니, 말을 마무리 지었다.

"현재까지 제가 파악한 바는 다음과 같습니다. 첫째, 범인들은 검과 봉을 무기로 사용합니다. 둘째, 놈들은 로열석 4층으로 올라가는 계단에서 클럽의 투사 여섯 명을 죽였습니다. 셋째, 놈들은 4층 입구까지 올라가서 다시 두 명을 해치웠고, 3층으로 내려와서 메난의 부하를 제거했습니다. 그런 다음 로열석 2층에서 메난을 죽였습니다."

"좋아. 이번 사건을 아주 알기 쉽게 잘 정리했네. 헌데 말이지, 그래서 자네가 내린 결론이 뭔가? 죽은 사람만 쭉 나열하지 말고 일을 해결할 생각을 해야지!"

미로는 다소 신경질적으로 되받아쳤다. 그의 목적은 플루토 검이지 사건 추리가 아니었다. 그런데 호세가 계속 핵심을 비껴가자 저도 모르게 짜증을 내었다.

가주가 짜증을 부려도 호세는 태연했다. 지금까지 주저리주저리 사건을 정리한 이유는, 머릿속으로 정황을 쭉 그리면서 그동안 놓쳤던 점들을 되짚어보기 위함이었다.

호세는 그렇게 되짚어가는 과정을 통해서 몇 가지 중요한 포인트를 발견했다. 그리곤 가주에게 그 이야기를 고했다.

"사건을 정리했으니 이제 몇 가지 중요한 점들을 짚어보겠습니다. 이런 큰일이 벌어졌건만 옥토퍼시 클럽의 주인은 코빼기도 보이지 않습니다. 대체 왜 그럴까요?"

"끄응. 그걸 내가 어찌 아나? 그 클럽은 원래 주인이 누구인지 알려지지 않았네. 아마 주인은 오늘 새벽에 클럽에 없었겠지. 그러니 여태 얼굴을 내비치지 않는 것 아니야."

미로가 시큰둥하게 대꾸했다.

호세는 고개를 가로저었다.

"아닙니다. 제 추측이 맞는다면, 클럽 주인은 사건이 벌어졌을 때 로열석 4층에 있었습니다."

"으응?"

이렇게 자신 있게 말하는 것을 보니 호세가 무언가 중요한 실마리를 잡은 듯했다. 미로는 정신 번쩍 차리면서 상체를 앞으로 기울였다. 그리곤 호세의 입술에 시선을 집중했다.

호세는 차분하게 말을 이었다.

"클럽 주인의 심복은 4층 출입구에서 죽었습니다. 투사들도 4층으로 올라가는 계단에서 죽었습니다. 만약 4층에 손님이 머물고 있었다면 심복이나 투사들이 그 출입구에서 얼쩡거릴 이유가 없습니다."

"맞아! 로열석 4층에 주인이 머물고 있었으니까 심복과 투사들이 계단을 지켰겠구나!"

미로는 탄성을 질렀다. 그러다 고개를 갸웃거렸다.

"그런데 이상하군. 다른 사람의 시체는 다 있는데 왜 클럽 주인의 시체만 보이지 않았지?"

"아마도 범인이 끌고 갔을 겁니다. 놈들이 클럽 주인을 산 채로 납치했는지, 죽여서 시체만 끌고 갔는지는 알 수 없지만, 이번 사건의 범인은 옥토퍼시 클럽의 주인과 밀접한 관계가 있습니다. 이것만은 분명합니다."

"오호라!"

미로의 눈이 번쩍 빛났다.

호세는 꿈을 꾸는 듯 몽롱한 말투로 추리를 이었다.

"어쩌면 범인의 일 차 목표는 메난이 아니라 옥토퍼시 클럽의 주인이었을지도 모릅니다. 그러니까 로열석 4층부터 먼저 올라갔었겠지요."

미로의 눈이 휘둥그레졌다.

"응? 범인들이 메난이 아니라 클럽 주인을 노렸다고? 이봐! 그건 너무 억측이 아닌가? 그저 범행의 목격자를 없애려고 클럽 주인을 납치한 것일 수도 있잖아."

"목격자를 없애는 것이 목적이라면, 그 자리에서 죽이는 쪽이 편합니다."

딴은 그랬다. 클럽 주인을 그 자리에서 죽이면 될 텐데 굳이 어렵게 납치할 필요는 없었다. 미로는 다시 한 번 눈을 빛냈다. 모호하던 사건의 윤곽이 서서히 잡혀가는 기분이었다.

옆에서 호세가 설명을 보탰다.

"게다가 범인들은 로열석 4층부터 접근했습니다. 당시 메난은 3층에 머물고 있었는데, 만약 놈들이 처음부터 메난을 노렸다면 곧바로 3층으로 쳐들어갔을 겁니다. 굳이 4층부터 거슬러 내려가면서 일을 번거롭게 만들 이유는 없습니다."

"뭐? 메난이 3층에 있었다고? 이봐, 메난은 2층에서 죽었잖아."

"당시 2층에는 다른 손님이 머물고 있었습니다. 그러니까 메난은 3층에 있었겠지요."

"2층에 다른 손님이 있었다고?"

미로는 깜짝 놀라며 되물었다.

호세가 고개를 끄덕이며 대답했다.

"네, 가주님. 제가 직접 현장을 살펴보았습니다. 로열석 2층에는 와인 잔 여러 개와 와인 병, 그리고 약간의 안주가 나뒹굴고 있었습니다. 누군가 그곳에서 와인을 마셨다는 소리지요."

"메난이 마셨을 수도 있잖은가?"

미로가 의구심을 드러내자 호세는 대뜸 고개를 저었다.

"저는 메난을 잘 압니다. 그는 술을 한 방울도 입에 대지 않습니다."

호세는 피에타의 플루토나이트에 대해 잘 알았다. 과거에 피에타 가문의 긴급의뢰를 처리해 준 적이 있었기 때문이다.

당시 호세는 피에타의 세 플루토나이트, 메난과 조르쥬, 모라스트를 모두 만났었다. 그리곤 그들과 한 달 동안 함께 행동했었다.

따라서 호세의 말은 믿을 만했다. 미로는 그 사실을 잘 알면서도 거듭 질문했다.

"혹시 메난의 부하들이 술을 마셨을 가능성은 없나?"

"그럴 가능성은 희박합니다. 메난이 술을 마시지 않는데 부하들만 술을 마셨을 리 없습니다. 메난은 그렇게 너그럽게 부하들을 풀어주는 성격이 아닙니다."

호세는 확실한 근거를 바탕으로 자신 있게 추리를 전개했다. 접근하는 방향도 맞는 것 같았다.

미로는 눈을 빛내며 호세의 이야기에 집중했다. 그러다가 상황을 한 번 정리했다.

"그러니까 로열석 4층엔 클럽 주인이, 3층엔 메난이, 2층엔 다른 손님이 머물렀다는 말이군. 헌데 2층 손님들은 어디로 갔나? 범인들이 2층의 손님을 납치했을까?"

"저도 그게 의문입니다. 범인들이 그 많은 목격자들을 전부 납치했을 리도 없는데, 대체 어찌된 영문인지 모르겠습니다."

호세는 곤혹스러운 표정으로 머리를 흔들었다.

미로가 반론을 제기했다.

"2층 손님이 딱 한 명이었을 수도 있잖아. 그럼 클럽 주인과 2층 손님, 이렇게 두 사람만 납치된 것 아닌가. 그 정도라면 범인들이 충분히 할 수 있었겠지."

"납치된 사람은 두 명이 아닙니다. 로열석 2층의 손님은 사건이 벌어지기 직전까지 와인을 마시고 요리를 먹었습니다. 당연히 그 자리에는 시종과 요리사들이 있었겠지요."

"아!"

미로는 무릎을 쳤다. 이어서 손으로 이마를 짚으며 뇌까렸다.

"끄응! 그러니까 손님과 더불어 시종과 요리사마저 몽땅 납치되었단 말이군. 대체 범인들이 몇 명이나 되기에 그 많은 사람들을 납치했을까? 게다가 그 와중에 플루토 검까지 꼬박꼬박 챙겼어? 제기랄!"

미로의 관심은 결국 플루토 검이었다.

반면 호세가 바라보는 관점은 미로와 달랐다. 호세는 플루토 검의 행방을 찾기보다는 이번 사건을 합리적으로 추론해서 범인을 밝히는데 매달렸다.

"물론 범인들의 숫자가 아주 많아서 여러 명의 목격자들을 몽땅 납치했을 수도 있지요. 하지만 제 머리로는 도무지 이해할 수 없습니다. 범인들은 클럽의 투사를 일곱 명이나 도륙했습니다. 제가 직접 시체의 상처를 살펴봤는데, 놈들은 정말 눈곱만큼의 망설임도 없이 무기를 휘둘렀습니다. 그렇게 잔혹한 범인들이, 왜 시종과 요리사는 죽이지 않고 납치했을까요? 죽이는 편이 훨씬 쉽고 편했을 텐데요……. 저는 여기서 꽉 막혔습니다."

호세는 손가락을 머리카락 깊숙이 박고는 머리를 흔들었다.

미로는 기운 내라는 듯 호세의 어깨를 두드려주었다.

"이 사람, 추리가 막혔다고 실망하지 말게. 여기까지 분석해낸 것만 해도 장한 일이야. 초특급용병 호세가 아니었다면 어림도 없었어. 자, 이제 기운차리고 다음으로 넘어가야지."

"다음으로요?"

호세가 고개를 들면서 반문했다.

미로는 당연하다는 듯 머리를 끄덕였다.

"암, 여기까지 추리해 놓고 포기할 셈인가? 당연히 다음으로 넘어가서 범인들을 추적해야지."

"가주님, 범인들은 일체 흔적을 남기지 않았습니다. 그래서 추적이 쉽지 않습니다. 게다가 놈들은 플루토나이트를 죽였습니다. 함부로 추적하다가는 큰일 납니다."

호세의 걱정은 당연했다.

놈들은 플루토나이트인 메난을 죽였다. 그런 다음 플루토 검을 빼앗아 갔다.

그렇게 대담한 실력자라면 다른 가문의 플루토나이트일 가능성이 높았다. 혹은 루흘 연합국이 파견한 플루토나이트일지도 몰랐다.

둘 중 어느 쪽이건 간에, 함부로 뒤를 쫓을 수 없었다. 자칫하면 로베르토 가문이 다칠 것이다. 호세는 그 점을 우려했다.

미로도 이번 일이 얼마나 위험한지 잘 알았다. 허나 미로는 플루토 검에 대한 열망을 접지 못했다.

"이보게, 호세. 그렇다고 플루토 검을 여기서 포기할 텐가?"

플루토 검을 입에 담는 순간, 미로의 눈가엔 욕심이 가득했다.

호세는 가주가 무엇을 바라는지 비로소 깨달았다. 가슴이 쿵쿵 뛰고 머리가 멍했다. 호세는 조심스레 미로를 말렸다.

"가주님, 플루토에 과한 욕심을 부리다가는 큰 낭패를 볼 수도 있습니다. 만약에 우고트 왕국이 이 사실을 알면 어떻게 합니까?"

호세는 우고트 왕국이 두려운 듯 목소리를 잔뜩 낮췄다.

하긴, 세상에 우고트 왕국을 겁내지 않을 사람은 없다. 초특급용병 호세도, 그리고 배짱 두둑한 미로도 우고트 왕국만큼은 두려웠다.

미로는 우고트를 떠올리며 잠시 망설였다. 허나 두려움보다는 욕심이 더 컸다. 미로는 결심을 굳힌 듯 호세를 똑바로 쳐다보았다.

"호세! 그러니까 자네가 나서주어야겠어. 우고트 왕국이 눈치채지 못하도록 아주 은밀하게 움직이게. 자네가 일을 맡기만 한다면 내 모든 지원을 아끼지 않음세."

"하지만 가주님……."

"어허, 이 사람! 내 믿음을 저버릴 셈인가? 우리 가문에서 이 일을 해낼 사람은 호세 자네밖에 없어. 오직 자네만이 플루토 검을 회수할 수 있다고."

"그래도 위험부담이 너무 큽니다. 가주님, 자칫하면 우리 가문이 통째로 휘청거릴 수도 있습니다."

"그렇게 긴장하지 말게. 굳이 범인들을 뒤쫓는다고 생각하지 말고, 그냥 납치된 사람들의 행방을 찾는 의뢰라고 생각하라고. 그러면 마음 편하게 시작할 수 있을 게야."

미로의 의지는 굳건했다.

가주가 이렇게까지 말하니 호세도 더 이상 뺄 수가 없었다.

"알겠습니다, 가주님. 한 번 해 보겠습니다."

호세는 속으로 한숨을 쉬면서 힘없이 대답했다. 일단 가주의 뜻에 따를 수밖에 없지만, 도무지 마음이 편하지 않았다.

옛말에 이르기를, 탐욕과 어리석음은 늘 함께 온다고 했다.

호세는 가주가 탐욕에 눈이 어두워 어리석은 결정을 내린 것은 아닌지 걱정스러웠다.

Chapter 3

로베르토의 초특급용병 호세가 플루토 검을 찾아 움직일 즈음, 피에타 가문도 메난의 죽음을 알아차렸다.

피에타의 가주 아오난트루는 당장 두 아들을 불렀다.

아오난트루의 두 아들은 사자와 호랑이였다. 큰아들 조르쥬는 갈기가 풍성한 수사자처럼 용맹하고 위엄이 넘쳤으며, 둘째 아들 모라스트는 먹이를 노리는 호랑이처럼 날카롭고 사나웠다.

아오난트루는 두 아들을 철석같이 믿었다. 그래서 메난이 죽었다는 보고를 받자마자 두 아들부터 찾았다.

"아버님, 무슨 일입니까?"

연무장에서 막 나온 모라스트가 이마의 땀을 닦으며 물었다.

아오난트루는 잠시 입을 다물고 두 아들을 바라보다가 착잡한 표정으로 이야기를 꺼냈다.

"너희들의 숙부 메난이…… 로베르토 시에서 죽었다."

"네에? 그게 무슨 말씀이십니까?"

"메난 숙부가 죽었다고요?"

조르쥬와 모라스트는 동시에 되물었다. 플루토나이트인 메난 숙부를 누가 죽였다는 말인지, 도무지 믿어지지 않았다.

아오난트루는 깍지 낀 손을 테이블 위에 올려놓은 채 심각하게 이야기했다.

"믿어지지 않겠지만 사실이다. 메난과 함께 마르첼도 죽었다."

"직할대장 마르첼까지요? 으으음……."

조르쥬는 굳은 표정으로 신음을 흘렸다.

"대체 범인이 누굽니까? 설마 루흘 연합국이 일을 꾸몄습니까?"

모라스트는 곧바로 루흘 연합국을 지목하며 으르렁거렸다. 먼저 그곳을 의심할 수밖에 없었다. 우고트 왕국이나 하이랜드 왕국의 플루토나이트를 제외하면 세상에는 메난 숙부를 죽일 만한 자가 드물었다.

아오난트루는 신중하게 대답했다.

"둘째의 말마따나 루흘 연합국이 가장 의심스럽구나. 특히 우고트 왕국이 배후에서 조종했을 가능성이 높아. 하지만 아직 단정지을 수는 없다."

"혹시, 다른 의심스러운 곳이라도 있습니까?"

이번엔 조르쥬가 물었다.

아오난트루는 숨을 크게 들이쉰 다음, 두 번째 용의자를 언급했다.

"로롤스 시의 세 가문도 가능성이 있다."

"로롤스, 랑팡, 셰로키 말씀이십니까?"

조르쥬의 물음에 아오난트루가 답했다.

"그래. 그 세 가문이 힘을 합쳐서 수작을 벌였을 수도 있다."

"아버님, 그 추측은 좀 이상합니다. 제가 알기로 로롤스 시의 세 가문은 저희를 먼저 공격할 만한 배짱이 없습니다."

역시 큰아들 조르쥬는 상황판단이 정확했다. 아오난트루는 믿음직스럽다는 눈빛으로 큰아들을 바라보더니, 누마하 암살 계획을 이야기해 주었다.

"너희들에게 말하지는 않았다만, 사실 메난은 셰로키 가문을 접수하기 위해서 움직이던 중이었다. 셰로키의 가주 후보인 누마하를 암살하는 것이 메난의 목표였어. 그러다가 역으로 놈들에게 당했을지 모르겠구나."

조르쥬와 모라스트는 가만히 고개를 끄덕였다. 이야기를 듣고 보니 로롤스 시의 세 가문도 의심스러웠다.

메난을 죽인 배후에 우고트 왕국이 있을 가능성이 가장 높았다. 하지만 로롤스 시의 세 가문이 일을 벌였을 가능성도 배

제할 수 없었다. 둘 중 누가 적인지 분명하지 않았다. 그래서 아오난트루는 두 아들에게 역할을 분담시켰다.

"조르쥬, 네가 루흘 연합국을 맡아라. 그놈들에게 함부로 덤비면 안 되고, 조심스럽게 한 번 뒤를 캐봐."

"네, 아버님."

조르쥬는 머리를 직각으로 숙이며 단호하게 답했다.

이어서 아오난트루는 둘째 아들 모라스트를 불렀다.

"둘째야, 너는 로베르토와 로롤스, 랑팡, 그리고 셰로키 가문을 조사해라. 네가 책임지고 그들을 맡아."

"아버님, 저는……."

모라스트는 난감한 표정으로 뒤통수를 긁었다. 그는 치고받고 싸우는 일에는 자신 있었지만, 남을 추적하고 뒤를 캐는 일에는 서툴렀다.

아오난트루는 그럴 줄 알았다는 듯 모라스트에게 아르곤을 건네주었다.

"여기 아르곤이 있다. 이 마법도구를 사용해서 누가 메난의 검을 가져갔는지 추적해라. 그 검을 가져간 놈이 범인이야."

"알겠습니다. 꼭 범인을 잡아서 메난 숙부의 복수를 하고 플루토 검을 회수하겠습니다."

모라스트는 눈을 희번덕이며 대답했다. 아르곤으로 추적하는 거라면 자신 있었다.

그날 저녁.

모라스트는 가문을 떠나 로베르토 시로 출발했다. 우선 아르곤으로 로베르토 시부터 뒤져볼 요량이었다. 그래도 플루토 검이 나타나지 않으면 로롤스 시까지 쳐들어갈 마음을 먹었다.

'로베르토건 로롤스건, 랑팡이건, 셰로키건, 수틀리면 몽땅 뒤집어엎는다. 우리 피에타 가문을 건드린 자들은 한 놈도 살려두지 않아.'

평소 모라스트는 피에타 가문의 구성원 한 명의 목숨을 다른 가문 열 명의 목숨에 비교하곤 했다. 그만큼 피에타 핏줄을 귀하게 여겼다.

헌데 이번에 죽은 사람은 숙부인 메난이었다. 메난의 목숨값이라면 열 명이 아니라 백 명, 천 명으로도 부족했다.

그래서 기준치를 올렸다. 이번 일이 누구의 소행이건 간에, 모라스트는 최소한 천 명 이상의 피를 뿌릴 생각이었다. 그쯤은 되어야 죽은 메난 숙부의 원한을 달래줄 수 있을 것 같았다.

'적들의 시가지 한복판에서 플루토를 소환해서 날뛰어 주마. 그래야 죽은 숙부님이 통쾌해하실 거야.'

그 독한 마음이 겉으로 드러났다. 무표정하던 모라스트의 얼굴에 스산한 기운이 어렸다.

한편 조르쥬는 동생처럼 과격하게 움직이지 않았다. 그의 움직임은 먹이에 접근하는 뱀처럼 조용하고 신중했다.

하긴, 조르쥬가 맡은 대상은 루흘 연합국이었다. 루흘과 피에타는 하늘과 땅만큼 전력 차이가 났다.

피에타의 힘을 총동원해도 루흘 연합국의 50분의 1에도 못 미쳤다. 연합국 가운데 가장 약한 라곤 왕국도 피에타 가문보다 세 배는 강했다.

그 살벌한 곳을 함부로 들쑤실 수는 없었다.

조르쥬는 루흘 연합국으로 직접 쳐들어가는 대신, 여러 통로들을 가동했다. 레스토랑 길드, 여행자 길드, 농산물 공급업자 길드 등이 조르쥬의 명령을 받고 루흘 연합국에 선을 대었다.

이렇듯 두 아들이 바쁘게 움직이는 동안, 아오난트루는 이웃 헤로타이 가문에 도움을 요청했다.

장차 큰 전쟁이 벌어질지 몰랐다. 아니, 꼭 그렇게 될 것 같았다. 그러니 일이 더 커지기 전에 미리 힘을 결집해 놓을 필요가 있었다.

마법사의 가문 헤로타이는 피에타와 오랜 혈맹 사이였다. 헤로타이의 가주 스누커는 아오난트루의 도움요청을 받자마자 병력을 보내주었다. 그것도 자유무역동맹 최고의 전투마법사인 시뮤 헤로타이를 파견했다.

시뮤는 열두 명의 제자들을 이끌고 피에타 성을 방문했다.

아오난트루가 두 팔을 활짝 벌려 시뮤를 환영했다.

"이게 누구인가? 최고의 마법사 시뮤가 아닌가! 어서 오시

게."

"아오난트루님, 오랜만입니다."

시뮤는 인사를 하면서 아오난트루의 손을 꽉 붙잡았고, 아오난트루는 시뮤를 끌어안으며 혈맹의 끈끈한 우정을 과시했다.

"우오오오—!"

그 모습을 본 피에타 정예병들이 거센 함성을 질렀다.

피에타 가문을 중심으로 조금씩 전쟁 냄새가 배어나오기 시작했다.

Chapter 4

같은 시각.

로롤스와 랑팡 가문의 수뇌부도 발칵 뒤집혔다. 로베르토 시에서 부랴부랴 되돌아온 이튼은 부친 레글로와 장인 비질리를 한자리에 모셨다. 그런 다음 두 어른에게 로베르토 시에서 벌어졌던 일들을 고했다.

"뭐라고?"

"메난이 살해되었어?"

레글로와 비질리는 크게 놀랐다.

이튼은 심각한 표정으로 자세한 내용을 전달했다.

이튼의 이야기를 듣는 도중, 레글로와 비질리는 탄성을 흘리기도 하고, 눈을 휘둥그레 뜨기도 하고, 가끔씩 되묻기도 했다. 두 노련한 백작들이 깜짝깜짝 놀랄 만큼 메난의 죽음은 극적이었다.

그러는 사이 이튼의 설명은 종반으로 치달렸다.

"그렇게 수리부엉이가 사라진 뒤, 저는 안사람과 처제, 그리고 클럽의 시종과 요리사를 데리고 부랴부랴 로롤스 시로 되돌아왔습니다. 자칫 제가 메난을 죽였다고 오해받을 것 같아서 복귀를 서두를 수밖에 없었습니다."

"시종과 요리사는 왜 데려왔나?"

비질리가 물었다.

이튼은 난감한 표정으로 대답했다.

"장인어른, 그들은 사건의 목격자입니다. 혹시라도 그들의 입에서 제 이름이 나온다면, 자칫 피에타 놈들의 오해를 살 것 아니겠습니까? 그래서 어쩔 수 없이 그들을 데려왔습니다."

"그렇군."

비질리는 이해했다는 듯 고개를 주억거렸다.

이것으로 이튼은 모든 보고를 마쳤다.

레글로와 비질리는 서로의 얼굴을 마주본 채 한동안 말을 잇지 못했다. 그만큼 충격이 컸다.

한참 만에 레글로가 침묵을 깼다.

"피바람이 불겠구나. 메난이 죽었으니 큰 피를 뿌리겠어.

서둘러 대책을 마련해야겠다."

비질리도 레글로의 말에 동의했다.

"중앙백님의 말씀이 지당하십니다. 이튼이 뒷마무리를 깔끔하게 처리하기는 했지만, 피에타 놈들이 무슨 꼬투리를 잡을지 모릅니다. 자칫 큰 사단을 일어날 수도 있으니 우리 모두 정신 바짝 차려야 합니다."

레글로는 우선 이튼에게 당부했다.

"이튼, 너는 가문의 병사들을 다독이고 전쟁에 대비해라. 더불어 군수물품이 충분한지도 점검해 놓고."

"알겠습니다."

"그리고 할 일이 또 있다. 메난을 죽였다는 그 투사가 누구인지 한 번 찾아봐라."

"네. 그 일도 맡겨주십시오."

이튼은 깍듯이 고개를 숙이며 대답했다.

레글로는 사돈인 비질리에게도 당부했다.

"서백께서도 수고를 해 주셔야겠습니다. 랑팡 가문의 힘을 하나로 모아주시는 한편, 셰로키 가문도 잘 챙겨주십시오."

"물론입니다. 일이 이렇게 된 이상 딸아이의 결혼을 서두르겠습니다. 그런 다음, 한시라도 빨리 누마하를 남백으로 세워야지요."

"맞습니다. 전쟁이 벌어지면 피에타 놈들은 분명 셰로키 성부터 노릴 터, 혈맹이 무너지기 전에 누마하를 남백으로 추대하고 관계를 다져놓아야 합니다."

레글로는 주름진 주먹을 불끈 쥐면서 강하게 주장했다.

비질리도 힘차게 고개를 주억거렸다.

그 날, 로롤스와 랑팡 가문에 비상이 걸렸다. 두 가문의 수뇌부들은 전쟁을 각오하고 바짝 긴장했다.

자유무역동맹 전체가 뒤숭숭해질 무렵, 우고트 왕국에도 새로운 바람이 불었다.

넓은 대전 안.

우고트의 왕 고담은 검은색 옷을 입고 검은색 왕관을 쓴 채 시커먼 의자에 앉아 대전을 굽어보았다.

계단 아래 테이블엔 세 사람이 자리했다.

가장 오른쪽, 붉은 비늘이 찰랑거리는 갑주를 몸에 두른 사내는 염부의 총수 크라눔이었다.

중앙, 새하얀 갑옷을 입은 차가운 안색의 여자가 바로 호부의 총수 티아라다.

왼쪽, 알록달록한 망토로 몸을 감싼 멋쟁이 사내가 바로 표부의 총수 아틱이었다.

우고트 왕국을 이끌어 가는 플루토나이트 총수들이 한자리에 모였다. 검부의 총수 나파만 빠졌을 뿐이다.

세 총수들은 사뭇 긴장한 표정으로 고담을 바라보았다.

크라눔과 티아라, 아틱을 긴장시킬 수 있는 사람은 극히 드물었다. 그 정도 수준의 초인은 온 세상을 다 뒤져도 고작 서너 명에 불과할 텐데, 고담은 그 가운데 한 명이었다.

고담이 단조로운 목소리로 입을 열었다.

"크라눔."

"옛, 폐하!"

크라눔은 화염의 사자라는 별명에 어울리지 않게 진땀을 흘리면서 대답했다.

고담의 나른한 목소리가 크라눔의 귓속으로 파고들었다.

"너는 대체 뭐하는 놈이냐? 배에 비계가 끼어서 이제 염부의 총수 노릇을 하기가 귀찮아진 것이냐?"

"폐, 폐하!"

왕의 목소리는 나른할 정도로 조용했지만, 그 속에 담긴 뜻은 살벌했다. 크라눔은 당황한 기색으로 고담을 올려다보았다.

고담은 초점이 잡히지 않은 몽롱한 눈길로 크라눔을 쳐다보았다. 그러다가 꼴 보기도 싫다는 듯 티아라에게 고개를 돌렸다.

"티아라, 바하문트의 추적을 호부에서 맡아라."

"네."

"그리고 괴플루토 언디텍터블을 추적하는 업무도 호부로 넘기겠다. 벌써 3년째 허탕만 치는 놈에게 계속 일을 맡길 수는 없지."

고담의 명령이 떨어졌다.

크라눔은 비통한 목소리로 애걸했다.

"폐하! 제발 한 번만 더 기회를 주십시오. 곧 놈들을 잡아오겠습니다."

하지만 그보다 티아라의 대답이 더 빨랐다. 티아라는 벌떡 일어나서 왕 앞에 한쪽 무릎을 꿇더니 절도 있게 외쳤다.

"폐하, 저희 호부에 기회를 주셔서 영광입니다. 크라눔이 못한 일을 제가 해 보이겠나이다."

"끄윽!"

크라눔은 꽉 다문 잇새로 거친 신음을 토하며 티아라를 노려보았다. 그러자 티아라는 크라눔의 성질을 더 돋우려는 듯 비웃음을 흘렸다. 얼음처럼 차가운 티아라의 비웃음이 크라눔의 심장에 꽂혔다.

"이런, 썅!"

성질 급한 크라눔은 금방이라도 폭발할 것처럼 숨을 몰아쉬었다. 목구멍까지 치밀어오른 욕이 입 밖으로 튀어나왔다.

하지만 거기서 더 나가지는 못했다. 고담의 몽롱한 눈동자가 내려다보고 있어서 꼼짝도 할 수 없었다.

고담의 눈은 정말 무서웠다. 저 몽롱한 눈을 보고 있노라면 힘이 쫙 빠지고 몸이 움직이지 않았다.

여기서 한 발 더 나가서 고담이 호통이라도 치면 대전 전체가 무너질 듯 들썩거릴 것이다. 크라눔은 왕의 기세에 억눌려

분통한 심정을 억지로 참았다.

고담은 한동안 크라눔을 쳐다보더니 아틱에게 고개를 돌렸다.

"아틱."

"말씀하십시오, 폐하."

아틱이 일어나서 점잖게 한쪽 무릎을 꿇었다. 그는 쭉 빠진 콧수염을 손가락으로 팽팽하게 잡아당기면서 왕의 명령을 기다렸다.

고담이 나른한 음성으로 명령을 내렸다.

"오늘 새벽, 로베르토 시에서 메난이라는 플루토나이트가 죽었다. 흉수가 누구인지 찾아라. 그리고 플루토 검을 회수해."

"네, 폐하. 저희 표부는 충심으로 폐하의 명을 받들 것이옵니다. 메난을 죽인 자를 찾고 플루토 검을 회수해서 폐하께 바치겠나이다."

말을 하면서 아틱은 힐끗힐끗 크라눔을 곁눈질했다.

마침 크라눔도 아틱을 바라보고 있어서 두 플루토나이트의 눈이 서로 마주쳤다.

아틱은 크라눔을 놀리려는 듯, 눈을 반달모양으로 휘면서 웃었다.

"이익!"

크라눔은 울분을 참지 못하고 주먹을 불끈 쥐었다. 티아라와 아틱, 두 얄미운 경쟁자의 비웃음을 참아내려니 심장이 터질 것 같았다.

크라눔의 이마에는 어느새 시퍼런 핏줄이 돋았다. 하지만 또 참을 수밖에 없었다. 왕이 내려다보고 있기 때문이다.

대전에서 물러난 뒤, 호부의 총수 티아라는 호부 서열 2위인 이바와 서열 4위 진을 동시에 출동시켰다.

이바는 언디텍터블을 찾아서 움직였다.

진은 나이드 왕국부터 시작해서 차근차근 바하문트의 행적을 추적했다.

한편 표부의 총수 아틱은 표부 서열 3위인 게이데로를 내보냈다. 게이데로는 로베르토 시로 가서 메난의 죽음에 얽힌 비밀을 조사하기 시작했다.

이렇듯 호부와 표부는 바쁘게 돌아갔다.

반면 염부는 일거리를 빼앗겨서 할 일이 없었다.

화가 잔뜩 난 크라눔은 밤새도록 술을 퍼마셨다. 그런 다음 시뻘건 얼굴로 난동을 부려서 주변 건물을 다섯 채나 때려 부쉈다. 아무도 크라눔의 횡포를 말리지 못했다. 그날 크라눔의 혈압은 최고조에 달했다.

비록 크라눔이 불만을 품고 난동을 부리기는 했지만, 그래도 고담의 판단은 정확했다.

고착 상태에 빠진 염부를 뒤로 물린 것도 잘한 일이고, 호부와 표부를 새로 투입해서 추적에 활기를 불어놓은 것도 묘수였다.

하지만 결과만을 놓고 본다면, 고담의 결정은 큰 실수였다. 우고트 왕국은 자유무역동맹에서 시작된 소용돌이에 스스로 뛰어든 꼴이 되었다. 아니, 단순히 뛰어든 정도가 아니라 소용돌이를 더욱 크게 키운 셈이었다.

우고트의 개입과 더불어 이번 사건은 걷잡을 수 없이 확대되었다.

그렇지 않아도 충분히 심각했던 사건이었다. 자유무역동맹의 10대 가문 가운데 벌써 여섯 개 가문이나 얽혔기 때문이다.

연창의 로롤스, 핼버드의 랑팡, 그리고 투창술의 세로키!

이 세 가문에 맞서는 피에타와 헤로타이 혈맹!

그리고 용병 가문 로베르토!

이 여섯 가문은 이미 헤어날 수 없는 소용돌이에 휘감겼다.

여기에 우고트 왕국마저 가세했다.

조그맣던 소용돌이는 이제 통제 불가능한 괴물로 변했다. 여기서 조금만 더 시간이 흐르면 온 세상을 집어삼킬 거대한 폭풍으로 성장할 것이다. 모든 것을 다 파괴하고 날려 버릴 거대한 폭풍으로!

그 중심에 바하문트가 있었다.

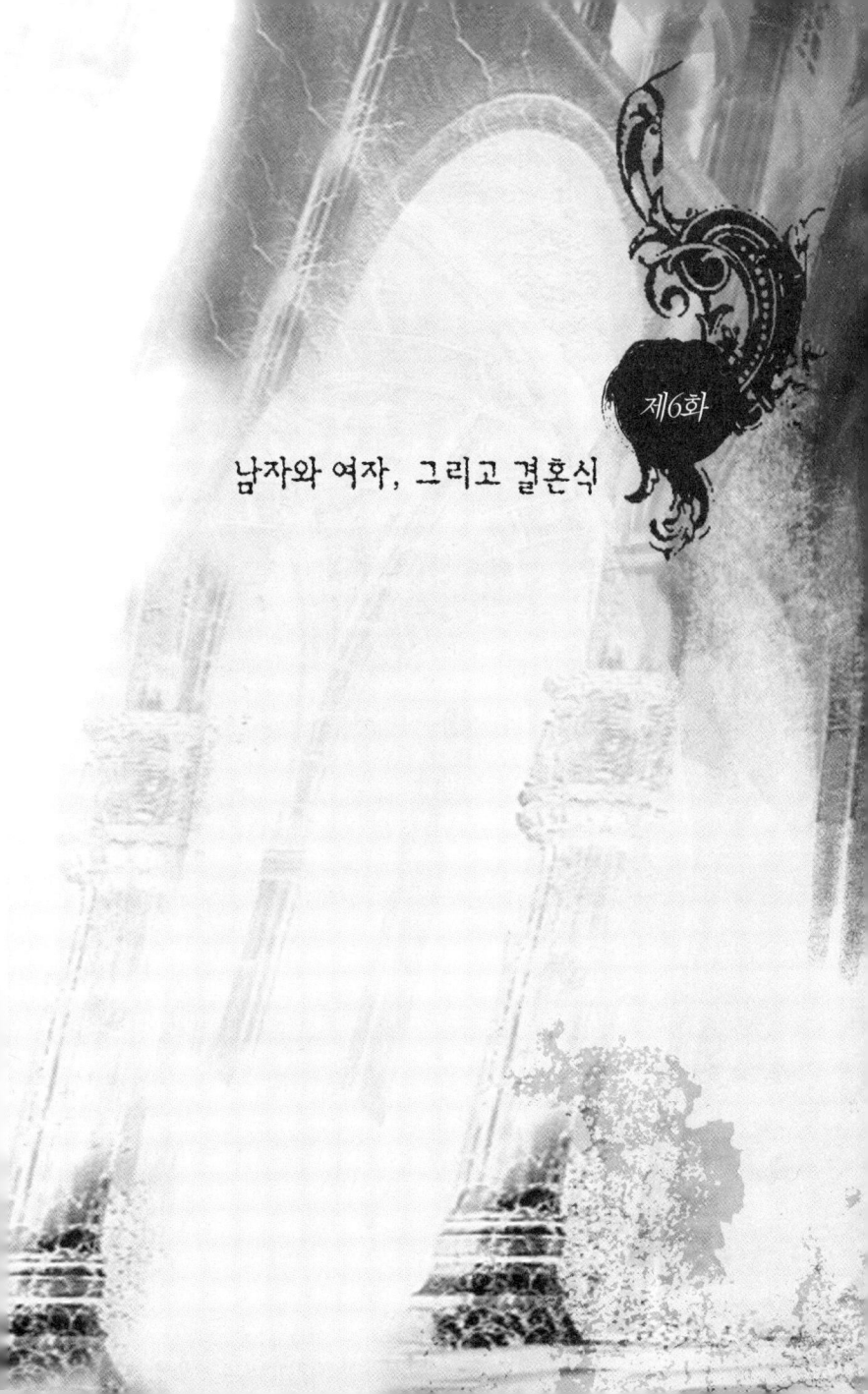

Chapter 1

흔히들 말하기를, 폭풍의 중심은 고요하다고 한다.

요 며칠 바하문트의 생활이 그러했다.

바하문트는 혼자 방에 있을 때는 상상훈련에 전념했다. 그리고 남이 보는 앞에서는 겁쟁이 노릇을 연기했다.

로베르토 시에 다녀오기 전과 완전 동일한 모습이었다.

솔직히 바하문트는 우고트 왕국의 호부와 표부가 움직인 것도 몰랐고, 피에타와 헤로타이 가문이 힘을 합쳐서 전쟁을 준비하는 것도 몰랐다.

로베르토 가문의 초특급용병 호세가 그의 뒤를 쫓는다는 사실마저 깜깜했다. 심지어 이웃 로롤스 성과 랑팡 성이 피에타에 맞대응하기 위해 작전을 짜는 것도 알지 못했다.

이런 일들을 알면 골치가 아팠을 텐데, 모르니까 속편했다.

속편한 이유는 또 있었다. 바하문트는 플루토 검에 대한 생각도 싹 비웠다.

현재 다른 사람들은 눈을 벌겋게 뜨고 메난의 유품을 찾아다니는 중이다.

허나 바하문트는 그렇게 안달할 필요가 없었다. 어차피 플루토 검은 그의 손아귀에 들어왔다. 이것을 앞으로 4년 동안 잘 묵혀두었다가 그 이후에 꺼내서 사용하면 그만이었다.

바하문트는 홀가분한 심정으로 제 할 일에만 집중했다.

바하문트가 생각한 최우선 과제는 피에타 가문의 검술을 제 것으로 만드는 일이었다. 그래서 쉬지 않고 상상훈련에 매진했다. 그렇게 노력한 덕분에 직각으로 팍팍 꺾이는 피에타의 검술을 거의 완벽하게 흡수했다.

그러면서 자연스레 무력도 늘었다. 이제는 다섯 명의 메난을 동시에 상대해도 거뜬했다.

"한 번 일곱 명으로 늘여볼까?"

바하문트는 한 술 더 떠서 끝없는 욕심을 부렸다.

그 와중에 원로들이 찾아왔다.

마침 바하문트는 상상훈련에 몰입하려던 참이었다. 피에타 검술에 욕심을 내느라 예민하던 감각이 살짝 무뎌져 있었는데, 그 탓에 원로들의 접근을 눈치채지 못했다. 게다가 꾸루도 자리를 비우고 없었다.

원로들이 복도까지 쳐들어왔을 때, 바하문트는 비로소 이 불청객들의 존재를 깨달았다. 그리곤 화들짝 놀랐다.

현재 바하문트는 손님을 맞을 채비가 전혀 되어 있지 않았다. 부랴부랴 문을 걸어 잠그고는 서랍을 열어 색조화장품을 꺼냈다.

밖에서 달그락달그락 문고리 돌리는 소리가 났다. 뚱보 원로의 목소리도 들렸다.

"누마하, 날세. 문 좀 열어보게."

"어르신들, 잠시만 기다려주십시오. 제가 늦잠을 자서 아직 복장을 갖추지 못했습니다."

바하문트는 크게 외쳐서 답했다. 일단 이렇게 양해를 구한 다음, 원로들을 밖에 세워놓은 채 다급히 색조화장을 했다.

바하문트는 무력도 강했지만 정신력도 발군이었다. 그 강한 정신력과 투지가 눈빛에 고스란히 담겨 있기에, 바하문트의 맨얼굴에서는 자연스러운 카리스마가 넘쳐흘렀다.

문제는 원로들에게 그런 활기찬 모습을 보여줄 수는 없다는 점이다.

바하문트는 부랴부랴 눈 밑에 어두운 그림자를 그렸다. 그 다음 눈꺼풀도 퀭하게 보이도록 색을 칠했다.

뺨에도 화장을 했다. 피부가 고와보이도록 하는 화장이 아니라, 좋은 혈색을 감추기 위한 분장이었다.

손을 바삐 놀리자 2분 만에 분장이 끝났다. 바하문트의 강인한 얼굴이 순식간에 겁쟁이 모습으로 탈바꿈했다.

얼굴을 바꿨으니 이제 자세를 교정할 차례였다. 바하문트는 거울을 보면서 어깨를 축 늘어뜨렸다. 가슴도 안으로 오므렸다. 눈에 힘을 빼서 혼탁한 눈빛을 만들었다.

모든 준비를 마친 다음 비로소 문을 열었다.

뚱보 원로가 가장 먼저 들이닥쳤다. 밖에서 오래 기다린 것이 짜증났었는지 바하문트를 바라보는 원로의 눈길은 곱지 않았다. 내친 김에 핀잔까지 주었다.

"뭐하느라 이제 일어났나? 지금이 벌써 11시일세."

"죄송합니다. 제가 몸이 허약해서 아침에 일찍 일어나기가 어렵습니다. 또 어떤 날은 불면증에 시달리기도 하고요."

바하문트는 일부러 축 쳐진 목소리로 대답했다.

뒤따라 들어온 원로들은 대뜸 혀부터 찼다.

"쯧쯧, 사람이 그렇게 허약해서 어떻게 하누? 쯧쯧쯧."

"차기 가주가 이렇게 몸이 약해서 어찌할꼬? 큰 걱정이구면."

여기저기서 수군거리는 소리가 들렸다.

맨 앞에 선 뚱보 원로는 손을 휘저어서 잡소리를 끊은 뒤, 여기 온 목적을 말했다.

"우리가 여기 왜 왔냐 하면, 자네의 결혼이 앞당겨졌다고 통보하러 왔다네."

"결혼 날짜는 다음달 11일이 아니었습니까? 불과 보름밖에 안 남았는데, 그걸 또 앞당겼다고요?"

바하문트는 어이없다는 표정으로 반문했다.

뚱보 원로는 헛기침을 한 번 하고는 이유를 말했다.

"험! 그동안 좀 복잡한 사정이 있었다네."

"복잡한 사정이요?"

"글쎄, 피에타 놈들이 우리 로롤스 시를 상대로 전쟁을 준비 중이라더군. 그놈들과 전쟁을 치르려면 가문의 구심점이 있어야 할 것 아닌가. 그래서 전쟁이 벌어지기 전에 자네를 남백으로 추대하기로 했고, 이왕이면 남백이 되기 전에 성혼을 하는 것이 좋을 것 같아 일을 서둘렀네. 랑팡 가문과도 이야기가 끝났으니 그리 알게."

뚱보 원로는 통보하듯 윽박질렀다.

바하문트는 기분이 나빴다. 결혼처럼 중요한 일을 당사자와 의논 한 번 하지 않고 마음대로 바꾸다니, 그 막나가는 행태가 불쾌할 수밖에 없었다.

하지만 곧 마음을 비웠다. 바하문트의 또 다른 얼굴 누마하는, 남에게 무시당하는 것이 주특기였다. 그동안 이런 꼴을 한두 번 겪은 것이 아니기에 화도 나지 않았다.

"그러면, 제가 언제 결혼을 합니까?"

"3월 말일이라네."

뚱보 원로가 퉁명스레 대답했다.

오늘이 3월 29일이니 결혼식까지 딱 이틀 남았다. 바하문트는 기막히다는 얼굴로 원로들을 둘러보았다. 그리곤 확인하듯 되물었다.

"결혼식이 이틀 뒤란 말씀이십니까?"

뚱보 원로는 다소 민망한 표정으로 둘러대었다.

"험험, 그렇다네. 시간이 좀 촉박하지?"

"네. 좀 촉박하군요."

"우리도 어쩔 수 없었네. 4월 11일 이전에 길일을 찾아보니 3월 31일 딱 하루만 남았지 뭔가. 전쟁이 벌어질 테니 자네의 결혼을 서둘러야겠고, 그렇다고 세로키 가문의 안주인을 맞아들이는 큰 행사인데 평범한 날을 잡을 수도 없고, 우리 늙은이들도 누마하 자네를 위해서 최선을 다했다네. 그 점을 알아주시게."

뚱보 원로는 바하문트의 어깨를 탁 치면서 말했다. 그의 오만한 얼굴 표정에는, 우리가 정했는데 네까짓 게 뭐 어떻게 하겠냐는 마음가짐이 배어나왔다.

평소 바하문트는 이 뚱보 원로가 어깨를 탁 칠 때마다 일부러 비틀거리면서 힘없는 척했었다. 또 몇 번은 아예 바닥에 쓰러지면서 몸이 부실한 티를 팍팍 냈었다.

하지만 이번에는 꿈쩍도 하지 않았다. 갑작스런 결혼에 마음이 혼란스러워 연기하는 것을 깜빡 잊었다.

바하문트의 몸에서 의외로 단단한 반동이 느껴지자, 뚱보 원로는 눈을 둥그렇게 뜨면서 입을 벌렸다.

'이런!'

바하문트는 비로소 실수를 깨달았다. 일을 수습하기 위해서 얼른 아픈 표정을 지으면서 어깨를 감싸쥐었다. 동시에 입으로는 우는 소리를 냈다.

"어르신, 그 큰 손으로 때리시면 아픕니다."

"어허허, 내가 또 실수를 했구먼. 말하면서 어깨를 치는 버릇을 고쳐야 하는데 말이야. 허허, 이거 참."

뚱보 원로는 그제야 씩 웃으며 그러면 그렇지 하는 표정을 지었다. 다른 원로들도 히죽히죽 웃었다.

일부 원로들은 허약한 가주 후보 누마하를 진심으로 걱정해주었다. 그러나 뚱보 원로를 비롯한 일부 원로들은 누마하를 노골적으로 깔보았다. 바하문트가 약한 척 연기할수록 더욱 얕보고 무시했다.

'무시하거나 말거나, 어차피 나랑은 상관없는 일이지.'

바하문트는 마음속에 냉정한 벽을 쌓았다. 그러나 겉으로는 바보처럼 헤죽헤죽 웃었다.

원로들은 바하문트의 의뭉스러운 연기에 속아 낄낄거렸다.

잠시 후, 원로들이 돌아갔다.

바하문트는 홀로 방에 남아 생각에 잠겼다.

'이틀 뒤에 결혼이라! 내가 결혼을 한다고?'

가짜 결혼이긴 하다. 그래도 결혼은 결혼이다. 인생의 중요한 순간을 맞을 생각을 하자 불현듯 돌아가신 아버지가 생각났다. 바하문트는 창문 밖 하늘을 올려다보며 빈의 얼굴을 그렸다.

'아버지, 저 결혼해요. 결혼할 때 아버지가 옆에 계셔야 하는데…… 잘 지켜드리지 못해서 죄송해요. 그리고 또 아버지의 뱃삯을 제대로 준비해드리지 못해서 면목이 없네요. 죽음의 강을 건널 때 뱃삯이 없으면 안 되는데, 뱃삯이 없으면 강도 못 건너고 허공을 떠도는 유령이 되는데, 저 때문에 아버지가 그 험한 꼴을 겪으시네요.'

나이드 왕국에서는 죽은 사람의 장례를 무척 중요하게 여겼다. 사람이 죽으면 눈꺼풀 위에 노잣돈을 올려놓고 화장을 하는데, 이 노잣돈이 없으면 죽음의 강을 건널 수 없다고 믿었다.

바하문트도 근본은 나이드 사람이었다. 왕국은 버렸지만 나이드의 풍습은 완전히 버리지 못했다.

'죽음의 강을 건너지 못한 영혼은 떠돌이 유령이 된다. 춥고 삭막한 세상을 영원히 떠돌아야 한다.'

아버지의 영혼이 그 고통을 겪는다고 생각하자 피가 거꾸로 치솟았다.

'이 우고트 개새끼들! 가만두지 않는다. 아버지의 영혼이 겪는 고통을 네놈들에게도 맛보여 줄 테다. 언젠가는 꼭!'

우두둑.

바하문트의 손에서 뼈마디 꺾이는 소리가 났다. 바하문트는 우고트의 플루토나이트들이 아버지의 시체를 훔쳐가서 욕보였다고 확신했다.

빈이 죽었을 당시, 현장에는 네스토 패거리와 우고트의 플루토나이트 패거리가 머물렀었다.

이 가운데 네스토 패거리는 대부분 바하문트의 손에 죽거나 폐인이 되었다. 유일하게 살아남은 사람은 네스토 단 한 명이었다.

바하문트는 처음에 네스토를 의심했었다.

허나 네스토는 빈의 시체에 손도 대지 않았다고 항변했다.

바하문트는 네스토의 말을 믿었다. 네스토는 적이기는 하지만 거짓말을 할 사람은 아니었다.

그렇다면 남은 용의자는 우고트 놈들뿐이다.

뿌드득.

바하문트는 거듭 이빨을 갈았다.

'아버지의 시체를 욕보인 놈들은 모두 원수다. 뼈째 갈아 마셔도 시원치 않을 원수 중의 원수다!'

바하문트의 얼굴엔 우고트에 대한 강한 적대감이 드러났다. 등 뒤에선 서슬 퍼런 살기가 오로라처럼 일어나 온 방을 가득 메웠다.

Chapter 2

3월 30일이다.

결혼을 하루 앞두고 바하문트는 무척 바빴다. 찾아와서 귀찮게 구는 사람들도 많았다.

오전 8시 경에는 다섯 명의 재단사들이 들이닥쳤다. 그들은 무려 3시간에 걸쳐서 바하문트의 신체치수를 재고, 다양한 옷감을 선보였다.

바하문트는 재단사들이 줄자를 들이댈 때마다 펄쩍 뛰었다. 신체치수를 재다보면 근육의 밀도나 윤곽 등이 드러날 터, 바하문트는 그동안 숨겨왔던 비밀이 탄로날까봐 이리저리 몸을 피했다.

다행히 꾸루가 달려와서 도와주었다.

꾸루는 재단사들을 대신해서 바하문트의 목둘레와 가슴둘레, 엉덩이둘레, 팔 길이와 다리 길이 등을 쟀다. 그런 다음, 치수를 적당히 줄여서 불러주었다.

물론 키나 허리둘레를 줄일 필요는 없었다. 하지만 가슴둘레와 팔뚝 굵기, 허벅지 굵기 등은 한참 줄이지 않으면 곤란했다.

바하문트의 가슴과, 팔, 허벅지는 여느 무사들 못지않게 강인하고 두터웠다. 그걸 재단사들에게 곧이곧대로 설명하기 힘들기에 적당히 숫자를 낮췄다.

재단사들은 꾸루가 불러주는 신체치수를 열심히 받아 적으며 바하문트의 몸 개략도를 그렸다. 그리곤 그 비쩍 마른 개략도 위에 다양한 혼례예복 그림을 덧씌웠다.

바하문트를 대신해서 꾸루가 충고했다.

"재단사들은 내 말을 새겨들어라. 누마하님께서는 몸에 달라붙는 옷을 입지 못하신다. 답답증이 있으시기 때문이다."

"저기……, 답답증이 무엇입니까?"

재단사 가운데 한 명이 용기 내어 물었다.

꾸루는 적당히 말을 둘러대었다.

"꽉 끼는 옷을 입으시면 호흡에 곤란을 느끼신다는 말이다. 그러니 재단사들은 가능하면 예복을 풍성하게 지어라. 가슴과 팔, 허벅지 등이 조이지 않도록 풍성하게!"

"알겠습니다."

재단사들은 머리를 조아리며 뜻을 받들었다.

솜씨 좋은 재단사 다섯 명이 모이니 일의 진도가 빨랐다. 이리저리 뚝딱뚝딱 하더니 깔끔하고 고급스러운 예복 디자인이 나왔다.

하얀 바탕에 품이 풍성한 예복이었다. 가슴 한복판에는 셰로키의 문장인 표범도 그려 넣었다.

바하문트는 고개를 끄덕였다.

"마음에 든다. 이걸로 정하자."

솔직히 말하자면 예복이 마음에 들지 않았다. 그저 귀찮은 작업을 계속하기 싫기에 무조건 마음에 든다고 말했다.

어쨌거나 바하문트의 허락은 떨어졌다. 이제는 옷을 지을 차례다. 재단사들은 디자인 초안을 손에 쥐고 서둘러 물러갔다.

시간이 무척 촉박했다. 예식은 바로 내일! 다섯 재단사가 한꺼번에 달라붙어도 이 복잡한 예복을 완성하려면 오늘 밤을 꼬박 샐 듯했다.

재단사들이 물러난 뒤에는 나이 지긋한 시녀들이 들어왔다. 예의범절에 밝은 시녀들은 내일 진행할 예식절차에 대해 자세하게 설명해 주었다. 바하문트는 점심식사를 하면서 시녀들의 설명을 들었다.

식후에는 원로들이 찾아왔다. 이번에도 꼴 보기 싫은 뚱보 원로가 앞장섰다.

원로들은 이번 혼례의 정치적인 의미에 대해서 주저리주저리 설교를 늘어놓았다.

"네에, 네, 네."

바하문트는 연신 고개를 끄덕이며 원로들의 말을 경청했다. 물론 겉보기만 귀담아 듣는 척했을 뿐, 속으로는 딱따구리가 날아와 저 나불거리는 원로들의 혀를 쪼아대는 장면을 상상했다.

원로들이 썰물처럼 물러나고 나자 어느새 오후 3시가 되었다.

바하문트는 모처럼 기지개를 켜면서 하품했다. 하지만 쫙 벌렸던 입을 다물기도 전에 다음 대기자가 들이닥쳤다.

이번에는 랑팡 성에서 보낸 사신들이다. 사신들은 비질리 서백이 보낸 예물을 바하문트 앞에 쫙 늘어놓고는 하나하나 설명을 붙였다.

다이아몬드 팔찌는 어디 제품이고, 누가 세공했고, 진주 한 박스의 무게는 얼마고, 백트러플(희귀한 버섯의 일종) 마흔 송이는 언제 어떻게 캐냈고……. 이런 쓸데없는 이야기들로 바하문트를 괴롭혔다.

바하문트는 꾹 참았다.

귀찮게 굴던 사신들이 돌아가자 바하문트는 벌떡 일어나서 창문을 활짝 열었다. 찬바람을 쐬자 답답하던 가슴이 조금 풀렸다.

어느새 해는 서쪽 성벽에 기대어 긴 그림자를 만들어내었다. 성벽의 윤곽은 석양을 받아 선명하게 빛났다.

바하문트는 그 광경을 물끄러미 보면서 한숨을 내쉬었다.

'오늘 하루는 완전히 공쳤구나.'

오늘 낮 훈련을 건너뛴 것이 아쉬웠다. 바하문트는 그 손해를 보전하기 위해 이제부터라도 상상훈련에 매진할 생각이었다.

허나, 바하문트의 고통은 아직 끝나지 않았다. 저녁식사를 마치고 나자 나이 지긋한 시녀들이 다시 들이닥쳤다.

시녀들은 바하문트 앞에 수상쩍은 그림책을 펼쳐놓고는, 남녀 간의 합방에 대한 강론을 시작했다. 간간이 후손을 빨리 낳는 비법도 전했다.

바하문트는 손으로 이마를 짚은 채 눈을 감았다. 지끈지끈 편두통이 일었다.

세로키 성에서 바하문트가 골치를 썩이고 있을 무렵, 랑팡 성에서는 필리아가 곤욕을 치르는 중이었다.

예식이 뭐 그렇게 복잡한지, 절차는 또 어찌나 많은지, 필리아는 쉴 새 없이 계속되는 유모의 잔소리를 들으며 외우고 또 외웠다.

옆에서는 언니 올리비아가 잔소리를 보탰다. 결혼생활에 대한 충고, 신혼 방 꾸미는 법, 아랫사람 다스리는 법, 이런저런 충고가 계속되다가 결국엔 합방에 대한 이야기가 나왔다.

이 대목에서 필리아는 화를 폭발시켰다.

"언니!"

쩌렁쩌렁 울리는 필리아에 목소리에 올리비아는 귀를 꽉 막았다. 그런 다음 필리아를 나무랬다.

"얘! 그렇게 갑자기 소리를 지르면 어떻게 해. 깜짝 놀랐잖아."

"언니가 쓸데없는 소리를 하니까 그렇지. 내가 말했었잖아. 누마하 그 자식과 각방 쓰기로 각서를 썼다고."

"너, 그거 진심이니? 진짜로 각방을 쓸 거야?"

올리비아는 걱정스런 눈빛으로 동생을 바라보았다. 금방이라도 눈물을 흘릴 듯한 그 큰 눈망울을 보자 필리아의 마음이 흔들렸다.

급기야 올리비아는 손수건을 꺼내 눈가를 찍었다. 그리곤 훌쩍였다.

"흑흑, 우리 필리아 불쌍해서 어떻게 하니. 가문을 위해서 마음에도 없는 사람에게 시집을 가는데, 이제는 생과부 노릇까지 하게 생겼으니 불쌍해서 어떻게 해. 어머니만 살아계셨어도 우리 필리아에게 이런 불행한 결혼을 시키지 않았을 텐데…… 언니가 못나서 너를 지켜주지 못했구나. 흑흑흑."

훌쩍이는 정도를 넘어서, 올리비아는 아예 가슴을 치면서 울었다. 바닥에 쪼그리고 앉아 펑펑 눈물을 쏟아냈다.

"언니, 제발 울지 마. 울지 말라고."

필리아도 발을 동동 구르며 덩달아 눈시울을 붉혔다. 오래전에 돌아가신 어머니 이야기가 나오자 가슴을 송곳으로 찌르는 것 같았다.

가슴이 아플수록 누마하가 얄미웠다. 필리아는 이 고통을 몽땅 누마하 탓으로 돌렸다.

'평생 한 번뿐인 결혼을 울면서 하게 만들다니, 그리고 우리 자매에게 이런 고통을 주다니, 도저히 용서 못해. 누마하! 두고 보자. 복수할 거야.'

남자와 여자, 그리고 결혼식

결심은 이렇게 했지만 막상 복수할 방도가 별로 없었다. 복수로 내걸 만한 내용은 이미 각서에 다 적어놓았기 때문이다.

결국 필리아가 찾은 최선의 복수방법은 하나밖에 없었다.

외도!

결혼 후에 다른 연인 만들어서 누마하를 상처 입히겠다는 것이 필리아의 계획이었다.

원래 이렇게까지 삐뚤어질 생각은 없었다. 허나 누마하가 추호도 망설임도 없이 각서에 사인한 광경을 떠올리자 가슴 속에서 열불이 났다.

'누마하, 각서에 사인을 한 순간부터 너와 나 사이엔 허물지 못할 벽이 쌓였다. 네가 내 가슴을 아프게 한 만큼 나도 네 가슴에 상처를 줄 거야.'

필리아는 애초에 그런 각서를 들이민 사람이 누구인지도 잊어버렸다. 누가 원인제공자인지는 생각하지도 않고 그저 모든 잘못을 누마하 탓으로 돌렸다.

헌데 곧 중요한 문제에 봉착했다.

복수심에 불타 외도를 결심한 것까지는 좋다. 그런데 과연 누구랑 바람을 핀단 말인가?

사실 필리아는 굉장히 올곧고 순진한 처녀였다. 지금까지 무술에만 집중해 왔을 뿐, 이성과 깊은 관계에 빠져본 적이 없었다.

그런 필리아가 하루아침에 어디서 애인을 구하겠는가.

'비록 시집은 형편없는 놈에게 가지만, 그렇다고 애인마저 엉망으로 구할 수는 없지. 아무 남자나 잡았다가는 우리 랑팡 가문에 누가 될 거야. 모든 여자들이 부러워할 만한 괜찮은 사내를 꿰차야 돼.'

필리아는 골똘히 머리를 굴렸다.

그런 괜찮은 남자가 도무지 떠오르지 않았다. 필리아가 아는 괜찮은 남자는 유일하게 형부밖에 없었다.

'이 넓은 도시에 형부와 비교할 만한 사내가 그렇게도 없나? 재력도 필요 없고, 가문도 필요 없고, 그저 형부처럼 강건하기만 하다면 당장 애인으로 삼겠는데……'

그러다 머릿속에 번개가 내리꽂혔다.

"맞다!"

필리아는 로베르토 시에서 만났던 카리스마 넘치는 사내를 떠올렸다.

사내의 가명은 수리부엉이!

주특기는 봉, 혹은 검!

그날 수리부엉이는 놀라운 봉술로 격투시합을 승리로 이끌었다. 이어서 더 무서운 검술로 플루토나이트 메난의 목숨을 빼앗았다.

필리아는 수리부엉이의 압도적인 무력과 과격한 폭력성에 충격을 받아 심장이 두근거렸었다. 아직도 그 생각만 하면 가늘게 손이 떨렸다.

남자와 여자, 그리고 결혼식

'형부는 수리부엉이가 셰로키 가문 출신일지 모른다고 말했다. 그의 봉술이 셰로키의 투창술과 비슷하다고 했어. 형부의 눈은 정확해. 그러니까 어쩌면 수리부엉이는 셰로키 가문이 몰래 키워낸 플루토나이트일지 몰라.'

상상이 발전해서 희망이 되었다. 필리아는 셰로키 성에서 수리부엉이와 재회하는 상황을 꿈꾸었다.

물론 필리아의 환상이 현실이 될 가능성은 희박했다. 로베르토 시에서 잠깐 마주쳤던 사내와 우연히 재회할 확률이 얼마나 되겠는가. 아마 감나무에 수박이 열리기를 기다리는 편이 나을 것이다.

필리아도 그 사실을 잘 알았다. 그럼에도 불구하고 필리아는 수리부엉이에 대한 환상을 포기하지 못했다.

우선 누마하가 너무 꼴 보기 싫어서 환상을 버리기 싫었다. 그리고 이 답답한 상황에서 수리부엉이만이 유일한 탈출구여서 포기할 수 없었다.

마지막으로 수리부엉이가 보여주었던 그 압도적인 카리스마가 자꾸 떠올라서 마음이 흔들렸다.

게다가 이 관계는 너무나 로맨틱했다.

누마하랑 결혼하면 필리아는 셰로키 성의 성주부인이 된다. 그리고 만약 수리부엉이가 셰로키의 플루토나이트라면, 그는 필리아를 섬기는 기사인 셈이다.

정략적인 이유 때문에 마음에도 없는 결혼을 한 불쌍한 성주부인과, 그녀를 섬기는 충직한 기사 사이에 발생하는 마음의 교감! 온갖 장애물을 뛰어넘은 그 애틋한 사랑!

이건 완전히 오페라에나 나올 법한 극적인 스토리였다.

"캬! 끝내준다."

필리아는 저도 모르게 탄성을 질렀다. 그렁그렁 눈물을 머금었던 그녀의 눈이 어느새 몽롱하게 풀렸다.

한편 올리비아는 울음을 뚝 그치고 동생을 올려다보았다. 필리아가 왜 탄성을 질렀는지, 도무지 그 속을 짐작할 수 없었다.

Chapter 3

밤이 지나 아침이 되었다.

오늘은 3월 31일. 장차 남백이 될지 모를 누마하 셰로키와 서백의 딸 필리아 랑팡이 혼례를 올리는 날이다.

예법에 따라 바하문트가 먼저 처가를 방문했다. 바하문트는 새하얀 예복을 입고 새하얀 말이 끄는 마차에 올라타 랑팡 성으로 출발했다.

"와아아—!"

거리에는 결혼을 환영하는 인파가 몰려나와 세 가문의 깃발을 흔들며 환호성을 질렀다.

바하문트를 태운 마차는 백성들의 열렬한 환호를 받으며 천천히 움직였다.

귀족들의 결혼은 단지 결혼당사자만의 조촐한 행사가 아니었다. 온 거리, 온 백성이 함께 즐기는 축제였다. 마부는 일부러 말을 천천히 몰아서 새신랑이 박수갈채를 많이 받을 수 있도록 배려해 주었다.

허나 바하문트는 이런 살뜰한 배려가 싫었다. 결혼식을 후딱 해치운 다음 훈련에 매진하고 싶은데, 그게 뜻대로 되지 않았다.

백성들도 바하문트의 굳은 표정을 보았다. 곧 수군거리는 소리가 들렸다.

"거 참, 누마하님의 안색이 어두우시네."

"건강이 안 좋으시다는 소문이 사실인가?"

"뭐? 누마하님의 건강이 나쁘셔? 장차 남백이 되실 분이 저러시면 우리 셰로키 성은 어찌되는 거여?"

셰로키의 병사들은 이런 소리들을 차단하려고 애썼다. 허나 한 번 퍼지기 시작한 입소문은 쉽게 가라앉지 않았다.

그러는 사이 마차는 랑팡 성에 도착했다.

랑팡 성에서는 비질리의 동생 호겐이 성문 앞까지 마중을 나와서 누마하를 맞았다. 마차가 성문을 통과하는 순간, 성벽에서는 큰 나팔소리가 울렸다. 신랑의 방문을 환영하는 소리였다.

곧 예식이 거행되었다.

바하문트는 장인이 될 비질리에게 먼저 인사를 하고, 예법에 따라 딸 필리아를 아내로 달라고 간청했다.

비질리는 바하문트의 청혼을 예법에 따라 세 번 거절했다.

그때마다 바하문트는 혼례 예물을 비질리 앞에 쌓아놓으며 거듭 청했다.

마침내 네 번째 청혼을 했을 때, 비질리는 딸을 주겠노라고 허락했다.

바하문트는 예복을 입은 채 덩실덩실 춤을 춰서 기쁨을 표현했다. 어제 늙은 시녀들에게 속성으로 배운 춤이었다.

'춤이 하나도 즐겁지 않구나!'

바하문트는 하늘을 향해 두 팔을 활짝 벌리면서 속으로 이런 생각을 했다.

한편 비질리도 바하문트의 춤에서 기쁨을 느끼지 못했다.

'아무리 정략결혼이라고 해도 그렇지, 저렇게 딱딱하게 춤을 출까. 쯧쯧쯧. 형식적으로 추는 춤이라고 만천하에 공개하는 꼴이지 뭐야. 셰로키 가문이 필요하지만 않았다면 내 귀한 딸을 저런 녀석에게 주지 않았을 텐데……. 에잉! 몹쓸 녀석 같으니라고!'

비질리는 속으로 바하문트를 욕했다.

그 사이 바하문트의 춤이 끝나고 필리아가 등장했다.

치렁치렁한 치마를 입고 나타난 필리아는 바하문트를 향해 살짝 무릎을 굽혔다. 언니 올리비아가 필리아의 뒤에서 치마를 잡아주었다.

이윽고 바하문트와 필리아가 쌍으로 춤을 추었다. 두 남녀는 진정으로 무표정하고 무감정한 춤이 무엇인지 하객들에게 확실하게 보여주었다. 아니, 누가 더 무감정한지 경쟁하는 듯했다.

음악을 연주하던 악사들은 이 착 가라앉은 기괴한 분위기를 견디지 못하고 울상을 지었다. 평생 수많은 결혼식에 참석해서 음악을 연주했지만, 이토록 무뚝뚝한 신혼부부는 처음 접했다.

하객들도 헛기침을 하며 수군거렸다.

비질리는 얼굴을 시뻘겋게 붉힌 채 결혼예식을 서둘렀다.

"자, 춤은 이제 그만하자. 다음으로 넘어가."

춤이 끝나고 음식이 나왔다.

바하문트와 필리아는 손을 마주잡은 채 하객들이 앉은 테이블 사이를 돌아다녔다. 그러면서 한 명 한 명에게 인사했다.

그때마다 하객들은 덕담을 하고 선물을 주었다. 필리아의 남자 친척들은 바하문트에게 악수를 청했다.

이튼도 바하문트와 악수했다. 그러면서 진심어린 부탁인사를 건넸다.

"동서, 진심으로 결혼을 축하하네. 앞으로 처제에게 잘 해주게."

"알겠습니다."

바하문트는 일부러 손에 힘을 뺀 채 조심스레 이튼의 손을 잡았다. 이튼처럼 예민한 사람이라면 손만 잡아도 무언가를 느낄지 몰랐다. 아무래도 조심스러울 수밖에 없었다.

두 사람의 손과 손이 맞닿는 순간, 이튼은 아주 미세한 이질감을 느꼈다.

'뭐지? 악수를 했는데 왜 사람 피부가 아니라 금속을 만진 기분이지?'

바하문트는 오리하르콘 박판을 삽입한 얇은 장갑을 착용한 상태였다. 공들여 만든 장갑이기에 체온도 그대로 전달되고 촉감도 사람 손과 똑같았다. 하지만 이튼의 예민한 감각을 속일 수는 없었다.

남편의 얼굴에서 웃음이 사라지자 올리비아가 물었다.

"왜 그래요? 무슨 일 있어요?"

"아니, 아무것도 아니야."

이튼은 고개를 흔들면서 아내를 안심시켰다. 그렇지 않아도 아내는 필리아의 결혼상대를 마뜩치 않게 여기는 중이었다.

이번 정략결혼 때문에 눈물도 많이 흘렸다. 그런데 누마하가 이상하다고 말했다가는 또 펑펑 울 것 같았다.

'아니겠지. 내가 잘못 느꼈을 거야.'

이튼은 머리를 흔들면서 생각을 털어 버렸다.

잠시 후, 랑팡 성에서 치룰 예식이 모두 끝났다. 바하문트와 필리아는 하얀색 마차를 타고 셰로키 성으로 이동했다.

거리에는 아까보다 더 많은 인파가 모여 있었다.

"셰로키! 셰로키!"

"랑팡! 랑팡!"

백성들은 신랑신부의 가문을 연호하며 박수를 치고 발을 굴렀다.

필리아는 갑자기 가슴이 뜨끈했다. 두 가문의 결속을 희망하는 백성들의 애틋한 마음을 느낀 탓이었다. 그래서 직접 마차 밖으로 손을 내밀고 흔들어주었다.

"와아아—! 필리아 공녀 만세!"

백성들은 필리아의 적극적인 태도를 환영하며 열렬한 성원을 보냈다. 필리아도 모처럼 활짝 웃었다.

반면 바하문트는 무표정하게 꼼짝도 안 했다.

필리아는 바하문트의 이 무성의한 태도가 정말 못마땅했다.

'한 번쯤 보조를 맞춰주면 어디가 덧나나? 형식적으로라도 손을 흔들어주면 백성들이 좋아할 것 아냐, 이 괴상한 사내야.'

필리아는 바하문트를 째려보면서 입술을 지그시 깨물었다. 마음속으로는 꼭 수리부엉이를 찾아서 바람을 피우겠노라며 발칙한 생각을 굳혔다.

그러는 사이 마차는 셰로키 성에 도착했다.

각 파벌의 원로들이 성문 앞에 우르르 몰려나와 신혼부부를 반겼다. 누마하를 무시하던 원로들도 필리아는 무시하지 못했다. 그녀는 서백의 딸인데다가, 성정도 불같고 무술도 뛰어나기 때문이다.

게다가 앞으로 셰로키 가문의 권력은 필리아 쪽으로 기울게 되어 있었다. 누마하가 가주가 되면 필리아는 셰로키의 안주인이다. 의지가 약한 누마하는 모든 일을 필리아와 의논해서 처리할 테고, 그러면 필리아가 남백인 셈이나 마찬가지였다.

더구나 누마하는 몸이 허약했다. 만약 누마하가 일찍 죽으면 필리아가 어린 자식을 내세워서 섭정 역할을 할 가능성도 다분했다.

눈치 빠른 원로들은 앞다투어 필리아에게 잘 보이려고 애썼다. 필리아도 차분하게 원로들의 인사를 받았다.

환영인사가 끝난 뒤, 바하문트와 필리아는 원로들에게 둘러싸인 채 연무장으로 향했다.

셰로키 성채에는 대각선 길이가 400미터에 달하는 거대한 연무장이 있는데, 오늘 예식은 그곳에서 진행될 예정이었다.

연무장에는 이미 모든 준비가 다 되어 있었다. 단상도 설치되었고, 9백여 명의 셰로키 무사들도 연무장에 모였다.

원래 셰로키 무사는 1천2백 명이었다. 이 가운데 오로겔을 추종하는 무사 3백 명은 오늘 행사에 빠졌다.

그래도 9백 명의 무사가 복장을 갖춰서 모이니 장관이었다.

연무장에 모인 무사들은 총 아홉 줄로 도열했다. 모두들 칠

흑빛 예복으로 통일해서 입었는데, 예복 앞쪽에는 시커먼 흑단추가 두 줄로 매달려서 반짝거렸다.

예복의 깃은 높아서 무사들의 입과 콧방울을 가렸으며, 길이가 길어서 무릎 아래까지 덮었다.

예복 가슴팍엔 하얀 표범이 수놓아져 있었다. 신령스러운 하얀 표범은 셰로키 가문의 수호신이었다. 셰로키 무사들의 눈빛도 가슴에 박힌 하얀 표범의 그것처럼 예리했다.

무사들 가운데 4분의 3은 등에 창을 비끄러맸다. 나머지 4분의 1은 두 손을 앞으로 모아서 마카이라를 들었다. 팔뚝에는 펠타(초승달 모양의 방패)를 착용했다.

괘엥!

예복을 입은 무사 한 명이 단상에 올라 징을 울렸다.

처척.

무사들이 움직여 중앙에 길을 열었다.

그 길 한복판으로 예식행렬이 들어왔다.

행렬 선두엔 얼굴에 주름이 가득한 노인이 섰다. 노인은 입가를 푸들푸들 떨면서 무사들 사이를 걸었다. 그는 셰로키 가문에서 가장 나이가 많은 대원로였다.

나이가 100살이 넘어 기력도 쇠하고 일선에서도 물러났지만, 눈빛만큼은 여전히 강렬했다. 살아온 세월을 증명이라도 하듯 대원로의 옷에는 명예로운 훈장이 주렁주렁 매달렸다.

대원로의 뒤를 따라 원로들이 열을 맞춰서 쭉 들어왔다. 뚱보 원로는 대원로 바로 뒤에 섰다. 원로들 가운데 두 번째 서열이라는 의미였다.

꽹!

원로의 입장이 끝나자 또 한 번 징소리가 울렸다.

이번엔 두 명의 기수가 발을 맞춰 입장했다.

두 기수는 새까만 예복을 입었고, 손에 깃발을 들었다. 깃발엔 새하얀 표범 문장이 박혀서 펄럭거렸다.

기수의 뒤를 따라 무사장이 걸었다. 무사장은 두 손으로 붉은 나무상자를 들었는데, 이 상자 위에도 어김없이 표범 문장이 음각되었다.

무사장에 이어 바하문트와 필리아가 함께 들어왔다.

즐거운 결혼식임에도 불구하고 바하문트의 안색은 어두웠다. 눈은 썩은 생선의 그것마냥 흐리멍덩했으며, 눈 밑엔 짙은 음영이 드리워서 피곤하고 힘겨워 보였다.

걸음걸이도 무거웠다. 흡사 발목에 쇠공이라도 매단 듯했다.

이건 갓 결혼한 새신랑의 모습이 아니었다. 패기라고는 전혀 없이, 형장에 이끌려가는 사형수의 느낌이 났다.

무사들 가운데 일부가 바하문트를 곁눈질하더니 은근히 눈살을 찌푸렸다. 허나 대부분의 무사들은 무표정했다.

바하문트와 필리아 뒤로 열두 명의 호위들이 따랐다.

호위는 손등에 갈고리를 찼다. 허리춤에는 마카이라를, 등에는 투창을 비끄러매달았다. 호위의 복장은 하얀색 일색이었다. 게다가 눈만 빼꼼 남겨놓은 채 천으로 얼굴을 가렸다. 그 중에는 꾸루도 있었다.

꽤엥!

또다시 징이 울렸다.

대원로가 먼저 단상에 올랐다. 시종들이 달려와서 비틀거리는 대원로를 양 옆에서 부축했다.

뒤이어 깃발을 든 기수가 단상으로 올라왔다. 기수들은 단상 양 귀퉁이에 우뚝 섰다.

바하문트와 필리아는 함께 단상에 올라 중앙에 섰다. 그러자 먼저 단상에 올랐던 대원로가 두 사람 앞으로 나왔다.

꽤에에엥!

또 징이 울렸다. 이번 징소리는 유난히 길었다.

붉은 나무상자를 든 무사장이 대원로 앞에 무릎을 꿇고 엎드렸다. 무사장은 붉은 나무상자를 열어서 머리 위로 올렸다.

대원로가 나무상자에서 조그만 뿌리를 꺼내들었다.

이것은 하나의 뿌리가 아니었다. 두 개의 향나무뿌리가 서로 엉켜서 한 뭉치를 이루었다.

대원로는 뿌리뭉치를 미리 준비한 향로 위에 올려놓고 중얼중얼 축원을 빌더니, 그것을 바하문트와 필리아에게 전달했다. 더불어 축사도 함께 전했다.

"두 사람은 서로 다른 가문에서 났으나, 이제 이 향나무뿌리처럼 한 몸이 되었소. 부디 화목한 가정을 이루어 백성들을 편안케 하고 세로키 가문을 번성시키길 바라오."

바하문트와 필리아는 고개를 숙이며 향나무뿌리를 받았다.

괘앵!

이어서 짧게 징이 울렸다.

단상 아래 도열했던 무사들이 오른쪽 무릎을 굽히더니, 바하문트와 필리아를 향해 머리를 숙였다.

"충성!"

우렁찬 구령이 한 목소리로 울려나왔다.

절도 있는 동작! 패기 넘치는 목소리!

대원로는 흡족한 표정으로 고개를 주억거렸다. 그리곤 고개를 돌려 바하문트와 필리아를 바라보았다.

필리아는 생동감 넘쳤다. 듣던 대로 쾌활한 아가씨였다.

반면 바하문트의 눈빛은 혼탁했다. 초점이 없어서 지금 어디를 보고 있는지, 무슨 생각을 하는지, 혹은 무사들의 충성맹세를 듣고는 있는지 의심스러웠다.

대원로는 짓무른 눈을 껌뻑이며 생각에 잠겼다.

'내 나이 올해로 백둘이다. 그동안 많은 이들을 만났었지만, 이토록 혼탁하고 속을 알 수 없는 사람은 처음이로다. 누마하……. 듣던 것과는 많이 달라. 결코 허약한 겁쟁이가 아니야.'

늙은 생강이 맵다고, 대원로의 안목은 역시 남달랐다. 그는

남자와 여자, 그리고 결혼식 273

바하문트의 본성을 한눈에 꿰뚫어 보았다.

마침 바하문트의 눈도 대원로를 향했다.

두 사람의 눈이 서로의 눈동자를 들여다보았다. 아니, 눈동자를 보았다기보다 그 눈을 통해 상대방의 마음속 깊은 곳을 엿봤다.

그 순간, 대원로는 엄청난 충격을 받았다.

바하문트의 속 깊은 곳! 그곳에는 결코 들여다봐서는 안 될 엄청난 괴물이 도사리고 있었다.

'피바다 속에서 꿈틀거리는 괴물이다! 먼 고대에 발원했던 흉악한 마왕의 흔적이 현세에 이어졌어!'

대원로는 저도 모르게 침을 삼켰다. 그리곤 오랫동안 잊고 있었던 중요한 소명을 떠올렸다.

'서둘러야 한다. 이 엄청난 사실을 서둘러 알려야 해!'

무려 천 년 가까이 이어져 내려오는 비밀결사조직이 있다. 그 조직은 역사 뒤편에 웅크린 채 오직 한 가지 징조만 찾아다녔다.

고대 흉왕의 부활 징조!

그런데 드디어 그 징조가 나타났다. 초기에 서둘러 막지 못하면 세상은 피바다에 잠길 것이다.

대원로는 잠들어 있는 비밀결사조직을 다시 깨워야겠다고 결심했다.

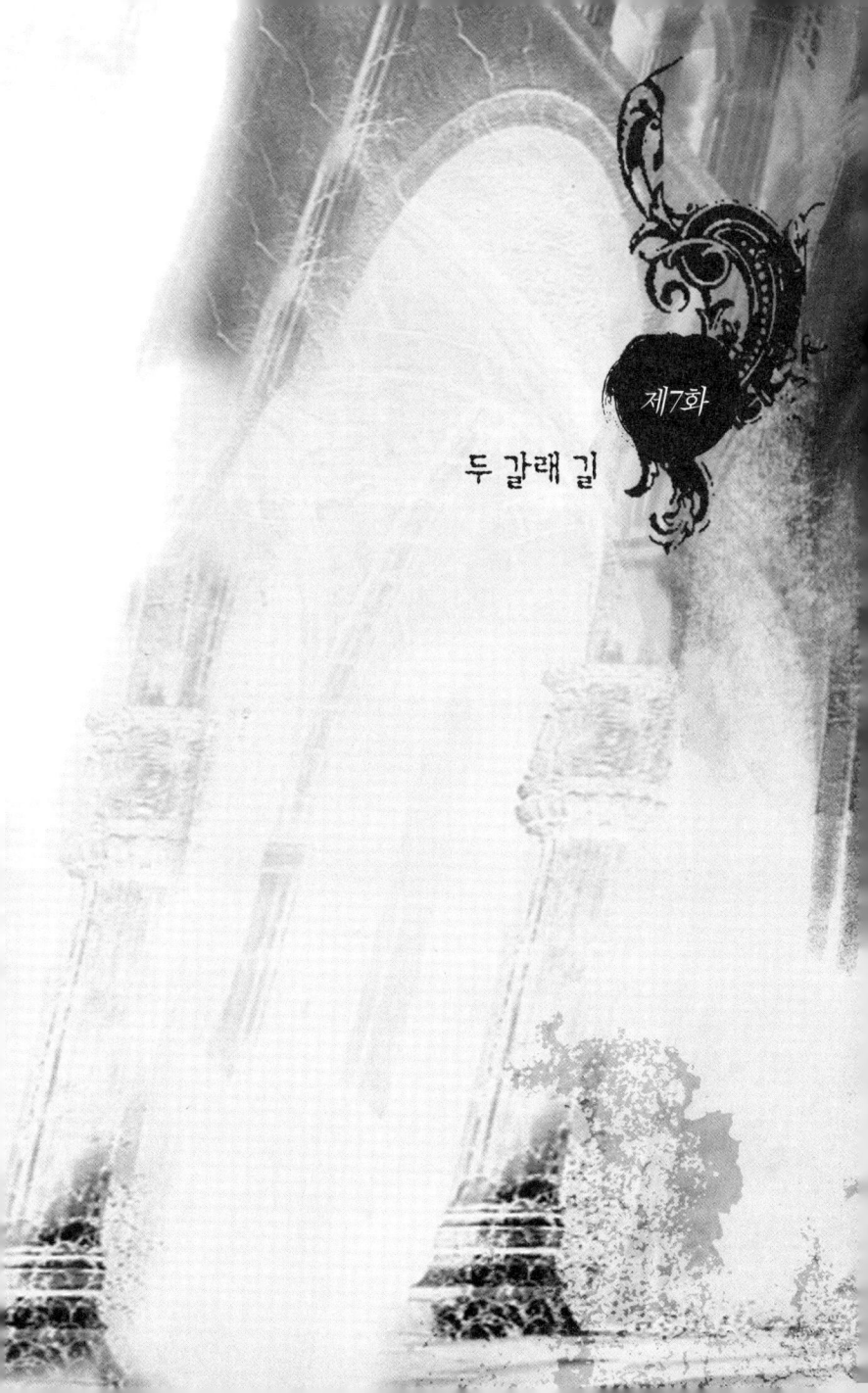

Chapter 1

누군가 말했다. 신혼 첫날밤은 초가을에 딴 사과의 맛이라고.

해석하기에 따라 다양하게 들릴 수 있겠지만, 이 말의 의미는 '첫날밤에는 모든 것이 낯설고 서툴기 때문에 약간 덜 익은 과일과 비슷하다.' 정도로 이해하면 알기 쉬웠다.

혹자에 따라서는 이 말을 '과일은 약간 덜 익었을 때가 가장 맛있다. 신혼 첫날밤과 마찬가지로.' 라고 뒤틀어서 해석하기도 했다.

어쨌거나 신혼 첫날밤은 모든 연인들이 가슴 설레며 기다리는 시간이었다.

허나 필리아에게는 해당하지 않았다.

"초가을의 사과 맛은 개뿔!"

필리아는 꽉 다문 잇새로 욕설을 퍼부었다. 그리곤 우렁찬 기합을 토했다.

"이야아압—!"

퍼억!

필리아가 내지른 창이 쏜살같이 뻗어 나가 나무인형을 박살냈다. 인형의 파편이 사방으로 튀었다.

이것이 벌써 여섯 개째였다. 오늘 필리아는 세로키 성 지하수련장의 나무인형을 몽땅 때려 부수기로 작심한 듯했다.

사납게 기합을 지르고 무섭게 창을 휘둘렀다. 몸은 온통 땀범벅이었다.

과연 필리아의 성격은 대쪽같았다. 성에 차지 않는 남편과 신혼 첫날밤을 보내느니 차라리 창과 씨름하는 편을 택했다.

한편 바하문트도 별 다를 바 없었다.

'쓸데없는 결혼식 때문에 이틀이나 수련을 공쳤다. 그걸 보충해야 돼.'

바하문트는 방문을 걸어 잠근 채 상상훈련에 몰입했다. 오늘은 처음부터 세게 나갔다. 상상훈련에 불러낸 상대는 무려 일곱 명의 메난이었다.

상상 속, 일곱 명의 메난이 흔들흔들 일어나서 바하문트를 빙 둘러쌌다. 그들은 제각기 다른 자세로 검을 겨눴다.

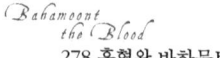

일순간에 검이 뻗었다. 일곱 방향에서 동시에 날아드는 검은, 검이 아니라 벼락이었다. 팍팍팍! 방향을 튼다 싶더니 어느새 바하문트의 몸을 베었다.

"이익!"

바하문트는 마주 검을 휘두르며 사납게 움직였다. 그의 성긴 근육이 이완을 반복하고, 거친 숨소리가 흙먼지를 들쑤셨다.

피가 튀고 살점이 잘리는 그 뜨거운 전투란!

바하문트는 난무하는 핏속으로 자신을 몰입시켰다.

다음날 아침.

바하문트는 상당히 피곤한 기색으로 자리에서 일어났다. 먼저 세수를 하고, 복장을 갖추고, 방을 나섰다.

이와 보조를 맞춰서 필리아도 모습을 드러냈다. 그녀는 지하 수련장에서 밤을 지새운 뒤, 바하문트와 약속한 시간에 딱 맞춰 나왔다. 밤새 창을 휘두른 탓에 필리아의 얼굴도 피곤해 보였다.

"킥킥."

하녀와 시녀들은 신혼부부의 피곤한 얼굴을 곁눈질하고는 숨죽여 웃었다. 아마도 바하문트와 필리아가 화끈한 첫날밤을 보냈을 거라고 오해한 듯했다.

하긴, 화끈하긴 아주 화끈했다.

어찌나 열심히 수련을 했던지 필리아는 한 번 점프해서 창을 여덟 번 내지르는 동작을 완성했다. 그것도 하룻밤 새에!

또한 바하문트는 상상훈련을 통해 일곱 명의 메난을 무참하게 꺾어 버렸다.

몸을 돌보지 않는 과격한 훈련의 여파로 온몸의 뼈마디가 욱신거리기는 했지만, 대신 바하문트의 검술은 한 걸음 전진했다.

각자 화끈한(?) 밤을 보낸 부부는 아침에 다시 만났다. 바하문트가 먼저 아침인사를 건넸다.

"잘 잤소?"

"편하게 잘 잤으니까 내 걱정 말아요."

필리아는 퉁명스레 말을 받았다.

이것이 대화의 전부였다. 바하문트는 퉁명한 대답을 듣기 싫어서 필리아에게 말을 걸지 않았고, 필리아도 자존심 때문에 대화를 시도할 수 없었다.

두 사람은 아침식사를 하는 내내 침묵했다. 결혼을 축하하는 사절단의 인사를 받을 때도 눈 한 번 마주치지 않았다.

사절단이 물러나자 바하문트와 필리아는 즉각 헤어져서 따로 놀았다. 그런 다음, 점심 무렵 원로들의 예방을 받을 때 다시 만났다.

"원로님들께서 찾아오셨습니다."

꾸루가 방문 밖에서 고했다.

"들어오시라고 해라."

바하문트가 허락하자 문이 열렸다.

늘 그렇듯이 뚱보 원로가 앞장서서 들어왔다. 그 뒤로 여러 원로들이 따라붙었다.

뚱보 원로는 바하문트와 필리아에게 살짝 목례를 하고는 오늘 찾아온 이유를 말했다.

"이제 누마하님의 성혼도 끝났으니 본격적으로 가주 추대에 나서겠습니다. 제가 앞장서서 분위기를 몰고 갈 테니 두 분은 걱정 놓으십시오."

바하문트는 물끄러미 상대를 바라보았다.

지금까지 뚱보 원로는 이렇게 공손하게 이야기한 적이 없었다. 거의 반말로 바하문트를 대했었다.

그런데 필리아가 앞에 있자 태도가 돌변했다. 바하문트는 뚱보 원로의 겉과 속이 다른 모습에 허탈한 웃음을 흘렸다.

'허허, 이 뚱보 늙은이가 잔머리 하나는 잘 굴리는구나. 필리아에게 공손한 이미지를 심어주고 싶다, 이 말이지? 나는 머저리고 필리아는 실세라고 생각했나보네?'

허탈하기는 했지만 굳이 나쁠 것은 없었다. 바하문트는 오히려 잘 되었다고 여겼다.

'앞으로 연극하기 편해지겠군. 필리아를 내세우고 나는 뒤로 빠지면 되겠어.'

바하문트가 이런 생각을 하는 동안, 필리아는 여러 원로들과 자유무역동맹의 정세에 대해 토론했다.

확실히 필리아는 뛰어난 여자였다.

누가 아첨꾼이고 누가 충신인지 한눈에 파악했다. 그런 다음, 원로들을 적절히 억누르고 부추겨 가면서 대화를 주도했다.

원로들도 필리아의 높은 안목과 정치 감각에 감탄했다.

바하문트는 팔짱을 낀 채 그 모습을 지켜보았다. 다시금 아버지가 생각났다.

'아버지가 살아계셨다면 무척 흡족해하셨을 거야. 아버지는 저런 똑 소리 나는 며느리를 바라셨잖아.'

그런 생각을 하다 흠칫 놀라 정신을 차렸다. 바하문트의 마음이 순간적으로 필리아에게 기울었는데, 이건 참 위험한 일이었다. 바하문트는 마음의 문을 굳건하게 닫아걸고는 머릿속에서 필리아를 지웠다.

원로들이 물러나자 필리아도 방을 떠났다. 그녀는 또 지하 수련장으로 발길을 옮겼다.

방에 혼자 남은 바하문트는 팔다리를 쭉쭉 뻗어서 뭉친 근육을 풀었다. 그런 다음 꾸루를 불렀다.

"꾸루, 좀 도와다오."

꾸루가 얼른 달려왔다.

바하문트는 웃통을 벗은 다음, 꾸루에게 등을 보여주었다.

바하문트의 등에는 목 부근에서 허리까지 기다란 고랑이 패여 있었다.

어젯밤 상상훈련을 하다가 메난의 검에 한 방 맞았는데, 그 시퍼런 검날이 훑고 지나간 자리를 따라 근육이 파열했다.

말이 상상훈련이지, 이렇게 심한 상처가 남으니 진검대결이나 다를 바 없었다.

게다가 상처는 등에만 난 것이 아니었다. 왼쪽 옆구리도 5센티미터 가량 찢어졌고, 오른쪽 어깨와 허벅지도 피투성이였다.

"상처가 엄청 깊네요. 대체 방에서 어떤 수련을 하기에 이런 상처가 나죠?"

꾸루는 상처에 약을 바르면서 물었다.

바하문트는 대답하지 않았다. 꾸루도 굳이 대답을 바란 것은 아니었다.

둘 사이에 잠시 침묵이 생겼다. 어색한 분위기를 바꿀 겸, 꾸루는 짓궂은 질문을 던졌다.

"그나저나 어제는 어땠어요?"

"어제는 어땠냐고? 그게 무슨 말이야?"

"뭘 모르는 척해요? 필리아와의 첫날밤은 황홀했냐고요."

"첫날밤?"

바하문트는 쓰게 웃었다. 그런 다음, 꾸루의 짓궂은 질문에 농담으로 대처했다.

"정말 대단했지. 암, 대단했고말고. 등에 이렇게 깊은 상처가 난 것을 보고도 모르겠어? 나는 아주 죽는 줄 알았다고."

"킥!"

꾸루는 손으로 입을 가리며 웃음을 참았다. 마음 한구석이 따뜻해지면서 갑자기 기쁜 감정이 샘솟았.

바하문트와 붙어 지낸 것이 벌써 3년째였다. 그런데 이렇게 농담을 듣기는 처음이었다. 꾸루는 바하문트가 농담을 건넸다는 점이 기뻤다.

더불어 바하문트의 첫날밤이 그냥 맨송맨송하게 지나간 것 같아 즐거웠다.

'저런 말도 안 되는 농담을 하는 것을 보니 첫날밤이 어땠는지는 짐작이 간다. 안 봐도 뻔하지. 아마 필리아에게 외면을 당하고는 죽어라 수련만 했을 거야. 그러다가 이렇게 큰 상처를 입었겠지. 킥킥킥.'

꾸루는 속으로 몰래 웃다가 갑자기 고개를 갸웃거렸다.

'가만! 내가 왜 이렇게 즐겁지? 이 남자가 신혼 첫날밤부터 각방을 썼다는데, 내가 왜 그것 때문에 즐겁냐고?'

헛똑똑한 꾸루! 그녀는 제 속마음도 정확히 알지 못했다.

그때, 누군가 다가오는 기척이 감지되었다.

'필리아다. 지금 여기로 오고 있어.'

바하문트가 먼저 느꼈다.

조금 뒤, 꾸루도 깨달았다.

바하문트는 필리아가 오해하기 전에 꾸루를 물리려고 했다. 헌데 곧 마음을 고쳐먹었다.

'이 기회에 확실하게 정을 떼야 한다. 내게 주어진 시간은 이제 15개월밖에 남지 않았어. 15개월 뒤부터 우고트와 싸워야 하는데, 그 지옥으로 필리아를 끌어들일 필요는 없지.'

바하문트는 필리아의 접근을 모르는 체하며 꾸루에게 계속 상체를 내맡겼다.

한편 꾸루도 복잡한 감정을 추스르느라 판단이 늦었다.

꾸루의 좌뇌는 '필리아에게 불필요한 오해를 사기 전에 이 방에서 나가라.'고 하고, 우뇌는 '바하문트의 상처를 돌보는 모습을 필리아에게 보여줘.'라고 부추겼다. 좌뇌가 꾸루의 이성이라면, 우뇌는 꾸루의 감정이었다.

꾸루가 이성과 감정 사이에서 오락가락하는 사이, 어느새 필리아가 들이닥쳤다.

"응?"

방문을 벌컥 연 필리아는 눈을 크게 떴다.

남편이 상체를 벗은 채 여자 호위에게 기대 있는 것 아닌가!

필리아는 불쾌했다. 아무리 무늬만 부부라고 하지만, 누마 하는 엄연히 그녀의 남편이었다. 그런데 신혼 초부터 저런 난잡한 모습을 보이다니, 상당히 기분 나빴다.

하지만 자존심이 상해서 뭐라고 할 수도 없었다. 결혼 후에 각방을 쓰자고 큰소리 탕탕 친 사람은 필리아 본인이었다.

심지어 자식은 다른 여자를 통해서 낳으라고까지 말했었다.

그런데 이제 와서 질투하는 모습을 보이기는 싫었다. 필리아는 아무렇지도 않은 척 지껄였다.

"나는 신경 쓰지 말고 그냥 하던 짓 계속 해요. 어차피 당신과 나는 무늬만 부부지 실제로는 남남이잖아요."

이렇게 당당하게 선언을 한 것까지는 좋았다.

헌데 부들부들 떨리는 안면근육과 잔뜩 억눌린 목소리는 무어란 말인가! 덕분에 현재 필리아의 속마음이 어떤지 고스란히 드러나 버렸다.

"필리아……."

바하문트는 안쓰러운 표정으로 필리아를 바라보았다.

그 눈빛을 보자 필리아는 그만 죽고 싶었다. 창피한 마음에 문을 쾅 닫으며 뛰쳐나갔다.

한편 꾸루의 기분도 뒤숭숭했다. 방금 전, 필리아의 속마음을 확인한 탓이었다.

'필리아는 바하문트에게 감정을 품고 있어. 그게 어떤 감정인지는 모르겠지만, 마음속에서 바하문트를 완전히 지워 버린 것은 아니야. 젠장!'

마지막에 욕은 왜 붙였는지. 꾸루는 아직까지도 제 감정을 깨닫지 못하고 헤맸다.

Chapter 2

"지금 피에타 가문이 전쟁을 준비 중이외다. 일이 터지기 전에 새 남백님을 선출합시다."

뚱보 원로는 두 손을 번쩍 치켜들고는 동료 원로들을 선동했다.

"옳소!"

원로들 대다수가 소리 높여 찬성했다. 여기에는 누마하 파벌의 원로들을 비롯해서 무밧지 파벌의 원로들, 랑팡 가문과 친한 원로들, 그리고 로롤스 가문과 친밀한 원로들이 모두 포함되어 있었다.

이제 대세는 완전히 기울었다.

오로겔 파벌은 아무도 반대의 목소리를 내지 못했다. 아니, 이제는 오로겔 파벌 원로가 몇 명 남지 않았다. 눈치 빠른 자들은 벌써 누마하 파벌로 자리를 옮겼다.

뚱보 원로가 다시 목소리를 높였다.

"나는 누마하님을 우리 세로키의 신임 남백님으로 추천하외다. 누마하님은 선대 남백님의 친아들이자 비질리 서백님의 사위요. 기타 여러 가지 조건들을 따져봤을 때, 누마하님이야말로 남백의 자리에 오르시기에 부족함이 없으신 분으로 여겨지오. 누구 반대할 사람 있소?"

"누마하! 누마하! 누마하!"

누마하 파벌의 원로들은 누마하의 이름을 외치며 주먹을 불끈 쥐었다. 그것이 기폭제가 되었다. 곧이어 원로들 대부분이 누마하를 연호했다.

수적으로 불리한 오로겔 파벌 원로들은 쓸개를 씹은 표정으로 고개를 흔들었다. 대세가 완전히 기울어서 더는 어떻게 해 볼 도리가 없었다.

곧 투표가 시작되었다. 원로들은 도자기 파편에 찬반을 표기해서 제출했다. 뚱보 원로가 파편을 모아서 표를 셈했다.

찬성 86표, 반대 3표, 기권 11표.

누마하는 압도적인 지지를 받으며 남백으로 추대되었다.

뚱보 원로는 들뜬 목소리로 선포했다.

"자, 이제 누마하님이 우리의 새 남백이시오."

"누마하! 누마하!"

원로들은 더욱 우렁찬 목소리로 누마하의 이름을 불렀다. 원로회장이 떠들썩했다.

곧이어 셰로키 원로들이 결정한 결과가 세상에 공표되었다.

우리 셰로키 원로들은 아래 사항을 세상에 널리 알린다.

첫째. 셰로키 가문의 32대 가주는 누마하 셰로키로 정한다.
둘째. 누마하 셰로키는 셰로키 가문의 가주와
셰로키 성의 성주, 그리고 로롤스 시의 남백을 겸직한다.
셋째. 누마하 셰로키에게 특별한 문제가 없는 이상,
위의 세 자리는 종신토록 유지한다.

—누마하 원년 4월 3일,
세로키 가문 원로 일동

풍보 원로가 누마하를 추대한 것이 오늘 아침이었다. 그런데 점심 무렵에 벌써 결과를 공표했다. 게다가 벌써 달력까지 바꿔서 올해를 누마하 원년이라고 정해 버렸다.

놀랍도록 빠르고 신속한 조치였다. 평소 굼뜨던 원로들이 이렇게 발 빠르게 행동할 줄은 아무도 몰랐다.

많은 사람들이 깜짝 놀랐다. 특히 오로겔은 뒤통수를 한 방 얻어맞은 기분이었다.

"뭐? 누마하가 남백으로 선출되었다고? 언제? 어디서? 어떻게?"

오로겔이 다그쳐 물었다.

마카이라 부대의 부관은 딱딱하게 굳은 목소리로 대답했다.

"오늘 오전 10시 경에 원로회장에서 투표가 있었답니다. 그 결과 누마하가 86표의 찬성을 얻어서 신임 남백으로 선출되었다고 합니다."

"이런 빌어먹을!"

오로겔은 힘껏 의자를 걷어찼다. 그러면서 버럭 화통을 터뜨렸다.

"그 중요한 사실을 왜 이제야 보고하는 거야? 그리고 나를 지지하던 원로들은 대체 뭐하고 있었어? 그 시간에 어디서 뭣

들 하고 있었기에 그 따위 날림투표를 막지 못했느냐고?"

"총수님! 총수님을 지지하는 원로들은 이제 몇 명 남지 않았습니다. 나머지 기회주의자들은 벌써 누마하 파벌로 기어들어 갔습니다."

"뭐라고? 그게 사실인가?"

오로겔은 한 방 얻어맞은 표정으로 휘청거렸다.

부관은 참담하게 고개를 끄덕였다. 말로 대답하려고 했는데 목이 메어 소리가 나오지 않았다.

"이, 이, 이런 벼락 맞을 늙은이들을 봤나. 내가 그렇게 잘 해 주었는데 나를 배신해?"

오로겔은 눈을 까뒤집으며 배신자들을 욕했다. 갑자기 심장이 벌렁벌렁 뛰었다. 오로겔은 손으로 심장 부위를 쥐어뜯으며 소리쳤다.

"부관, 장인어른께 연락해라. 그 어르신이 와주셔야 이 일을 수습할 수 있다."

"총수님……. 어르신께서는 여기 오시지 못합니다."

"그게 무슨 소리야?"

오로겔은 눈을 동그랗게 뜨고 부관을 쳐다보았다.

부관은 잠시 대답을 망설였다. 방금 전에 귀동냥한 내용을 말했다가는 오로겔이 어떤 반응을 보일지 두려웠다.

하지만 어쩔 수 없었다. 이제 오로겔도 현실을 직시할 때가 되었다.

부관은 결심을 굳힌 뒤, 한층 참담한 목소리로 고했다.

"들리는 소문에 의하면, 메난 어르신께 무슨 변고가 생겼다고 합니다. 오늘 아침에 원로들이 벼락치기로 남백을 선출한 이유도 그 때문이랍니다. 자칫 피에타 가문과 전쟁이 벌어질지 몰라서 서둘러……."

"거짓말! 거짓말이야! 장인어른께 변고가 생기다니, 말도 안 돼. 그리고 피에타 가문과 전쟁이 벌어질 거라니, 그것도 말이 안 돼!"

오로겔은 두 주먹을 불끈 쥐며 절규했다. 그러다 느닷없이 마카이라를 뽑았다.

서슬 퍼런 검날이 부관을 향해 번뜩였다. 오로겔은 검날보다 더 싸늘한 눈빛으로 부관을 노려보았다.

"부관, 죽기 전에 똑바로 고해라. 너는 지금 나를 놀리고 있다. 지금까지 네가 한 말은 전부 거짓이야. 그렇지?"

부관은 고개를 숙인 채 대답을 회피했다.

그 행동이 무엇을 뜻하는지는 뻔했다. 오로겔도 이제 확실히 깨달았다. 지금 상황이 어떤지, 그가 얼마나 막다른 골목에 몰렸는지.

궁지에 몰려 헤어날 길이 없다고 생각하자 왼쪽 가슴이 쿡쿡 쑤셨다. 이러다 심장이 터져서 죽을 것 같았다.

오로겔은 시뻘겋게 충혈된 눈으로 부관을 응시했다. 그리곤 혀 꼬인 발음으로 중얼중얼 물었다.

"누마하가 남백이 되었으니 곧 축하예식을 하겠구나. 그게 언제냐?"

"4월 5일입니다."

"4월 5일! 알았다."

오로젤은 마카이라를 축 늘어뜨리고는 반쯤 부서진 의자에 걸터앉았다. 앉아서 벽을 응시하는 오로젤의 눈빛이 심상치 않았다.

부관은 상관을 걱정했다. 아무래도 상관이 일을 저지를 것 같았다.

이틀 뒤인 4월 5일.

이 날의 하늘은 코발트블루로 채색한 유리잔처럼 투명했다.

뺨뺨뺨뺨, 빠빠빰!

구름 한 점 없는 하늘 아래, 긴 팡파르 소리가 울렸다. 이어서 징소리와 북소리가 뒤따랐다.

바하문트는 북소리에 박자를 맞춰 행진했다.

셰로키 연무장에 도열한 1천2백 명의 무사들은 바하문트가 앞을 지나갈 때마다 차례로 무릎을 꿇으며 충성을 맹세했다.

"충! 성!"

"추웅! 성!"

딱딱 끊어지는 절도 있는 목소리가 사람의 가슴을 울렸. 무사들이 파도가 치듯 차례로 무릎 꿇는 모습 또한 장관이었다.

오늘은 신임 남백을 축하하는 날이다. 얼마 전 결혼식 때는 오로겔의 부대원들이 빠져서 9백 명만 모였었지만, 오늘은 셰로키 무사 전원이 다 참석했다.

바하문트는 금장을 매단 순백의 예복을 입고 하얀 표범 깃발을 손에 든 채 연무장 주위를 한 바퀴 돌았다.

한 바퀴를 다 돌고 나자 연무장에 모인 무사 전원이 무릎을 꿇고 있었다. 바하문트의 가슴이 뛰었다.

'5일 전에 이 무사들 앞에서 결혼예식을 했었지. 그런데 남백 축하예식으로 또 만나는구나! 원래 나는 남백이 될 생각이 없었는데……'

바하문트는 남백이 되고 싶지 않았다. 남들의 이목을 끄는 자리는 위험하기 때문이었다.

그런데 예기치 않은 상황에 몰려서 결국 이 자리까지 왔다. 앞으로 또 어떤 돌발 상황이 벌어질지, 그 생각을 하면 옅은 두통이 일었다. 더불어 우고트의 주목을 받을 걱정에 마음이 심란했다.

'우고트는 철저하다. 남백이 된 이상 그들의 감시를 피할 수 없어. 아무리 바보행세를 하더라도 우고트의 정보원들은 24시간 나를 감시할 거야.'

남백과 남백 후보의 차이는 하늘과 땅이었다. 후보는 오직 남백이 되었을 때만 의미를 가질 뿐, 그냥 후보인 상태로는 아무런 실권이 없었다.

그동안 바하문트가 우고트의 주목을 받지 않고 비교적 자유롭게 살 수 있었던 것도 바로 이 때문이었다.

허나 이제부터는 전혀 다른 상황이 되었다. 바하문트는 이제 남백이었다.

아무리 멍청한 척해도 남백은 남백! 바하문트는 셰로키 가문의 구심점이자 로롤스 시의 기둥이 되었다. 무려 200만 명에 달하는 백성들이 남백을 떠받들었다.

1천2백 명의 무사와 6천 명의 정규군 병사들이 남백 한 사람만 쳐다보았다.

남백은 그만큼 중요한 자리였다. 우고트에서 감시를 집중할 것이 당연했다. 바하문트는 갑자기 정신이 번쩍 들었다.

'이제부터는 살얼음판이다.'

바하문트는 지금 딛고 있는 단단한 연무장 땅이 마치 살얼음판으로 변한 듯 느꼈다. 갑자기 초조했다.

'이대로 시간을 흘려보내서는 끝장이다. 맨 처음부터 다시 계획을 잡아야 해. 상황이 변했으니까 계획도 바꿔야지.'

바하문트는 모든 것을 원점에서 검토했다.

네스토가 준 약품의 효력은 이제 15개월 남짓 남았다. 약효는 딱 4년간 지속되니까 내년 6월 24일이면 플루토 반지의 봉인이 해제될 터.

결국 바하문트에게 주어진 시간은 15개월이 전부였다. 이

기간을 어떻게 활용해야 할지, 바하문트는 깊게 고민했다.

현재 선택할 수 있는 길은 두 가지였다.

첫째, 지금까지처럼 바보 행세를 하면서 몸을 낮춘다. 그리곤 우고트의 방심을 유도한다.

이 경우, 만약 운이 좋으면 플루토 반지의 봉인이 풀린 뒤에도 한동안 무사할 수 있었다. 바하문트는 처음부터 이 점을 노리고 셰로키 성에 들어왔다. 이른바, 셰로키 플루토에 묻어가려는 전략이었다.

단, 이 전략은 치명적인 약점을 가졌다.

지극히 피동적이라는 것!

이게 바로 약점이었다.

피동적으로 숨어 지내다 보니 늘 불안했다.

과연 계획대로 셰로키 플루토에 묻어갈 수 있을까, 만약 발각된다면 그게 정확하게 언제쯤일까, 발각이 되었을 때 어떻게 대처해야 할까……. 이런 걱정들을 하느라 골치 아팠다.

그리고 이제는 겁쟁이인 척 연극하는 것도 지겨웠다. 아니, 남백이 된 이상 겁쟁이인 척 연극을 해도 한계가 있었다.

바하문트는 연무장에 무릎을 꿇고 있는 정예무사들을 보면서 남백이 얼마나 위험한 자리인지를 실감했다.

'셰로키는 강하다! 이 많은 무사들이 충성을 다하는데 어찌 강하지 않으랴.'

강한 셰로키!

남백은 그 셰로키의 정점이었다. 남백의 권력은 정말 막강했다. 그래서 더더욱 위험했다. 우고트 왕국이 남백을 그냥 내버려둘 리 없었다.

감시의 눈초리가 몇 겹으로 에워쌀 터, 바하문트가 제아무리 바보인 척 연극해도 통하지 않을 것이다.

바하문트는 새삼스레 이 점을 깨달았다. 그 결과, 지금까지와는 다른 전략을 구상할 수밖에 없었다.

'어차피 15개월 뒤면 본색이 들통난다. 이왕 이렇게 된 김에 아예 적극적으로 권력을 장악해 보면 어떨까? 이를테면, 셰로키 플루토를 손에 넣는다던가……'

이것이 방금 생각해낸 새 전략이었다.

이 전략은 우선 속이 시원했다. 굳이 겁쟁이 노릇을 할 필요가 없기에 바하문트의 성미와도 잘 맞았다.

대신 15개월 뒤에는 확실하게 지옥이 기다렸다.

바하문트는 스스로에게 물었다.

'앞으로 15개월 동안 겁쟁이 노릇을 계속한 다음, 그 뒤에는 요행을 바랄까?'

이건 아니었다. 남백이 아니라면 통할 전략이었지만, 이제는 그런 요행을 바랄 수 없었다. 오늘부터 바하문트는 우고트 정보청의 주요감시자 명단에 이름이 오를 게 분명했다.

'아니면 과감하게 권력을 쥐고 셰로키 플루토를 손에 넣은 다음, 15개월 뒤 벌어질 전쟁에 적극적으로 대비할까?'

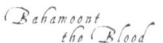

확실히 이쪽이 나아보였다.

대신 이 길을 택하면 15개월 뒤에는 피 튀기는 전쟁이 기다리고 있었다. 그래서 선뜻 택할 수가 없었다.

'발각될 때까지 계속 겁쟁이로 살 것이냐, 아니면 15개월 뒤에 희대의 악마로 몰려서 화끈하게 죽느냐!'

바하문트는 두 가지 갈림길 사이에서 고뇌했다.

고민하는 동안 행진이 끝났다. 바하문트는 연무장 순례를 마치고 단상으로 올라왔다.

단상 위의 원로들이 일제히 일어나서 신임 남백을 맞았다. 바하문트는 허리 굽힌 원로들 앞을 지나 단상 중앙에 섰다.

휘이잉—

한 줄기 바람이 불어와 바하문트의 머리카락을 흔들었다. 높은 곳에 올라오자 무사들이 더 잘 보였다.

바하문트는 붉은 눈으로 무사들을 둘러보았다. 그런 다음 눈을 부릅뜨고 하늘을 노려보았다.

'운명의 여신이여! 내가 어떤 길을 선택해야 합니까?'

운명의 여신은 답이 없었다.

그리고 바하문트에게는 오래 고민할 시간이 없었다. 바하문트는 오늘 이 축하행사가 끝나기 전에 결단을 내리겠다고 마음먹었다.

그때, 오로겔이 나타났다.

Chapter 1

바하문트가 한창 생각에 잠겨 있을 때, 누군가 우렁찬 목소리로 이름을 불렀다.

"누. 마. 하!"

큰 연무장이 쩌렁쩌렁 울렸다. 한 자 한 자 끊어서 부르는 딱딱한 목소리에는 힘이 넘쳤다.

바하문트는 슬쩍 고개를 돌렸다.

그곳에 오로겔이 있었다.

오로겔은 셰로키 무사의 정식복장을 갖춰 입었다. 왼쪽 팔뚝에는 초승달 모양의 방패, 펠타를 착용했고, 오른손에는 커다란 마카이라를 들었다.

등에는 투창 네 대를 장착했다. 완전히 전쟁터에 나선 모습이다.

실제로 오로겔의 마음도 그러했다. 오로겔은 여기 이 자리가 전쟁터라고 느꼈다. 적을 죽이지 않으면 본인이 죽는 살벌한 전쟁터!

오로겔은 적을 노려보는 눈빛으로 바하문트를 직시했다.

어쩐 일인지 바하문트도 상대의 눈을 피하지 않았다.

단상 위의 원로들이 깜짝 놀랐다. 뚱보 원로가 손가락으로 오로겔을 가리키며 외쳤다.

"성스러운 축하예식이 방해받아서는 안 된다. 어서 오로겔을 포박해라."

하얀 옷을 입은 호위무사들이 쏜살같이 달려가서 오로겔을 포위했다.

그 순간, 오로겔은 거꾸로 단상 위로 뛰어올라 바하문트에게 득달했다. 마카이라를 번쩍 치켜든 오로겔의 입에서 포효가 터졌다.

"누마하! 나는 너를 인정하지 못한다. 너 같은 겁쟁이는 위대한 세로키 가문의 가주가 될 자격이 없어!"

말이 끝나기도 전, 오로겔이 휘두른 마카이라는 바하문트의 목젖을 향해 날아왔다.

파앙!

섬광이 일고, 바로 뒤이어 공기 파열하는 소리가 났다.

50미터 밖에서 출발한 오로겔이 바하문트를 공격하기까지 걸린 시간은 불과 2초였다.

50미터를 달려오는 동안 오로겔이 땅을 박찬 회수는 고작 세 번에 불과했다. 오로겔의 무력은 세상에 알려졌던 것보다 훨씬 더 뛰어났다.

"이잇!"

필리아가 가장 먼저 반응했다. 필리아는 바하문트 바로 뒤에 서 있었는데, 오로겔의 검이 날아들자 급한 김에 옆에 세워져 있던 깃대를 잡아 뽑았다. 그리곤 반사적으로 뛰쳐나갔다.

깃대의 길이는 4미터.

필리아는 깃대 중하단부를 잡고는 손목에 스냅을 줘서 빙글빙글 돌렸다.

부우우웅—

휘청거리던 깃대가 어느 순간부터 벌떼 우는 소리를 내면서 회전했다. 필리아는 회전하는 깃대 끝으로 오로겔을 찔렀다.

오로겔은 눈을 크게 열었다. 지금 공격해 들어오는 상대가 누구인지 잘 알았다.

'필리아 랑팡! 이튼에게 연창술을 배웠다지?'

이튼에게 배운 솜씨라면 결코 만만히 볼 수 없었다. 오로겔은 필리아의 공격을 그냥 맞아주기로 결심했다.

원하는 것은 누마하의 목인데 엉뚱한 사람과 툭탁거리다가 목표를 놓쳐서는 곤란하다. 그래서 팔 하나를 버릴 각오로 덤

벗다.

　오로겔은 빙글빙글 회전하는 깃대에 펠타를 밀어넣었다.

　콰드득!

　끔찍한 소리가 나면서 펠타가 너덜너덜 갈렸다. 오로겔의 왼팔도 덩달아 넝마처럼 찢겼다.

　살만 헤진 것이 아니었다. 급기야 뼈까지 뒤틀렸다. 필리아의 파괴력은 예상보다 훨씬 더 강력했다.

　물론 오로겔은 이렇게 될 것을 예상했었다. 왼팔이 부서졌건만 오로겔은 신음 한 마디 흘리지 않았다. 입술을 꽉 깨문 채 끝까지 바하문트만 노렸다.

　'내 왼팔을 내주는 대신 누마하를 잡겠다.'

　이 지독한 의지가 마취약 역할을 했다. 오로겔은 팔이 찢겨 나가는 고통도 잊은 채 마카이라를 휘둘렀다.

　쐐액!

　마카이라가 이제 바하문트의 목젖 30센티미터 앞까지 날아들었다.

　"이런!"

　필리아는 낭패한 얼굴로 발을 굴렀다. 오로겔이 이렇게 집요하게 남편을 공격할 줄은 몰랐다.

　그렇다고 오로겔의 행동을 막기도 어려웠다. 깃대가 오로겔의 왼팔과 뒤엉켜서 꽉 붙들린 탓에 어떻게 손을 쓸 수가 없었다.

그 사이 오로겔의 마카이라는 바하문트 목젖 20센티미터까지 파고들었다.

"안 돼!"

이번엔 꾸루가 나섰다. 꾸루는 바하문트의 등 뒤에 불쑥 나타나 점프하더니, 오로겔을 위에서 덮쳤다. 그리곤 허공에 물구나무 선 자세로 기형칼을 휘둘렀다.

까앙!

날카로운 금속음이 울렸다. 꾸루의 칼과 오로겔의 마카이라가 부딪쳤다.

원래 꾸루는 한 발 늦었었다. 헌데 중간에 필리아가 시간을 벌어준 덕분에 아슬아슬하게 오로겔의 공격을 차단해내었다.

상대의 첫 번째 공격을 막아낸 뒤, 꾸루는 텀블링하듯 거꾸로 착지했다.

꾸루의 손이 바닥에 닿았다. 이때 꾸루의 발은 바하문트의 얼굴과 오로겔의 얼굴 사이에 위치했다.

꾸루는 거꾸로 물구나무 선 자세 그대로 손에 스냅을 주어 바닥을 튕겼다.

물구나무 선 꾸루의 몸이 핑그르 돌았다. 동시에 꾸루의 발이 크게 반원을 그리면서 오로겔의 얼굴을 걷어찼다.

놀랍도록 유연하고 날카로운 동작이었다. 꾸루가 오로겔의 마카이라를 막아낸 것도 의외였지만, 물구나무 선 자세로 바로 역공을 취한 것도 놀라웠다.

오로겔은 깜짝 놀랐다. 이렇게 얻어맞을 줄은 몰랐었기에 심리적인 타격도 컸다.

그 사이 꾸루는 한 번 더 텀블링하면서 기형칼로 오로겔의 발등을 찍었다. 이것도 정말 독특하고 막기 어려운 공격이었다.

오로겔은 재빨리 스텝을 밟아 발을 피했다.

꾸루의 기형칼이 오로겔의 발목을 살짝 스치며 지나갔다. 긴 칼이 바닥에 푹 박혔다.

오로겔은 가슴이 철렁했다. 조금만 늦었어도 발에 칼이 푹 박혀 꼼짝 못할 뻔했다.

놀란 가슴을 쓸어내릴 새도 없이 상대의 공격이 이어졌다. 꾸루는 정말 기막힌 각도로 기형칼을 휘두르며 달려들었다.

오로겔은 어금니를 꽉 깨물었다.

'이렇게 시간 끌어선 곤란해.'

오로겔은 독하게 마음먹고 몸을 돌보지 않았다. 꾸루가 휘두른 기형칼을 왼쪽 어깨로 받아내었다.

푸욱—

기형칼이 오로겔의 어깨 앞쪽을 뚫고 들어와 등 뒤쪽으로 튀어나왔다.

"크웃!"

오로겔은 짧은 신음을 흘렸다. 그리곤 어깨근육을 바싹 조여서 기형칼을 꽉 붙잡고는 젖 먹던 힘을 다해 밀어붙였다.

힘은 꾸루보다 오로겔이 더 셌다. 꾸루가 주르륵 뒤로 밀렸다.

상대가 밀리자 오로겔은 더 과격하게 돌진했다. 어깨가 으스러지고 살점이 찢겨나가도 상관 안 했다.

"이놈!"

뒤에서 필리아가 달려들었다. 필리아는 오로겔의 등판을 노리고 깃대를 찔렀다.

오로겔은 필리아의 공격도 피하지 않았다. 막지도 않았다. 이대로 꾸루를 매단 채 달려들어 누마하의 목을 칠 요량이었다.

'나 오로겔, 이 자리에서 죽는다!'

오로겔은 누마하를 죽이고 저도 죽겠다고 결심했다. 시뻘겋게 충혈된 오로겔의 눈에 바하문트의 모습이 맺혔다.

바하문트는 아까 전부터 한 발자국도 움직이지 않았다. 오로겔의 마카이라가 목젖 바로 앞까지 파고들어도 꼼짝 안 했다.

"이 겁쟁이 새끼, 완전 얼어붙었구나."

오로겔은 상대가 겁이 나서 움직이지 못하는 것으로 오해했다.

하지만 바하문트는 다른 생각을 하느라 움직이지 않았다.

'이것이 하늘이 내린 대답인가? 두 갈래 길 가운데 어느 쪽으로 갈지, 하늘이 이렇게 정해 주는 것인가?'

겁쟁이로 숨어 사는 소극적인 길.

적극적으로 나서서 싸우다 죽는 길.

바하문트는 오로젤의 등장을 하나의 징조로 여겼다.

두 사람 사이의 간격이 좀 더 줄어들었다. 오로젤은 꾸루를 앞에 매달고 필리아의 공격을 뒤로 받아내면서 성난 멧돼지처럼 돌격했다.

번쩍!

오로젤의 마카이라가 빛을 토했다. 섬뜩한 검날이 바하문트의 목을 쳤다.

섬광이 피어오른 그 짧은 순간, 바하문트는 이마에 두른 머리띠를 풀었다.

머리띠의 길이는 약 90센티미터. 눈부시게 새하얀 머리띠였다. 피를 머금기엔 너무나 깨끗했다.

바하문트는 이 머리띠로 점을 쳐볼 요량이었다.

피웃―

아래쪽으로 빠졌던 머리띠가 수직으로 치솟았다. 하늘하늘한 머리띠가 마치 철검처럼 빳빳이 섰다.

퍽!

공기의 틈새로 파고든 얇은 머리띠는 오로젤의 턱 아래를 뚫었다. 그리곤 뇌를 지나 정수리로 튀어나온 다음, 다시 아래로 빠졌다.

오로젤은 눈을 크게 떴다. 뇌가 푹 뚫리자 손발이 제멋대로 움직였다. 하늘과 땅이 빙글 돌았다.

"아앗!"

꾸루는 깜짝 놀라 비명을 질렀다. 동시에 오로겔의 어깨에 박힌 기형칼을 힘껏 뽑아서 그걸로 오로겔의 정수리를 찍었다. 바하문트가 공격한 흔적을 지우기 위한 행동이었다.

"끄어억!"

오로겔은 정수리에 기형칼을 꽂은 채 휘청거렸다. 성난 멧돼지처럼 돌진하던 오로겔의 몸뚱어리가 몇 차례 비틀거리다가 바닥에 주저앉았다.

꾸루는 재빨리 주변을 둘러보았다. 혹시 누가 바하문트의 본성을 눈치챈 것은 아닌지 걱정스러웠다.

다행히 원로들은 아무것도 못 봤다. 방금 전 바하문트의 동작이 너무 빨라서 볼 수 없었다.

셰로키 무사들도 방금 무슨 일이 벌어졌는지 알지 못했다. 단상 아래서는 바하문트의 행동이 보이지 않았다. 오로겔의 등에 시야가 가린 탓이었다.

마지막으로 필리아.

꾸루는 재빨리 필리아의 눈치를 살폈다.

마침 필리아는 고개를 갸웃거리는 중이었다.

'무언가 희끗한 것이 오로겔의 정수리 위로 솟구쳤다가 사라진 것 같았는데, 그게 뭐였지?'

새하얀 것이 오로겔의 머리 위로 솟구친 것 같기는 했지만,

워낙 순식간에 일어난 일이어서 확신할 수는 없었다.

'내가 뭘 잘못 보았나?'

필리아는 거듭 고개를 갸웃거렸다. 눈을 비비면서 다시 한 번 오로겔을 바라보았다.

오로겔은 정수리에 기형칼을 꽂은 채 쓰러진 상태였다. 그리고 오로겔의 주변은 온통 피범벅이었다.

피를 보자 역겨웠다. 필리아는 눈을 찌푸리며 고개를 돌렸다. 그러다 바하문트가 눈에 들어왔다.

바하문트는 눈을 질끈 감은 채 우뚝 서 있었다.

'이런 한심한 인간 같으니라고. 꽁꽁 얼어붙어서 꼼짝도 못하네. 눈도 제대로 못 뜨잖아.'

필리아는 바하문트의 멍한 모습에 한숨이 나왔다.

허나 바하문트가 눈을 감은 이유는 필리아의 짐작과는 달랐다. 그는 겁이 나서 눈을 못 뜬 것이 아니었다. 그저 눈을 감아 외부의 빛을 차단했을 뿐이었다.

바하문트는 고요함 속에서 제 속을 관조했다. 그리곤 심연 속의 본성에게 질문을 던졌다.

'나는 어떻게 하나? 겁쟁이로 살아야 하나, 악마로 손가락질 받으면서 죽어야 하나?'

바하문트의 본성이 바하문트에게 속삭였다.

―*넌 원래 그런 존재야. 넌 원래 그런 존재야. 넌 원래 그런 존재야.*

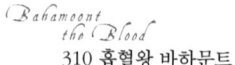

귀가 윙윙 울렸다.

본성의 대답은 선뜻 이해하기 어려웠다. 하지만 바하문트는 이해할 수 있었다. 머리로 이해하는 것이 아니라 가슴에 와 닿았다.

"나는 원래 그런 존재다. 나는 원래 그런 존재였어."

바하문트는 본성이 전해준 대답을 혀끝에서 굴렸다.

아니라고 거부하고 싶어도 거부할 수 없었다. 방금 전 오로겔을 죽인 순간에 확실히 느꼈다.

'나는 한자리에 안주하지 못한다. 역동적으로 움직이고 계속 발전해야 해. 끊임없이 적과 싸우고 투쟁해야 돼. 그게 내 본성이야.'

이어서 바하문트는 바닥에 내팽개친 머리띠를 내려다보았다.

머리띠에는 피 한 방울 묻지 않았다. 새하얀 천 그대로였다.

이건 참으로 놀라운 일이었다.

머리띠가 한 방향으로 빠르게 움직였다면 물론 피가 묻지 않을 수도 있다.

허나 바하문트의 머리띠는 한 방향으로 움직인 것이 아니었다. 위로 푹 찔렀다가 다시 아래로 내려오면서 오로겔의 머리통을 왕복했다.

이렇게 왕복할 경우에는 머리띠의 속도가 0이 되는 지점이 발생한다.

머리통 꼭대기까지 치고 올라갔다가 다시 아래로 내려오는 바로 그 찰나! 머리띠의 운동속도는 완벽하게 0이다.

머리띠의 운동방향이 바뀌는 그 짧은 순간만큼은 머리띠가 완전히 멈춘다는 뜻이다.

운동이 멈췄으니 머리띠에 피가 묻는 것이 정상이었다. 이것이 물리적인 상식이었다.

헌데 신기하게도 바하문트의 머리띠는 하얀색 그대로였다.

'점괘가 나왔구나!'

바하문트는 속으로 탄식을 흘렸다.

방금 전, 바하문트는 점을 치는 기분으로 머리띠를 휘둘렀었다.

그러면서 머리띠에 피가 한 방울이라도 묻어 있으면 조용히 숨어 지내는 삶을 택하고, 피가 묻지 않았으면 적극적으로 세로키 플루토를 노려보겠노라고 마음먹었다.

운명을 하늘에 맡긴 결과가 드디어 나왔다. 운명의 여신은 바하문트에게 적극적인 삶을 살라고 부추겼다. 피바람을 몰고 올 투쟁을 강요했다.

이제 갈 길이 정해졌다. 머리는 아직도 혼란스럽지만, 바하문트의 가슴은 이미 선택을 끝냈다.

피가 질퍽거리는 길! 우고트와 치고받고 싸우는 투쟁의 길!

그 길을 걸어가야 한다. 마지못해 피동적으로 걸어가는 것이 아니라, 적극적으로 그 길을 모색해서 찾아가야 한다.

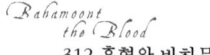

피가 흘러 강을 이룰 것이다. 시체가 쌓여 산을 만들 것이다.

그래도 그 길을 선택할 수밖에 없다.

바하문트는 장차 다가올 생지옥을 정면으로 돌파하리라 결심했다.

Chapter 2

꾸루가 물었다.

"대체 왜 그랬어요?"

"뭘?"

바하문트는 김이 모락모락 나는 홍차를 홀짝이며 모르는 척 되물었다.

꾸루는 한숨을 포옥 내쉬고는 좀 더 구체적으로 질문했다.

"왜 실력을 드러냈느냐고요. 당신 능력이라면 그냥 넘어지는 척하면서 오로겔의 공격을 피할 수도 있었잖아요. 그런데 그렇게 여러 사람들이 보는 앞에서 오로겔을 죽여 버리면 어떻게 해요."

걱정이 가득한 꾸루와 달리, 바하문트는 태연했다.

"마음을 바꿨다. 숨죽이고 살지 않고 세로키 가문을 장악하기로 했어."

"에엥? 지금 뭐라고 했어요? 셰로키 가문을 장악하겠다고 요?"

꾸루는 깜짝 놀라 반문했다.

바하문트가 고개를 끄덕였다.

"그래. 더 이상 웅크리고 살지 않겠다. 셰로키를 장악하고 플루토를 손에 넣을 거야."

"하지만…… 그랬다가는 당장 우고트 왕국의 주목을 받을 텐데요?"

꾸루의 얼굴에 근심이 깔렸다.

바하문트는 코웃음을 쳤다.

"흥, 어차피 마찬가지다. 납죽 엎드려서 살아도 놈들의 밀착감시를 받을 수밖에 없어. 도저히 피할 수가 없다고."

그 말을 듣자 꾸루의 가슴이 덜컥 내려앉았다. 꾸루는 즉각 사과했다.

"미안해요. 무밧지 언니 때문에…… 일이 꼬였네요."

솔직히 말해서, 바하문트의 계획이 어긋난 것은 무밧지 탓이 컸다.

무밧지의 변덕 때문에 바하문트가 남백이 되었고, 그 결과 일이 이 지경까지 왔다.

허나 바하문트는 개의치 않았다. 오히려 꾸루가 부담을 느낄까봐 아무렇지도 않게 뇌까렸다.

"나는 괜찮다. 그리고 무밧지를 원망할 마음도 없어. 지금

은 누구의 탓을 할 때가 아니야. 이왕 일이 이렇게 되었으니 새로운 상황에 맞춰서 살아야지."

"그렇게 말해 주니 더욱 미안하네요. 당신한테 빚을 진 기분이에요."

꾸루는 계면쩍은 얼굴로 사과했다.

그러자 바하문트는 빙그레 웃으며 되받아쳤다.

"그래? 그럼 꾸루, 네가 빚을 갚아라."

"네에?"

"내게 빚을 진 기분이라며? 그럼 빚을 갚아야지."

"어떻게 갚으면 되죠?"

"장차 내가 우고트 놈들과 맞서 싸울 때, 꾸루 네가 도와다오. 그러면 빚을 갚았다고 쳐주마."

바하문트의 요구는 참으로 뻔뻔했다. 빚을 진 기분이라고 말했다고 이런 덤터기를 씌우다니, 꾸루는 웃어야 할지 울어야 할지 몰라서 얼굴을 찡그렸다.

그래도 바하문트의 요구가 기분 나쁘지는 않았다.

'도와줄게요. 도와주고말고요. 나는 당신의 호위무사잖아요.'

꾸루는 속으로 이렇게 다짐했다.

바하문트는 머리를 썼다. 남백의 권한 가운데 가장 중요한 군권을 은근슬쩍 필리아에게 떠넘겼다.

무술을 좋아하는 필리아는 얼씨구나 하면서 군권을 챙겼다.

원래부터 필리아는 무사들과 겨뤄보는 것을 즐겼었다. 군사 훈련에도 적극적이었다. 상황이 만들어지자 적극적으로 나서서 셰로키 무사들을 휘어잡았다.

무사들도 필리아를 잘 따랐다.

일단 군권을 쥐자 곧 권력도 쫓아왔다. 눈치 빠른 원로들은 필리아에게 착 달라붙어서 새로운 세력을 형성했다.

덕분에 셰로키 가문에 '필리아 파벌'이 탄생했다. 많은 원로들이 이 파벌에 들어왔다. 심지어 남백 선출 이후 소외되었던 오로겔 파벌의 원로들마저 새 울타리를 찾아 필리아 파벌에 가입했다.

이제 필리아는 단순히 가문의 안주인이 아니다. 셰로키 가문의 실세로 떠올랐다.

그러자 기존의 실세 원로들이 반발했다.

누마하 파벌의 원로들 가운데에는 탐욕스러운 자들이 넘쳤다. 이들 실세 원로들은 멍청하고 허약한(?) 남백을 앞에 내세운 뒤, 자신들이 뒤에서 권력을 틀어쥘 계획이었다.

실제로 실세 원로들은 플루토나이트 선발권을 비롯해서 토지수용권과 세금면제권, 상점허가권 등 알짜배기 권력을 이미 장악한 상태였다. 그리고 최근에는 몇 가지 중요한 이권에 눈독을 들이는 중이었다.

헌데 필리아 때문에 제동이 걸렸다. 자연히 불만이 쌓일 수밖에 없었다.

오늘 필리아에게 불만을 품은 자들이 한자리에 모였다. 그들은 다짜고짜 필리아를 성토했다.

"이거, 해도 너무하는 것 아니오? 이러다가 우리 셰로키 가문이 랑팡 가문에 흡수될까 두렵소."

"내 말이 그 말이오. 밖에서 굴러들어온 암탉이 홰를 치고 다니니, 이러다 가문의 앞날이 어찌될지 걱정스럽구려."

실세 원로들은 저희의 엉큼한 흑심을 그럴 듯한 말로 포장했다. 셰로키 가문이 랑팡에게 흡수될까봐 걱정이라고 했지만, 사실은 제 밥그릇에 대한 염려일 뿐이었다.

이어서 남백에 대한 불만도 함께 터졌다.

"이럴 때 남자가 중심을 잡고 부인을 적절히 말려줘야 할 터인데, 대체 누마하 남백은 무얼 하는지 모르겠소."

"남백이야 잘난 부인의 치마폭에 푹 싸여 계시겠지요. 험험!"

불만의 목소리는 점점 고조되었다.

뚱보 원로는 가느다란 눈매로 주변을 둘러보다가 분위기가 적절히 무르익었을 때 앞에 나섰다.

"자, 자, 조용히 하시오. 내가 한 말씀 올리다."

원로들이 입을 다물고 시선을 모았다.

뚱보 원로는 의자 위에 척 올라서면서 목청을 높였다.

"가문의 장래를 걱정하는 여러분의 충정은 잘 알겠소. 그렇다고 지금 필리아와 반목하기도 어렵소. 숙적 피에타 놈들이 슬금슬금 병력을 모으는 중이오. 이런 위기상황에서 필리아를 성토했다가는 백성들이 우리를 욕할 거요."

"그럼 이 일을 어떻게 하리까? 이러다가는 그 요망한 암탉에게 모든 실권을 다 빼앗기게 생겼소이다."

원로 중 한 명이 벌떡 일어나서 대책을 물었다.

뚱보 원로는 눈매를 가늘게 좁히며 대답했다.

"그래서 내가 생각해 둔 묘수가 있소."

"묘수?"

원로들의 눈매도 덩달아 바늘로 변했다. 다들 뚱보 원로의 입을 주목하며 귀를 기울였다.

뚱보 원로는 잠시 뜸을 들였다가 나직한 목소리로 속삭였다.

"일이 이왕 이렇게 된 것, 주요 권력들을 누마하 남백에게 넘겨 버립시다."

"으잉? 지금 뭐라고 했소?"

"이 무슨 괴상망측한 소리요? 실권을 빼앗기지 않으려고 이 자리를 만들었는데, 그걸 남백에게 그냥 넘기자고요?"

원로들은 말도 안 된다는 듯 자리를 박차고 일어났다. 다들 뚱보 원로를 도끼눈으로 쳐다보았다.

뚱보 원로는 두툼한 손으로 손사래를 치면서 동료들을 설득했다.

"자자, 모두 진정하시오. 여러분들이 지키고 싶은 실권이 대체 뭐요? 플루토나이트 선발권, 토지수용권, 세금면제권, 그리고 상점허가권이 아니오?"

원로들은 고개를 끄덕였다.

뚱보 원로가 말을 이었다.

"그 네 가지 권리는 원래 남백의 것이외다. 그러니 우리가 움켜쥐려고 발버둥쳐도 결국에는 필리아에게 빼앗기게 되어 있소. 우리에게는 명분이 없단 말이오."

"그래서, 빼앗기기도 전에 우리 손으로 가져다 바치자는 말이오?"

원로 한 명이 퉁명스레 비꼬았다.

뚱보 원로는 음흉하게 웃으며 고개를 내저었다.

"후후, 그럴 리가 있겠소? 내 말 뜻은, 필리아에게 빼앗기느니 차라리 누마하 남백에게 권한을 넘겨주자는 거요. 단, 그 권한을 행사할 때 반드시 우리 의견을 참고한다는 조건을 걸고서."

"오오!"

말귀를 알아들은 원로 몇 명이 탄성을 질렀다. 하지만 나머지 원로들은 아직 뚱보의 말을 이해하지 못했다.

뚱보 원로는 어리둥절한 동료들을 위해서 자세한 설명을 덧붙였다.

"똑똑한 필리아에게 권한을 빼앗기고 나면 다시는 되찾아올

수 없소. 하지만 누마하는 다루기 쉽지 않소? 일단 그에게 권력을 넘겨줍시다. 그럼 필리아도 할 말이 없을 거요. 그런 다음 누마하를 윽박질러서 천천히 되찾아오면 좋을 거외다."

"오오오, 역시!"

알기 쉽게 풀어서 설명해 주자 모든 원로들이 다 이해했다. 원로들은 뚱보 원로에게 엄지를 내밀며 경의를 표시했다.

뚱보 원로도 뿌듯한 표정으로 동료들을 둘러보았다. 그러다가 한 마디를 더했다.

"하지만 거기서 만족해서는 안 되오. 만약 필리아가 후손을 낳는다면, 그녀는 장차 섭정이 될 가능성이 있소. 우리가 방심하고 있다가는 언젠가 그 계집에게 뒤통수를 맞을 거요. 그러니 이번 전쟁이 끝난 뒤에 손을 써야겠소."

손을 쓰겠다는 말은 필리아를 제거하겠다는 뜻이다. 원로들은 흠칫 놀란 표정으로 뚱보를 바라보았다.

이 자리에 모인 대다수 원로들은 굳이 피를 볼 생각은 없었다. 감히 서백의 딸 필리아를 해칠 마음은 더욱 없었다.

하지만 뚱보 원로의 말에 반대할 수도 없었다. 그랬다가는 무슨 화를 당할지 몰랐다.

원로들이 머뭇거리자 뚱보 원로가 다그쳤다.

"다들 내 말에 동의하시리라 믿소. 혹시 반대하는 분이 있소?"

아무도 대놓고 반대하지 못했다.

뚱보 원로는 손바닥을 쓱쓱 비비며 흡족하게 웃었다.

그날 저녁.

바하문트의 방에 한 무리의 원로들이 들이닥쳤다.

"무슨 일이라도 났소?"

바하문트는 짐짓 어리둥절한 체했다.

물론 속으로는 이 실세 원로들이 찾아온 이유를 짐작하고 있었다. 원로들은 주요 권리를 돌려주겠노라고 말할 것이다.

아니나 다를까, 뚱보 원로는 플루토나이트 선발권을 비롯해서 주요 권력 네 가지를 다시 바치겠노라고 아뢰었다. 더불어, 그 네 가지 권한을 행사할 때 필요한 전용 열쇠와 도장도 내어놓았다.

"허어, 이 막중한 권한들을 나더러 행사하라는 거요? 나는 자신이 없는데……."

바하문트는 사뭇 몸을 사리며 겁먹은 표정을 지었다.

원로들은 '겁쟁이 남백이 그러면 그렇지.' 생각하면서 속으로 웃음을 삼켰다. 혹시 남백에게 뒤통수를 맞으면 어쩌나 하는 우려도 싹 덜었다.

뚱보 원로는 그것 보라는 듯 동료들을 둘러보았다. 그리곤 다시 바하문트 앞에 머리를 조아렸다.

"남백님, 걱정하실 필요 없습니다. 저희 늙은이들이 남백님을 도와드리겠습니다. 남백님께서 그 권한들을 행사하실 때 저희가 옆에서 조언해 드리고 힘이 되어 드릴 테니 아무런 걱정 마십시오."

"오, 도와주시겠소?"

"당연히 도와드려야지요. 사실 그 네 가지 권리는 저희가 가장 잘 파악하고 있습니다. 그러니까 저희 늙은이들과 상의해서 일을 처리하시면 아무 문제없습니다."

"알겠소. 그리 하겠소."

바하문트는 선뜻 동의했다.

뚱보 원로는 진한 웃음을 머금었다. 그리곤 가장 하고 싶던 말을 꺼냈다.

"그리고 남백님. 이것은 노파심에서 드리는 말씀인데…… 그 네 가지 권력을 필리아님께 넘겨드리면 절대 안 됩니다. 필리아님은 이미 막강한 권력을 구축하셨습니다. 여기에 더해서 그 네 가지 권력마저 갖게 된다면, 앞으로 필리아님은 남백님을 무시할 겁니다. 남백님도 필리아님께 얕보이고 싶진 않으시지요?"

바하문트는 멍청한 얼굴로 고개를 끄덕였다.

"그야 물론이오. 이래봬도 나는 사내요. 사내 체면에 아내에게 얕보일 수는 없소."

"허허허, 역시 남백님께서는 사내 중의 사내십니다. 자고로 사내들은 제 아내에게 얕보여서는 안 되는 법이지요. 허허허."

뚱보 원로는 기분 좋게 너털웃음을 흘렸다.

원로들도 따라 웃었다.

"어허허허."

"하하하."

다들 웃자 바하문트도 덩달아 웃었다.

모두가 활기차게 웃었지만, 이 가운데 진짜로 웃는 사람은 바하문트 혼자였다. 바하문트는 일이 이렇게 흘러가기를 바라고 필리아를 부추겼다.

가문의 주요 권력을 움켜쥔 욕심쟁이 원로들이 있다. 이른바 가문의 실세 원로들이다.

필리아가 권력을 쥐면 그 욕심 많은 자들은 권력을 빼앗기기 싫어서 고민할 것이다. 그러다 결국 바하문트에게 권력을 맡겨놓으러 달려올 터.

이것이 바하문트 머릿속에 그려진 계획이었다. 그 계획이 정확하게 맞아 떨어졌다.

Chapter 3

바하문트는 육중한 문 앞에 섰다.

문 표면에 양각된 새하얀 표범 조각이 으스스한 눈길로 바하문트를 굽어보았다. 바하문트도 눈을 빛내며 표범 조각을 올려다보았다.

'드디어 여기까지 왔구나!'

이 문을 열고 들어가면 세로키 가문의 플루토가 기다리고 있다. 45만 차지의 출력을 자랑하는 파괴의 병기다!

그 멋진 놈을 만날 생각에 바하문트의 심장이 강한 비트로 뛰었다.

바하문트는 풍보 원로에게 건네받은 열쇠를 손에 들었다. 문득 필리아가 고마웠다. 그녀가 연극을 잘 해 준 덕분에 이 열쇠를 손에 넣을 수 있었다. 바하문트는 엷게 웃은 다음, 구멍에 열쇠를 꽂았다.

딸깍 소리가 나고 방문이 열렸다.

"후우……."

바하문트는 숨을 한 번 고르고는 문 안으로 들어섰다.

방은 넓고 어두웠다. 좁고 캄캄한 밀실이 폐쇄공포를 자아낸다면, 이렇게 황량하게 넓고 어두컴컴한 공간은 마치 바다 깊은 곳에 빠진 듯한 두려움을 불러일으켰다.

바하문트는 잠시 행동을 멈추고 동공을 활짝 열었다.

약간의 시간이 흐르자 어둠에 익숙해졌다. 바하문트는 차분하게 발을 내디뎌 방의 중앙으로 걸어갔다. 그러면서 주변 구조를 살폈다.

방의 너비는 대략 가로 40미터, 세로 60미터. 천장까지 높이는 얼추 10미터는 된다.

이런 크기라면 방이라고 할 수 없었다. 어지간한 연회장보

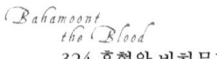

다 더 넓었다.

'하긴, 거대한 플루토를 소환해서 가동해 보려면 이 정도 크기는 필요할 거야.'

바하문트는 고개를 가볍게 끄덕이면서 방 한복판에 섰다.

눈앞에 검은빛으로 번들거리는 투창 한 자루가 보였다. 1.6미터 길이에, 창날 아래 하얀 수실이 매달린 투창이었다.

바하문트는 손을 뻗어 투창을 움켜쥐었다. 순간,

크아앙—!

귓가에 표범의 포효가 울렸다.

바하문트는 눈을 빛내며 투창을 내려다보았다. 투창은 바하문트의 손 안에서 우렛소리를 내면서 꿈틀거렸다. 마치 살아 있는 생명체를 손에 잡은 기분이었다.

바하문트는 야생마를 달래는 듯 투창을 토닥거렸다. 그러면서 투창 손잡이 부근에 박힌 마정석을 자세히 살폈다.

조그만 마정석은 노란빛을 토하며 깜빡깜빡 점멸을 거듭했다. 마정석 주위에는 세 마리 하얀 표범이 빙 둘러 새겨져 있었는데, 흡사 그들이 마정석을 보호하는 듯했다.

"셰로키의 플루토는 출력이 45만 차지다. 지금까지 내가 소환했던 30만 차지의 소형 플루토와는 질이 달라. 이놈을 불러내면 과연 어떤 느낌일까?"

바하문트는 두근거리는 심정으로 투창을 손에 꼭 쥐었다. 그리곤 엄지로 마정석을 문지르면서 마나를 불어넣었다.

쭈왁—

바하문트의 마나가 노란 마정석 안으로 썰물처럼 빨려 들어갔다.

바하문트는 가벼운 현기증을 느꼈다. 45만 차지의 마정석은 30만 차지의 마정석과는 확실히 달랐다. 한 번에 빨아들이는 마나의 양이 무려 3배나 차이 났다.

그래서 더 기분이 좋았다. 바하문트는 이렇게 많은 양의 마나를 가져갔으니 그만큼 강한 놈이 나타날 것이라고 기대했다.

잠시 후,

크앙!

강렬한 포효가 터졌다. 표범의 포효와 더불어 마정석은 무려 45만 차지에 달하는 어마어마한 에너지를 한꺼번에 내뿜었다.

푸화학!

새하얀 광휘가 방 안을 휘감았다.

마정석에서 뿜어져 나온 강렬한 에너지는 투창 손잡이 부근의 증식금속을 활성화시켰다. 증식금속에 새겨진 '형상기억 마법'이 즉각 발동했다.

이윽고 허공에 4.5미터 크기의 플루토가 형태를 잡았다.

셰로키 플루토의 표면은 설원에 쌓인 눈처럼 새하얗게 빛났다. 가슴팍에는 울부짖는 표범의 얼굴이 크게 양각되었다. 뭉툭한 어깨받이는 표범의 발 모양이었고, 투구에는 날카로운 표범 이빨 십여 개가 아로새겨져 있었다.

또한 셰로키 플루토는 왼손에 4미터 길이의 투창 세 자루를 들었다. 왼쪽 팔뚝에는 초승달 모양의 방패, 펠타를 착용했으며, 오른손으로는 4미터 길이의 투창 한 자루를 꽉 움켜쥐었다.

셰로키 플루토의 위풍당당한 모습은 그동안 바하문트가 상상해 왔던 것과 거의 일치했다. 전체적으로 몸의 균형이 잘 잡혀서 날렵하면서도 강인해 보였다.

형상기억마법에 뒤이어 '유연화마법'이 발동했다. 생고무처럼 말랑말랑하게 변한 증식금속이 무럭무럭 자라나서 셰로키 플루토의 내부를 구성했다. 그 과정이 흡사 체내에 근육을 채워 넣는 것 같았다.

이어서 '감각개통마법'이 플루토의 신경망을 열었다. 플루토의 눈 부위에 돋아난 복잡한 시신경이 시각을 개통했다. 귀에는 청각신경이 만들어졌고, 표피에는 촉감이 생겼다.

플루토의 신경다발들은 순식간에 바하문트의 감각과 연결되었다.

바하문트는 플루토를 통해서 사물을 보고 소리를 들었다. 더불어 셰로키 플루토의 근육 한 올 한 올은 바하문트의 근육과 연결되었다.

이로써 바하문트와 플루토는 완벽하게 한 몸을 이루었다.

다음으로 '강화마법'이 효과를 발휘했다. 이제 플루토의 표피는 강철보다 강하고 질기게 변했다.

동시에 '경화마법'도 발동했다. 경화마법의 영향을 받아 플루토의 투구와 방패는 다이아몬드보다 더 딱딱한 조직으로 변형되었다.

가슴팍과 배, 허벅지, 종아리와 장딴지 등의 부위에도 강화마법과 경화마법이 동시에 걸렸다.

플루토의 표면을 강화했으니 이제 내부를 보강할 차례였다.

리커버리(Recovery; 회복) 마법이 플루토의 내부를 감쌌다. 이 마법덕분에 어지간한 피해는 자동으로 복구되었다.

마지막으로 '원소저항마법'이 발동했다. 물, 불, 바람, 흙, 번개와 얼음, 그리고 독에 대한 저항력이 한계까지 올라갔다. 심지어 저주(Curse) 계열 흑마법에 대한 방어력도 상당히 강화되었다.

바하문트는 플루토에 들어앉은 채 감각을 활짝 열었다.

뇌에서 아드레날린이 뭉텅뭉텅 쏟아졌다. 구름에 붕 뜬 것 같기도 하고, 바다 깊은 곳에 빠진 듯도 싶고, 또 어머니의 자궁에 들어앉은 느낌도 들었다.

이 황홀한 기분을 말로 표현하기는 힘들었다. 굳이 묘사하자면 완전 새로운 세상에 온 듯했다.

'이런 기분이었구나! 플루토에 탑승한다는 것은 바로 이런 기분이었어.'

지금까지 바하문트는 소형 플루토들을 외부에서 조정했었다. 이렇게 플루토 안에 탑승하기는 처음이었다.

그 짜릿한 첫 경험의 쾌감이 바하문트를 흥분시켰다.

셰로키 플루토도 오랜만에 자신을 소환해 준 새 주인이 마음에 든 듯 가늘게 진동했다.

바하문트는 시험 삼아 팔을 내저었다.

셰로키 플루토도 똑같이 팔을 내저었다. 움직임이 똑같을 뿐 아니라 속도도 동일했다.

바하문트가 발을 머리까지 차올렸다.

플루토도 발을 4.5미터 높이로 차올렸다. 플루토의 육중한 몸체가 인체보다 더 정교하고 부드럽게 움직였다.

바하문트가 펄쩍 뛰어서 사뿐하게 착지했다.

플루토의 묵직한 몸체가 그대로 도약했다. 이 거대한 체구가 점프해서 땅에 내려서면 쿵 소리가 나고 바닥이 무너져야 정상이건만, 실제로는 착지소리가 거의 들리지 않았다. 바닥도 멀쩡했다.

플루토의 근육이 섬세하게 움직여서 충격을 최소화한 덕분이었다.

네스토가 만든 다섯 기의 소형 플루토도 훌륭하지만, 이 셰로키 플루토는 더더욱 기막혔다.

파워면 파워! 속도면 속도! 균형이면 균형!

어느 것 하나 나무랄 데가 없었다.

"최고다!"

바하문트는 강한 희열을 느끼며 전율했다.

『흡혈왕 바하문트』 4권에서 계속

작가 팬 카페
http://cafe.daum.net/PoisonNecromancer

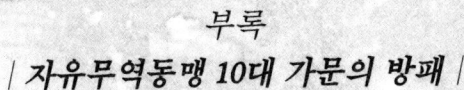

부록
| 자유무역동맹 10대 가문의 방패 |

자유무역동맹 10대 가문의 방패

피에타 가문
모양은 네모고 재질은 금속이다.
노란 바탕에 붉은 번개 세 가닥을 그려 넣었다.
네 귀퉁이에는 주황색 가죽을 덧대었다.

실리 가문
오각형으로 나무를 깎고 그 위에 양의 가죽을 덧씌웠다. 등에 메고 다니기 쉽도록 모퉁이에 구멍을 뚫었다. 가문의 문장인 푸른 늑대를 중앙에 그렸다.

에반스 가문

타원형 금속 방패다.
푸른 바탕에 파도 무늬를 그려 넣었다.
가문의 문장인 레비아탄을 방패에 그리는 대신 마름모꼴 펜던트를 제작해서 방패에 매달았다.
에반스의 사람들은 펜던트를 부적처럼 여겼다.

로롤스 가문

타원형 나무방패의 위와 아래를 반듯하게 잘라서 사용했다.
노란 바탕에 쌍두 사자의 문장을 새겨 넣었다.

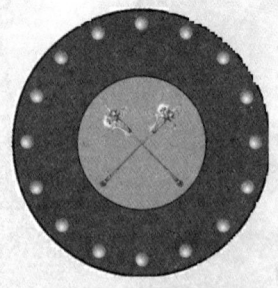

랑팡 가문

랑팡의 기사들은 양손 무기인 핼버드를 사용하므로 방패를 들지 않았다.
오직 수비병들만이 쇠못이 박힌 둥그런 가죽방패를 사용했다. 방패의 중앙에는 가문의 문장인 두 자루의 핼버드를 새겼다.

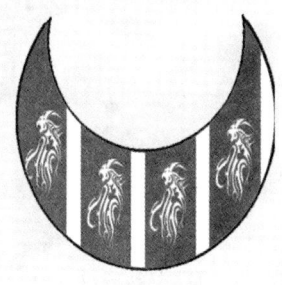

셰로키 가문

초승달 모양의 펠타가 특징이다.
펠타는 나뭇가지를 짜서 틀을 만들고 그 위에 염소가죽을 씌워 만들었다.
표면에는 하얀 표범 문장이 새겨진 보라색 띠를 주기적으로 배치해서 위엄을 드러내었다.

로베르토 가문

용병의 가문답게 가장 보편적인 금속 원형방패를 애용한다.
원형방패는 다양한 무기와 잘 어울리기 때문이다. 방패 중앙에는 울부짖는 코요테 문장을 새겼다.

이트로 가문

이트로의 무사들은 해머와 도끼를 주로 사용하기에 특별히 방패를 쓰지는 않았다. 대신 불곰 문장을 음각한 금속 완반(팔뚝에 차는 방어구) 한 쌍을 착용하고 전투에 나섰다.

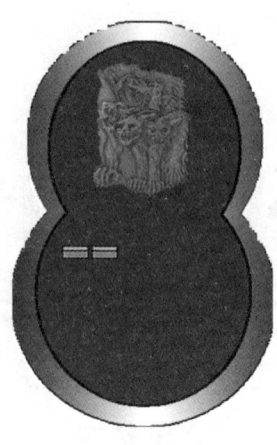

우메 가문
사슬낫을 사용하기 좋도록 호리병 모양의 방패를 사용한다.
우메 가문의 무사들은 방패의 잘록한 홈에 사슬낫을 칭칭 감아두었다.
그런 다음 방패 왼편의 걸쇠에 낫을 걸었다.
또한 가문의 문장인 머리 셋 달린 개를 소가죽에 그린 다음, 부적처럼 방패에 붙이고 다녔다.

헤로타이 가문
헤로타이의 마법사들은 방패를 들지 않는다.
단, 마법사들을 보호하는 호위병들은 원형 나무방패를 들었다.
마법사들은 방패를 까맣게 칠하고 그 위에 노란 마법진과 외눈을 그려 마법의 방어력을 더해 주었다.

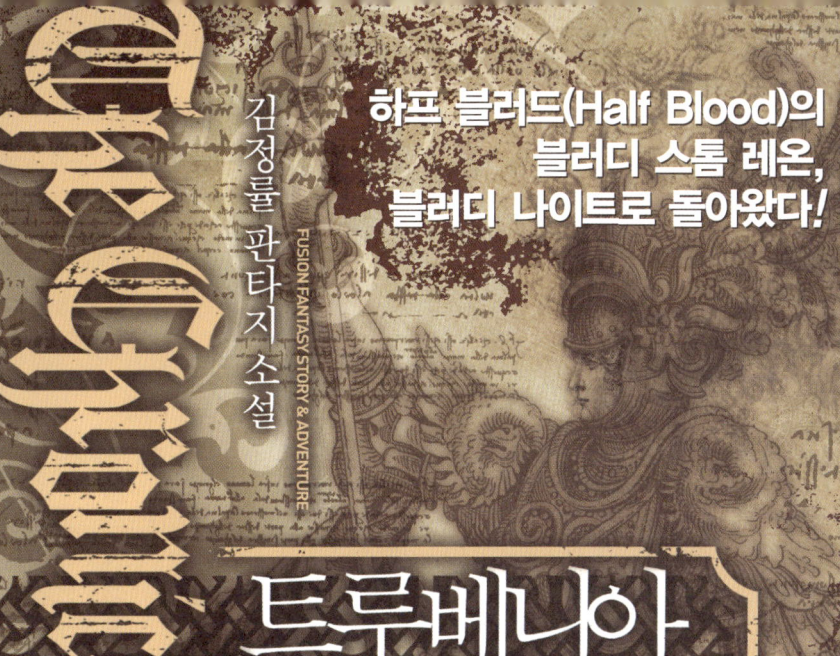

김정률 판타지 소설

FUSION FANTASY STORY & ADVENTURE

하프 블러드(Half Blood)의
블러디 스톰 레온,
블러디 나이트로 돌아왔다!

트루베나아 연대기

판타지의 신화를 창조해가는
최고의 작가 김정률!
『소드 엠페러』그 신화의 시작.

『다크메이지』,『하프블러드』,
『데이몬』에 이은 또 하나의 대작!

dream books
드림북스

ORIENTAL FANTASY STORY & ADVENTURE

은거기인

건아성 신무협 장편 소설

**드림북스가 자신 있게 선보이는
2007년 최고의 대형신인 '건아성'!**

**실전된 전설의 무공 혜광심어가 나타나며
일대파란에 휩싸이는 강호,**

놀라운 신인작가 건아성이
강호 독자들에게 감동의 출사표를 던진다!

이제까지 스승과 제자의 이야기는 많았지만
이보다 사제 간의 정을 따뜻하게 그려간 작품은 없었다!

dream books
드림북스

향공열전 鄕貢列傳

조진행 신무협 장편 소설
ORIENTAL FANTASY STORY & ADVENTURE

최고의 작품만을 선보이는 무협의 거장!
『천사지인』,『칠정검칠살도』,『기문둔갑』의
베스트셀러 작가 **조진행**이 심혈을 기울인 역작!

대림사(大林寺) 구마선사가 남긴 유마경(維摩經)의 기연.
월하서생 서문영, 붓을 꺾고 무림의 길로 나선다!

이제, 과거 시험은 작파하고 무공을 배우겠다!

dream books
드림북스